I0588226

UN PROTECTEUR POUR MELODY

UN PROTECTEUR POUR MELODY (FORCES
TRÈS SPÉCIALES #9)

SUSAN STOKER

Copyright © 2015 par Susan Stoker
Traduit de l'anglais (U.S.) par Angélique Olivia Moreau pour Valentin Translation
Titre original : *Protecting Melody (SEAL of Protection, Book 9)*

Couverture par Chris Mackey, AURA Design Group
Fabriqué aux États-Unis

DU MÊME AUTEUR

Un mari pour Emily

Un héros pour Kassie

Un héros pour Bryn

Un héros pour Casey

Un héros pour Wendy

Un héros pour Mary

Un héros pour Macie

Un héros pour Sadie

Mercenaires Rebelles

Un Défenseur pour Allye

Un Défenseur pour Chloé

Un Défenseur pour Morgan

Un Défenseur pour Harlow

Un Défenseur pour Everly

Un Défenseur pour Zara

Un Défenseur pour Raven

Ace Sécurité

Au Secours de Grace

Au Secours d'Alexis

Au Secours de Bailey

Au Secours de Felicity

Au Secours de Sarah

PROLOGUE

Six mois plus tôt

Tex:Salut, je ne vous ai jamais vue ici. Vous avez un pseudo intéressant, alors je me suis dit que j'allais vous envoyer un message privé

Tex :Je vous jure que je ne vous veux pas de mal

CC_CopyCat : Bonjour, Tex. Je participe rarement

Tex:Je ne peux pas vous le reprocher. Mieux vaut être prudent

Tex:Vous avez envie de discuter ?

CC_CopyCat : De quoi ?

Tex:De ce que vous voulez

CC_CopyCat : C'est vague

Tex :Eh bien, on pourrait parler de la météo, mais ça serait bateau

CC_CopyCat : LOL

Tex:Je vous ai fait rire !

CC_CopyCat : Oui, c'est vrai. Merci

Tex:Merci ?

CC_CopyCat : Oui. Merci

Tex:Alors, comment est le temps chez vous ?

CC_CopyCat : Terrible. Et chez vous ?

Tex:Il fait beau et le soleil brille

CC_CopyCat : Vous n'êtes pas ce genre de personnes, n'est-ce pas ?

Tex:??

CC_CopyCat : Ces gens irritants qui voient le bien partout

Tex:En fait non. Pas du tout

Tex:Vous êtes toujours là ?

CC_CopyCat : Écoutez, je ne suis pas certaine que ça va fonctionner

Tex:Vous venez à peine de me rencontrer. Je ne vous ai quand même pas déjà énervée ?

CC_CopyCat : Je ne suis pas ici pour me trouver un meilleur pote. J'en ai déjà une

Tex :Alors pourquoi êtes-vous là ?

CC_CopyCat : Simplement pour passer le temps

Tex:Alors, pourquoi ne pas le passer avec moi ?

CC_CopyCat : Parce que vous êtes probablement ou bien un gamin de quatorze ans qui veut trouver quelqu'un à qui envoyer des sextos ou alors un pédophile cinquantenaire qui a envie de coucher avec une ado de seize assez naïve pour parler à des gens qui passent leur temps à chatter sur internet

Tex:C'est pareil pour vous. Vous pourriez être n'importe qui. Vous êtes probablement un policier infiltré qui cherche à attraper des mecs louches qui utilisent les chats pour trouver leurs victimes

CC_CopyCat : Êtes-vous un mec louche, Tex ? Est-ce que vous êtes un homme, au moins ?

Tex:Êtes-vous une femme, CC ?

CC_CopyCat : Je ne devrais pas vous le dire

Tex:Sans vouloir vous vexer, je n'ai pas envie d'échanger avec un mec. Je ne cherche pas de relation ; je ne cours pas après le sexe. J'ai des amis masculins auxquels je peux parler

CC_CopyCat : Alors que recherchez-vous ?

Tex:Juste quelqu'un avec qui chatter. Ma vie est stressante. J'aimerais discuter avec quelqu'un qui n'attend rien de moi, qui a simplement envie de parler avec moi parce qu'elle me trouve intéressant

CC_CopyCat : Vous n'avez pas répondu à ma question. Êtes-vous un mec louche ?

Tex:Je suis un militaire retraité de 35 ans qui vit sur la côte est. Je suis doué pour les ordinateurs et je passe la plupart de mon temps à bosser dessus. Je ne suis pas repoussant, mais je ne suis pas non plus le genre d'homme que les femmes ont envie de présenter à leur famille. Je vous jure, CC, que je suis inoffensif

CC_CopyCat : Vous avez conscience que c'est ce que disent les tueurs en série ?

Tex:LOL. Vous avez raison, mais vous pouvez me faire confiance

CC_CopyCat : Ouais, c'est ce qu'ils disent aussi

CC_CopyCat : Vous êtes toujours là ?

Tex:Vous allez continuer à me rejeter ou bien vous allez m'en dire davantage sur vous ?

CC_CopyCat : Désolée. Je plaisantais. Oui. Je suis une femme

Tex:Merci. Quoi d'autre ?

CC_CopyCat : Je ne vous connais pas vraiment. Alors c'est tout ce que vous obtiendrez de moi

Tex :Ça me suffit... pour le moment. Vous allez me parler de votre pseudo ?

CC_CopyCat : Il faut que j'y aille

Tex:D'accord. Je serai là si vous avez besoin de reprendre contact

CC_CopyCat : Comment saurez-vous quand j'aurai envie de parler ?

Tex: Je ne le saurai pas, mais je vous ai dit que je travaillais avec des ordinateurs, je suis toujours là

CC_CopyCat : D'accord, peut-être

Tex:J'ai apprécié de parler avec vous, CC

CC_CopyCat : On n'a même pas parlé de choses intéressantes...

Tex:Oui, mais vous n'avez pas peur de me dire ce que vous pensez vraiment. Ça me plait

CC_CopyCat : Pas à la plupart des hommes, cela dit

Tex:Je ne suis pas la plupart des hommes

CC_CopyCat : Mouais. Bon. Je me déconnecte

Tex:Au revoir, CC. À la prochaine

. . .

Tex se cala contre le dossier de son siège et regarda son ordinateur. Il n'entamait généralement pas la conversation avec les gens qu'il rencontrait en ligne, mais cela faisait un moment qu'il visitait ce chat et il avait remarqué que « CC_CopyCat » se connectait sans participer. Il avait tenté sa chance et lui avait envoyé un message privé, espérant que ce soit une femme. Tex avait été honnête avec elle ; il ne cherchait pas à amorcer une amitié virtuelle avec un homme.

C'était peut-être sexiste, mais Tex préférait parler à une femme qu'à un homme. C'était peut-être parce qu'il était constamment entouré de mecs. C'était tout simplement… différent, de discuter avec une femme.

Depuis qu'il avait perdu une partie de sa jambe à cause d'une bombe lors d'une mission des Forces Spéciales, Tex préférait parler aux gens par écran ou téléphone interposé. Avant son amputation, attirer les femmes ne lui avait jamais posé problème. Il avait à présent trente-cinq ans et il s'entraînait encore tous les jours. L'exercice physique était trop enraciné en lui pour qu'il laisse tomber après une blessure.

Même si Tex savait d'expérience qu'en théorie, les femmes le trouvaient toujours attirant et n'hésitaient pas à rentrer avec lui, après quelques regards déplacés et une ou deux relations sexuelles très peu satisfaisantes, il avait préféré s'arrêter là. Il gérait lui-même ses propres besoins. Tex savait que ses amis le croyaient encore tous sexuellement actif, mais les explications maladroites qu'il devait fournir concernant sa blessure et les coups d'un soir par pitié l'avaient vite lassé.

Il essayait de ne pas se préoccuper de ce que les gens pensaient de sa jambe, mais quand il communiquait par ordinateur, il avait l'occasion d'être anonyme... entier. Parler avec CC était stimulant. Cela lui plaisait.

Il n'avait pas menti à cette femme de l'autre côté de son écran. Elle l'intriguait. Elle ne se pâmait pas devant lui, comme les autres filles à qui Tex avait écrit par le passé. Elle était prudente, mais il détectait son humour sous ses paroles acérées. Il espérait qu'elle se reconnecte pour qu'ils puissent se parler à nouveau, mais si elle ne le faisait pas, cela n'allait pas l'empêcher de dormir. Il y aurait d'autres femmes, et il vivait par procuration à travers ses amis.

Il y a quatre mois

CC_CopyCat:Salut, Tex. Ça va ?

Tex:Salut, CC. Je suis désolé, mais je ne peux pas te parler pour le moment

CC_CopyCat:Oh, désolée

Tex:Ce n'est pas toi. Je préférais largement te parler, mais la femme de mon ami a des problèmes et j'essaye de comprendre ce qu'il lui arrive

CC_CopyCat :Ça craint

Tex:Oui, son mec est à l'étranger et ne peut pas aller la rejoindre. Alors j'essaye de le faire rentrer et de la protéger

CC_CopyCat :Bon, eh bien, je te laisse faire. Si tu veux discuter plus tard, je suis là

Tex:Merci, CC. J'avais besoin d'entendre ça. À plus tard

Tex détestait devoir repousser CC. Cela faisait deux mois qu'ils se parlaient avec une certaine régularité, mais si Tex appréciait vraiment leurs conversations, Fiona comptait sur lui. Elle était manifestement en train de subir une crise après ce qui lui était arrivé au centre commercial. Il l'appelait toutes les quatre heures. C'était déchirant de l'entendre essayer de comprendre ce qu'il se passait et s'efforcer de trancher entre le fantasme et la réalité. Elle avait tellement peur ! Tex retourna à ses ordinateurs pour tenter de faire revenir Cookie afin qu'il retrouve sa femme.

Le lendemain, une fois que la situation avec Fiona fut enfin réglée, Tex voulut voir si CC était toujours là.

Tex:Tu es là ?

Tex:Apparemment pas. Si tu reviens, je serai là

Tex se passa une main sur le visage. Seigneur. Fiona lui

avait presque brisé le cœur. Il ne l'avait jamais rencontrée ; seulement Caroline, la femme de Wolf. Mais Fiona était tout aussi forte qu'elle, quoique vulnérable également. Elle avait suivi ses consignes à la lettre et chaque fois qu'il l'avait appelée, elle avait répondu. Il ne savait pas ce qu'il aurait fait si elle n'avait pas décroché : elle était en Californie et lui en Virginie.

Tex avait l'assurance que ses amis avaient particulièrement foi en ses compétences, mais si quelque chose avait mal tourné, il n'aurait rien pu faire. Il maudit à nouveau sa jambe. Il ne se passait pas une journée sans qu'il ne souhaite que la mission qui lui avait coûté son membre se soit déroulée autrement. Il ne se passait pas une journée sans qu'il ne souhaite être entier et redevenir l'homme qu'il était autrefois.

Il était doué pour les ordinateurs, mais il aurait aimé de tout son cœur être au front, aux côtés de ses amis, à sauver des vies et à servir son pays. Il baissa les yeux vers la fenêtre qui clignotait devant lui sur le coin de son écran. CC.

CC_CopyCat:Salut Tex, je suis là. Tu es là ?

Tex:Oui, CC, je suis là

CC_CopyCat:Tout s'est arrangé pour ton amie ?

Tex:Oui

CC_CopyCat:Je sais qu'on ne se parle que depuis un moment, mais tu n'es pas comme d'habitude

Tex:CC, tu n'as pas idée

CC_CopyCat:Tu veux en parler ?

Tex:Tu es sûre que tu en as envie ? On peut rester décontractés et superficiels. On peut se dire bonjour de temps en temps puis reprendre le cours normal de notre existence. Mais je vais être honnête. Je viens de connaître plusieurs jours difficiles et j'en veux vraiment plus. Mais si on va plus loin, on ne pourra plus revenir à des sujets légers et décontractés. C'est à toi de voir

CC_CopyCat :Je n'aime pas savoir que tu as passé une journée de merde et je voudrais qu'on en discute, mais je ne peux pas te rendre la pareille. J'en ai envie, mais c'est impossible

Tex :C'est bon. On peut rester détachés

CC_CopyCat:Non ! Bon sang, Tex. Tu as besoin de parler. Tu ne peux pas garder ça pour toi. Je ne voulais pas dire que je n'avais pas envie que tu me parles

Tex :Ce n'est pas d'un psy dont j'ai besoin, mais d'une amie. Je comprends que tu sois prudente et ça vaut mieux. Je comprends, mais, CC, j'ai vraiment apprécié nos conversations au cours des deux mois qui viennent de s'écouler, mais j'aimerais être plus honnête avec toi. On ne se rencontrera jamais, alors je me sens plus à l'aise pour parler de beaucoup de choses avec toi. Tu ne pourras pas révéler mes secrets parce que tu ne sais pas qui je suis. Je ne peux pas révéler les tiens pour la même raison. Je t'en prie, dis-moi quelque chose, n'importe quoi, de personnel sur toi.

Tex se cala dans son fauteuil et retint son souffle. Il ne

savait pas ce qu'il y avait chez CC pour qu'il ait autant envie de lui parler, réellement lui parler. Il n'avait pas menti. Il avait vraiment apprécié leurs échanges. Ils avaient discuté de leur style de nourriture préféré (mexicain pour elle, italien pour lui), de leur couleur favorite (rose pour elle, bleu pour lui) et de nombreuses autres choses superficielles. Une fois, elle lui avait même demandé quel était le personnage de Disney qu'il aimait le mieux. Il avait trouvé cela étrange, mais il avait quand même répondu.

Mais à présent, Tex en était arrivé au point où il avait besoin d'une relation plus profonde que celle qu'ils entretenaient pour le moment. Il ne savait pas vraiment pourquoi, mais il voulait apprendre à mieux la connaître. Il l'appréciait. Elle était drôle et intéressante et même s'ils n'avaient pas vraiment parlé de choses personnelles, il se disait qu'elle était le genre de personnes qu'il aurait aimé connaître davantage. Le superficiel ne le satisfaisait plus.

Tex attendit encore un peu, et quand CC ne répondit pas, il se pencha en avant et tapa une brève phrase, prêt à se déconnecter et à lui parler une autre fois.

Tex:Bon, très bien, il faut que j'y aille

CC_CopyCat:Je m'appelle Mel. C'est mon diminutif pour Melody

Tex:Merci, Mel. Tu ne sais pas à quel point j'en avais besoin. Merci

CC_CopyCat:Raconte-moi ta journée de merde

Tex:Il y a quelques mois, la compagne de mon pote a été enlevée par des trafiquants d'esclaves mexicains. Elle a été secourue et ça allait. Mais récemment, elle a eu un flashback et elle s'est enfuie

CC_CopyCat :Bon sang, Tex... Elle va bien ?

Tex:Oui, Mel, elle va bien. Mais pendant trois jours, elle n'a eu que moi. Je l'ai appelée toutes les quatre heures pour m'assurer qu'elle reste bien dans sa chambre d'hôtel. Je l'ai écoutée osciller entre la réalité et les fantasmes qui lui embrouillaient l'esprit

CC_CopyCat :Je suis fière de toi, Tex

Tex:Ne le sois pas. J'ai fait des choses terribles dans ma vie

CC_CopyCat:Comme tout le monde, non ? Sérieuse-ment, descends de tes grands chevaux, Tex. Tu n'es pas la seule personne à avoir un passé de merde, une enfance de merde ou un mariage de merde. Il faut simplement conti-nuer de l'avant. On apprend du passé et on avance. J'ai vrai-ment l'impression que tes amis ont de la chance que tu sois de leur côté

CC_CopyCat :Tex ? Merde. C'est trop honnête ? Pas assez gnangnan ?

Tex:Non. Ce n'est pas trop honnête. Je réfléchissais, c'est tout

CC_CopyCat:D'accord. Dis-moi quand tu auras fini

Tex:Très drôle... Tu as raison. Mais je crois que les choses que j'ai faites sont pires que les expériences ordinaires

CC_CopyCat:Et alors, quoi ? Est-ce que tu vas continuer à faire ces choses horribles ? Il me semble que tu essayes de changer tout ça, non ? Tu fais le bien autour de toi. Je suis certaine que ton amie serait d'accord avec moi

Tex :Peut-être

CC_CopyCat:Il n'y a pas de peut-être

Tex:Très bien, tu as gagné

CC_CopyCat:Bien entendu

Tex:Mel ?

CC_CopyCat:Oui ?

Tex:Je suis content que tu n'aies pas choisi de rester dans la facilité

CC_CopyCat:Moi aussi

Il y a deux mois

Tex:La dernière fois qu'on a discuté, tu as dit que tu avais peur tout le temps. Ça ne me plaît pas

CC_CopyCat:À moi non plus

Tex:De quoi as-tu peur ?

CC_CopyCat:D'être surveillée. De me faire tirer dessus. D'être kidnappée. De tomber malade. D'être seule. Tout ce que tu peux imaginer, Tex... j'en ai peur

Tex :Tu es dépressive, Mel ?

CC_CopyCat:Non, pourquoi ?

Tex:La plupart des gens qui ont peur de ces choses-là souffrent de maladies mentales

CC_CopyCat:Alors tu penses que je suis folle ?

Tex:Tu sais bien que non. Mais je veux que tu me le dises s'il t'arrive réellement quelque chose

CC_CopyCat:Je ne suis ni folle ni dépressive

Tex:Alors quoi ?

CC_CopyCat:Peu importe

Tex:Non, ne dis pas ça. Parle-moi. Pourquoi as-tu peur de toutes ces choses ?

CC_CopyCat:J'ai simplement peur

Tex:Ne me raconte pas de conneries

CC_CopyCat:Tu n'as jamais la sensation d'être observé ?

Tex:Non

CC_CopyCat:Eh bien moi, si. Et ça me terrifie. Et y songer me fait penser à d'autres choses aussi. Ça ne s'arrête jamais.

Tex:Ne prends jamais le même chemin quand tu sors. Déplace-toi toujours avec tes clés à la main. Marche la tête haute et regarde les gens dans les yeux. Si tu entres dans un ascenseur, ne tourne jamais le dos à personne, et n'y reste pas si c'est juste toi et un homme que tu ne connais pas. Informe quelqu'un de l'heure à laquelle tu as l'intention de rentrer

CC_CopyCat :Tu sais beaucoup de choses

Tex:Mel, je t'ai dit que j'étais un soldat d'élite. On passe bien trop de temps à apprendre ce genre de choses. Si tu te retrouves coincée ou si quelqu'un te saute dessus, attaque-leur les yeux, la gorge ou les testicules. Ne monte pas dans une voiture avec quelqu'un qui veut t'emmener ailleurs ; tu es plus en sécurité dans un endroit public

CC_CopyCat :Tex, j'ai compris. Je m'imagine probablement des choses de toute façon.

Tex:Je parie que ce n'est pas vrai. Chaque fois que je me suis retrouvé dans une situation que je trouvais bizarre, dans 100 % des cas, j'avais raison

CC_CopyCat :D'accord, je ferai attention

Tex:Si tu as besoin de moi, envoie-moi un message, je suis là

CC_CopyCat:Mais on ne se connaît pas vraiment

Tex:Peu m'importe. Dis oui

CC_CopyCat:Tu es terriblement autoritaire

Tex:Dis oui

CC_CopyCat:D'accord

Tex:C'est bien

Un mois plus tôt

CC_CopyCat:Parle-moi de tes amis. Tu me parles d'eux tout le temps, et c'est évident qu'ils ont des femmes et des compagnes extraordinaires

Tex :Ouais, elles sont toutes super. Tu sais que j'étais un soldat d'élite. J'ai travaillé avec certains d'entre eux quand j'étais dans la Marine. Je parviens généralement à obtenir les informations qu'ils veulent plus rapidement que s'ils étaient passés par des voies officielles. Et avec les problèmes qu'ont connus leurs femmes, je remercie le ciel d'en être capable

CC_CopyCat :Comment s'appellent-ils déjà ?

Tex:Wolf, Abe, Cookie, Mozart, Benny et Dude

CC_CopyCat:Je suis certaine qu'il y a des histoires intéressantes derrière ces surnoms

Tex:Bien entendu

CC_CopyCat:Et toi ? Sur qui peux-tu t'appuyer ?

Tex:Que veux-tu dire ?

CC_CopyCat:Quand tu as besoin de quelqu'un ou de quelque chose, sur qui peux-tu compter ?

CC_CopyCat:Tex ? Merde, je suis désolée. Je suis allée trop loin ?

Tex:Non

CC_CopyCat:Oublie ça. Je suis désolée

Tex:Ça va te paraître étrange, mais... sur toi

CC_CopyCat:Quoi ?

Tex:Sur toi, Mel. Quand j'ai eu une mauvaise journée, je me connecte et je discute avec toi. Tu ne me juges pas, tu n'attends rien de moi, tu me parles, tout simplement

CC_CopyCat :Je ne serai pas là pour toujours, Tex. Tu as besoin de sortir davantage, de trouver quelqu'un à qui tu puisses parler

Tex :Les gens ne me « voient » pas comme tu le fais, Mel

CC_CopyCat:Tu ne leur en donnes peut-être pas l'occasion

Tex:Non. Je vis dans une ville militaire. La plupart des gens voient à mon boitement que je ne suis pas entier. Ils prennent pitié de moi. Je ne supporte pas la pitié. J'étais un

putain de soldat d'élite. Et quand je suis en short ? C'est encore pire.

CC_CopyCat:Pas entier ? Tex. Je te parle depuis quelques mois et je peux te dire que tu es l'un des hommes les plus Alphas que j'ai rencontrés. Tu es autoritaire et tu me dis tout le temps quoi faire. Mais en même temps, tu es plein de compassion, tu te préoccupes de tes amis et tu laisserais tout tomber pour les aider, même s'ils ne te le demandent pas. Crois-moi quand je dis que ces gens qui s'arrêtent à ton apparence ne voient même pas le dixième de qui tu es. Alors, tu les emmerdes ! Vois-toi comme je te vois

Tex :Merde ! Mel

CC_CopyCat:Non, je n'ai pas fini

CC_CopyCat:Je pense que tes amis tirent profit de toi. Ils t'appellent toujours pour te demander ton aide, pour voler au secours de leurs compagnes, mais tu n'as jamais mentionné s'ils viennent te rendre visite, pour te remercier en personne

Tex :Mel, écoute

CC_CopyCat:Non

CC_CopyCat:C'est toi qui dois m'écouter

CC_CopyCat:Tex, si tu étais mon ami, je ne profiterais jamais de toi. Jamais

Tex:Tu es mon amie

CC_CopyCat :C'est bien vrai

Tex:Merci de me remonter le moral

CC_CopyCat :Quand tu veux

Tex :Et toi ?

CC_CopyCat:Qu'est-ce que tu veux dire ?

Tex:Tes amis ?

CC_CopyCat:J'ai des amis

Tex :Qui ? Tu n'en parles jamais

CC_CopyCat :Amy. Amy est mon amie

Tex :Juste Amy ?

CC_CopyCat:Oui. Je lui fais absolument confiance. Mais elle me manque. Je suis loin et je n'ai pas été capable de lui parler autant que je l'aurais voulu

Tex :Pourquoi ?

CC_CopyCat:C'est compliqué

Tex :Je suis tout ouïe...

CC_CopyCat:Amy habite dans notre ville d'origine. Elle a un mari et deux enfants et travaille pour un entrepreneur. Elle me raconte tout le temps que sa boîte construit des trucs qui tuent des gens, mais son travail consiste à trouver des financements. Je n'ai aucune idée de ce qu'elle veut dire, mais ça me fait rire quand même

Tex :Elle a l'air rigolote

CC_CopyCat:Oui ! Et parfois, on a des conversations entières seulement en hashtags

Tex:#commeça ?

CC_CopyCat:#oui

Tex:Alors pourquoi ne peux-tu pas lui parler souvent ?

CC_CopyCat:Eh bien, elle est à la maison et elle a sa propre vie. Et je ne suis pas là, alors c'est juste difficile

Tex:Je ne vais pas insister, mais ça sonne comme une mauvaise excuse

Tex:Je sais que tu ne me racontes pas toute l'histoire, et ça ne me plaît pas. Mais comme je l'ai dit, je ne vais pas insister. *Mais je vais t'envoyer mon numéro de portable. Tu n'es pas forcée de t'en servir, mais je veux que tu l'aies au cas où tu aurais envie de parler. Je crois qu'on est devenus suffisamment amis pour pouvoir faire évoluer notre relation. J'aimerais entendre ta voix de temps en temps. J'ai l'impression d'être ton ami aussi. Alors, qu'est-ce que tu fais aujourd'hui ?*

CC_CopyCat:Eh bien, tu sais que je bosse en télétravail. J'ai deux projets aujourd'hui, sans quoi j'essaye de faire passer le temps. Et toi ?

Tex:Je vais contacter mes amis pour voir si tout est calme de leur côté, puis je crois que je vais faire quelque chose de complètement fou aujourd'hui

CC_CopyCat :C'est-à-dire ?

Tex:Il y a un nouveau thriller que j'aimerais bien lire

CC_CopyCat:LOL. C'est vraiment fou, effectivement

Tex:Je sais

CC_CopyCat:Sérieusement, Tex, tu as besoin de sortir davantage et de parler avec plus de monde

Tex:Je pourrais te conseiller la même chose

CC_CopyCat:Certes, mais c'est de toi qu'on est en train de parler. Je n'ai pas vu de photo de toi, mais je parie que tu es magnifique. Tu es probablement grand et musclé. Tes cheveux sont sûrement un peu trop longs et il n'y a pas une femme qui te croise sans se retourner sur ton passage

Tex :Les hommes ne sont pas magnifiques

CC_CopyCat:Tu plaisantes ?

Tex:Euh, non. Je ne pense pas que mes cheveux soient trop longs et la seule raison pour laquelle les femmes se retournent sur moi est pour me dévisager avec pitié à cause de mes blessures

CC_CopyCat :*Tu as tort. Je suis sûre à 100 % que tu as tort. La prochaine fois que tu seras dehors, regarde. Regarde vraiment. Je parie que tu seras surpris*

CC_CopyCat :*Bon, ça m'embête vraiment, mais il faut que j'y aille. J'ai quelque chose à faire dans vingt minutes et je dois me préparer*

Tex :*D'accord, Melody. Comme d'habitude, j'ai adoré te parler*

CC_CopyCat:*Oui, moi aussi. Tu ne sais pas à quel point. J'étais sérieuse à propos de ce que j'ai dit, Tex. Tu as besoin de sortir plus. Trouve la femme qui est faite pour toi. Tu le mérites autant que tes amis et je suis certaine qu'ils te diraient la même chose*

Tex :*J'essayerai. On se parle plus tard ?*

CC_CopyCat:*Oui*

Tex:*Bon, à plus tard. Passe une bonne journée.*

CC_CopyCat:*Toi aussi. Au revoir*

1

Tex faisait les cent pas dans son appartement. Il était morose. Il ne parvenait pas à joindre Melody. Ce n'était pas rare que deux ou trois jours s'écoulent sans nouvelles, mais là, cela faisait une bonne semaine. Depuis qu'il lui avait envoyé leur message initial voilà plusieurs mois, ils n'avaient jamais passé autant de temps sans se contacter. Tex regarda son écran d'ordinateur. Les mots qui y étaient affichés le narguaient.

Tex:Mel ? Tu es là ? Ça fait un moment que je n'ai pas eu de tes nouvelles.

Tex:Je m'inquiète pour toi. S'il te plaît, parle-moi. Ton sarcasme me manque.

Tex:Si tu ne me réponds pas, je vais devoir faire quelque chose de drastique pour m'assurer que tu vas bien. Je sais que tu n'as jamais voulu parler au téléphone ou bien

*échanger des photos, mais j'ai besoin d'avoir une confirma-
tion que ça va. Je t'ai déjà donné mon numéro de portable.
S'il te plaît, appelle-moi.*

Tex ne savait pas comment Melody avait réussi à
devenir aussi importante pour lui. Il y avait certaines
nuits où il restait debout tard afin de lui parler en
ligne. Elle était drôle et sarcastique, mais elle l'avait
touché d'une façon qu'aucun de ses amis des Forces
Spéciales ne pourrait le faire. Tex avait confié à
Melody ses appréhensions envers les femmes après
son amputation et il lui avait avoué qu'il n'avait jamais
retiré sa prothèse devant personne hormis ses
médecins.

Il savait que la sécurité de s'écrire au lieu de parler
face à face ou même au téléphone était ce qui lui avait
permis de s'ouvrir à Melody. Il y avait une certaine
sécurité dans l'anonymat d'internet et dans le fait
d'écrire ce qu'elle ressentait au lieu d'en parler. Même
les psys de la Marine avaient essayé de le forcer à la
confidence et n'y étaient pas parvenus.

Mais avec Melody, il en était capable, et il l'avait
fait. Elle savait tout de lui. Et à présent qu'il ne lui avait
pas parlé pendant sept longues journées, Tex se
rendait compte qu'en fait, il en connaissait bien peu
sur elle. Il avait refusé de s'y attarder par le passé, n'y
pensant pas vraiment. Mel s'était immédiatement
placée sur la défensive chaque fois qu'il avait tenté de

la mettre à jour, alors il avait laissé tomber. Il n'avait pas voulu la faire fuir ; il aimait trop lui parler.

Mais à présent, il le regrettait. Il ne savait pratiquement rien d'elle et il s'inquiétait.

Il regarda à nouveau son écran d'ordinateur et cliqua sur plusieurs boutons, puis fixa la fenêtre du chat qu'il venait d'utiliser pour parler à Mel.

Utilisateur inconnu.

Tex s'assit abruptement dans sa chaise et pianota frénétiquement sur d'autres touches. Il jura longuement, invoquant certains des blasphèmes les plus inventifs qu'il avait appris durant son séjour au sein d'une unité de combat. Melody avait effacé son compte. Elle ne s'était pas simplement déconnectée, elle avait rompu le seul lien qu'ils avaient l'un avec l'autre.

Quelque chose clochait vraiment. Même si Tex ne connaissait pas tous les détails de sa vie, il en savait assez pour avoir l'assurance qu'elle n'aurait pas pu disparaître sans le prévenir... à moins que quelque chose n'aille terriblement mal.

Il essaya de se remémorer la moindre information qu'elle avait laissé échapper au cours des derniers mois. Puis il ouvrit un nouveau document et commença à taper.

Rose

Nourriture mexicaine

Disney ?

Une amie qui s'appelle Amy – travaille pour un entre-preneur – gouvernement ?

Travaille de chez elle – son travail commence à des heures spécifiques

Décalage horaire ? Son travail commence à 22 h pour moi.

CC_CopyCat – Ça doit vouloir dire quelque chose. Mais quoi ?

Est-elle observée ? Elle a peur

Tex se cala en arrière et regarda la liste qu'il venait de rédiger. Il n'y avait guère d'informations. Bon sang, c'était terrible. Mais il n'aimait pas ce que cela suggé-rait. Sa Mel était en cavale. Il ne savait pas ce qu'elle fuyait, ni qui, mais c'était soudain aussi clair que si elle avait murmuré ces mots dans l'air et qu'ils avaient atterri dans son oreille.

Mel était prudente et avait refusé de lui révéler quoi que ce soit sur elle. Elle ne parlait pas à sa meilleure amie, même si c'était évident qu'elle en avait envie. Elle avait peur et avait l'impression d'être obser-vée. Quel que soit son gagne-pain, elle pouvait le faire sur la route. Elle n'avait pas un travail conventionnel.

Melody avait son numéro de téléphone, mais Tex ne pensait pas qu'elle s'en serve. Elle avait trop peur de tirer profit des gens et redoutait quelque chose. Et si elle ne l'appelait pas et qu'elle n'avait manifestement pas contacté son amie Amy jusque-là, ce n'était pas maintenant qu'elle allait contrevenir à ses habitudes. Mel n'était probablement pas entrée en contact avec son amie parce qu'elle craignait que la situation dans laquelle elle se trouvait ne lui retombe dessus.

Tex se retroussa les manches. Peu importait. Il n'avait jamais ressenti ce genre de choses pour quiconque auparavant. Il avait l'impression que s'il ne retrouvait pas Melody, il lui manquerait une partie capitale de sa vie. Au fil des six mois qui venaient de s'écouler, elle avait fini par compter énormément pour lui. Il ne savait pas comment c'était arrivé, mais c'était la vérité. Il ignorait à quoi elle ressemblait, mais cela importait peu. Elle pouvait bien peser deux cent cinquante kilos et avoir soixante ans, elle était son amie et il fallait qu'il la retrouve afin de lui venir en aide.

C'était comme s'il n'avait vécu que pour ce moment. Il avait retrouvé les compagnes de ses amis, alors il saurait remonter la trace de Melody. Pour l'une des premières fois de son existence, Tex allait se concentrer sur lui-même. Il ne pensait pas à ses amis, ne songeait pas à sa jambe ou à la douleur constante qu'il ressentait. Il devait trouver et aider Melody.

* * *

Tex se frotta le visage de la main. Quelle heure était-il ? Et quel *jour* ? Il n'en avait aucune idée, mais il se dit qu'il avait *enfin* retrouvé la trace de l'amie de Melody, la fameuse Amy. Il n'en était pas sûr, mais cela valait la peine d'essayer. Il avait passé au peigne fin les organismes contractants du pays et avait tenté de les cibler selon ce que Melody lui avait dit. Tex n'avait pas été surpris de découvrir le nombre d'Amy qui travaillait pour le gouvernement. Il en avait appelé à peu près deux cents jusque-là et même si on aurait pu le croire fou de penser qu'il serait capable de retrouver une aiguille dans une botte de foin, il avait un bon feeling concernant cette Amy-là.

Tex prit le téléphone et composa le numéro qu'il avait trouvé pour Amy Smith. C'était presque un cliché que son nom de famille soit Smith. Cela avait été encore plus difficile de remonter jusqu'à elle.

— Allo ?

— C'est bien Amy Smith qui travaille pour Key Contracting ?

— Et qui êtes-vous ?

— Je suis un ami de Melody et... allo ?

Tex regarda le téléphone qu'il tenait à la main et entendit soudain la tonalité. Il ne put s'empêcher d'être impressionné et il sentit au fond de lui que c'était *bien* l'amie de Melody. Toutes les autres femmes qu'il avait eues au bout du fil lui avaient parlé poliment et lui avaient dit qu'elles ne connaissaient personne de ce nom-là. Mais cette Amy-là lui avait raccroché au nez quand il avait mentionné son nom.

Si Melody n'avait pas eu des problèmes aussi

graves qu'il le pensait, son amie aurait bien agi, mais cela le mettait quand même en rogne. Il recomposa immédiatement le numéro et ne fut pas surpris quand Amy ne répondit pas. Il laissa un bref message.

— Je m'appelle Tex. Je suis un soldat des Forces Spéciales à la retraite. Ça fait six mois que je chatte en ligne avec Mel et elle m'a parlé de vous. Je crains qu'elle n'ait des problèmes. Je n'ai pas eu de nouvelles depuis dix jours et je m'inquiète. Rappelez-moi, s'il vous plaît. Hashtag, votre amie a besoin d'aide.

Tex ne savait pas s'il en avait dit suffisamment, mais il espérait que le fait d'avoir informé Amy qu'il était un soldat d'élite pourrait la faire changer d'avis à son sujet. Mais si cela ne faisait pas l'affaire, son dernier commentaire avec le hashtag y parviendrait peut-être.

Son téléphone sonna six minutes après qu'il eut laissé le message ; il avait compté. Il prit l'appel, reconnaissant le numéro.

— Que se passe-t-il, bon sang ? demanda Amy sans se perdre en politesse.

— Comme je l'ai dit, répondit Tex, cela fait un moment que je chatte en ligne avec Mel. Elle ne m'a jamais rien raconté de sa vie personnelle, mais je m'inquiète pour elle. On parle généralement une fois par semaine, mais ça fait presque dix jours que je n'ai pas eu de ses nouvelles.

— Écoutez, sans vouloir vous vexer, je ne vous connais pas. Comment puis-je être certaine que ce n'est pas vous qui la harcelez ?

— Alors elle est bien harcelée ?

— Merde.

Tex entendit le dégoût dans la voix d'Amy. Celle-ci n'avait pas eu l'intention de confirmer quoi que ce soit.

— Écoutez…

Tex s'interrompit et réfléchit à ce qu'il pouvait dire afin de rassurer l'amie de Melody.

— Je sais qu'elle a peur. Elle me l'a confié. Elle m'a parlé de vous quand je lui ai demandé si elle avait des amis. Elle a dit que vous lui manquiez. Amy, j'ai besoin de votre aide. Il faut que vous m'en racontiez le plus possible sur l'endroit où vous pensez qu'elle se trouve. Elle a manifestement des problèmes et elle a besoin d'aide. Je peux lui porter secours.

— Donnez-moi votre nom. Je vais confirmer votre identité. Si je pense que vous êtes bien qui vous affirmez être, je vous rappellerai.

Tex n'hésita pas.

— John Keegan. La Marine m'a placé en retraite voilà plusieurs années pour raisons médicales. Vous avez besoin d'une référence ?

— Non, je vous retrouverai si vous me dites la vérité. J'ai mes propres contacts.

Tex reposa le téléphone. Encore une fois, Amy avait raccroché sans même lui dire au revoir. Mais il s'en fichait. Melody était la seule chose qui comptait. Puisqu'il avait trouvé la bonne Amy, Tex se pencha à nouveau sur son ordinateur. Il serait en mesure de dégotter pas mal d'informations à présent qu'il avait confirmé d'où venait Melody.

Trente minutes plus tard, son téléphone sonna. Il s'en empara avec impatience et répondit, se disant que ce devait être Amy. Elle avait manifestement de bons contacts si elle l'appelait déjà et avait vérifié son identité aussi rapidement.

Amy ne prit pas la peine de le saluer.

— Mon amie Melody était la personne la plus gentille que vous puissiez rencontrer. C'était le genre de filles qui venait vous voir et gardait vos enfants gratuitement, et d'ailleurs, elle me payait pour le faire. Elle gardait mes gamines tout le temps et elles l'adoraient. Elle travaillait dur et était douée. Elle ne disait jamais de mal sur les autres et était bien plus gentille avec les gens qu'elle n'aurait dû l'être.

— Pourquoi parlez-vous d'elle au passé ?

Entendre Amy parler de Melody comme si elle était morte n'aurait pas dû autant bouleverser Tex, mais il ne pouvait pas s'en empêcher.

La voix d'Amy se radoucit pour la première fois.

— Je ne m'étais pas rendu compte que je le faisais.

— Depuis combien de temps est-elle partie ?

Tex essaya de tempérer ses airs autoritaires. Amy souffrait visiblement aussi.

— À peu près sept mois.

— Vous lui avez souvent parlé depuis qu'elle est partie ?

— Pas vraiment, non, et c'est nul. Elle manque à

mes enfants. Elle manque à ses parents. Elle manque même à sa *chienne*.

— Sa chienne ?

Tex ne se souvenait pas que Melody lui ait révélé posséder un chien dans leurs discussions passées.

— Oui. Elle m'a demandé si je pouvais la garder pendant une journée parce qu'elle devait faire des courses à Pittsburgh. Alors j'ai pris Baby pour la journée et Melody n'est jamais revenue.

— Sa chienne s'appelle Baby ?

Tex entendait qu'Amy se laissait submerger par l'émotion et il voulait qu'elle se concentre sur autre chose pendant un moment avant de continuer à lui parler de Melody.

— Oui. Baby est un chien de chasse de vingt-cinq kilos. Melody adore ce cabot. Chaque fois que je lui ai parlé depuis qu'elle est partie – ce qui n'est pas très souvent –, elle m'a demandé de ses nouvelles. Elle manque à Baby aussi. C'est drôle. Elle s'allonge par terre tous les soirs et garde les yeux braqués sur la porte. Elle comprend. Même si plusieurs mois se sont écoulés, Baby sait que sa maman a disparu et elle attend qu'elle passe à nouveau la porte.

— Qu'est-il arrivé ? Pourquoi Melody est-elle partie ? Que vous a-t-elle dit ?

Tex avait conscience d'avoir l'air bourru, mais il ne pouvait pas s'en empêcher. Il avait besoin de toutes les informations qu'Amy saurait lui fournir pour l'aider à retrouver Melody. Et la pensée que la chienne de

Melody attende impatiemment son retour lui tordait le ventre et lui faisait plus mal que si Amy lui avait décrit à quel point elle-même se languissait de son amie.

— Je ne connais pas vraiment les détails parce que Melody n'a pas voulu m'en parler, mais d'après ce que j'en ai compris, ça faisait un moment qu'elle recevait des messages. Pas vraiment menaçants, mais pas vraiment amicaux non plus. Puis ça a changé. Les mots sont devenus vicieux. Melody ne m'a pas vraiment répété ce qu'ils racontaient, mais je crois qu'ils ont commencé à menacer ses parents et même Baby. Elle m'a dit une fois que si elle avait été la seule concernée, elle ne serait jamais partie. Et je le crois de tout mon cœur.

— Parce que si c'était juste elle, elle aurait laissé couler, mais si on menace quelqu'un ou quelque chose qu'elle aime, elle est prête à tout.

Tex s'imaginait que cela correspondait parfaitement à Melody. Une fois encore, il ne la connaissait pas depuis longtemps, mais à la façon dont elle l'avait soutenu sans vraiment le connaître, Tex savait qu'elle aurait été horrifiée par la perspective qu'il puisse arriver du mal à quelqu'un à cause d'elle.

— Oui, s'exprima Amy d'une voix basse. Alors vous la connaissez.

— Oui. Je la connais.

— Je suis inquiète, Tex. Je ne lui ai pas parlé depuis environ trois mois, et la dernière fois, elle n'avait pas l'air bien.

— Comment cela ?

— Généralement, elle essaye de se montrer heureuse et enjouée pendant qu'on discute, mais la dernière fois, elle n'a pas fait l'effort de dissimuler ses sentiments. Elle avait peur et se sentait déprimée. Elle m'a répété à plusieurs reprises qu'elle m'aimait moi et les enfants, et m'a demandé de bien embrasser Baby de sa part.

Amy inspira profondément.

— Quand elle m'a dit au revoir, c'était différent de toutes les autres fois.

— Ça avait l'air définitif.

— Exactement. J'ai essayé de la garder en ligne, mais elle a dit qu'elle devait y aller et elle a raccroché.

— Je vais la retrouver, Amy.

— Elle va avoir peur quand vous le ferez. Quelqu'un la pourchasse. Si vous lui dites la vérité et qu'elle ne sait pas à quoi vous ressemblez, elle va s'enfuir.

— Elle ne s'enfuira pas quand elle me verra.

— Vous semblez sûr de vous.

— Je le suis.

Tex ne développa pas sa pensée.

— Ramenez-la à la maison, je vous en prie.

— Comptez-y. Puis-je vous demander une faveur ?

Tex avait conscience que sa demande était particulièrement étrange et qu'Amy aurait certainement besoin de se laisser convaincre, mais après cette discussion, il avait la conviction que c'était la bonne décision et qu'il devait le faire.

Une fois qu'Amy eut accédé à sa requête – sous quelques conditions –, Tex raccrocha. Amy lui avait fourni pas mal d'informations intéressantes, y compris le nom de famille de Melody – Grace –, et Tex savait que ce n'était qu'une question de temps avant qu'il ne la retrouve. Et quand il le ferait, il s'assurerait qu'elle soit en sécurité et puisse retourner chez elle.

2

_____

Tex sourit en regardant la chienne de chasse assise à côté de lui dans son pick-up. Baby était accroupie, presque comme une humaine, le nez en l'air, reniflant la brise qui entrait par la fenêtre ouverte. Tex n'était pas un expert en matière de chiens, mais pour une raison quelconque, il avait eu *besoin* d'aller chercher Baby et de l'emmener dans sa quête de Melody.

Il avait ressenti une connexion avec la jeune femme, et avoir sa chienne adorée à ses côtés lui donnait l'impression d'être plus proche d'elle. En plus, Baby était adorable, et ce n'était pas vraiment une corvée de la prendre avec lui pour le voyage. Elle avait des pattes qui semblaient trop longues pour son corps, et si elles étaient grosses, elle était élancée. Elle était bicolore : la majeure partie de son ventre étant blanc, son dos et sa tête presque entièrement beiges. Elle avait des oreilles pendantes, pas autant qu'un basset ou un limier, pourtant elles lui donnaient un air perpétuellement triste. Cependant, c'étaient ses yeux qui avaient solidifié la décision de Tex de la prendre avec lui. Ils affichaient une teinte de brun particulière. Si Tex avait dû la décrire, il aurait dit qu'ils étaient de la couleur de l'ambre. Chaque fois qu'elle le regardait, c'était comme si elle voyait au plus profond de lui toutes ses peurs et ses insécurités, et qu'elle était capable de les faire toutes disparaître.

Heureusement, Baby s'était immédiatement prise d'amitié pour lui. Elle était venue à lui comme si elle le connaissait depuis toujours et s'était directement assise sur son pied. Tex lui avait caressé les oreilles et Baby l'avait regardé de l'air le plus confiant qu'il avait jamais vu. C'était comme si la chienne savait qu'il était là pour l'emmener retrouver Melody.

Au téléphone, Amy avait accepté de le laisser prendre l'animal de Melody, mais il avait fallu la convaincre une fois qu'il avait débarqué chez elle. Tex avait dit à Amy qu'il viendrait à Bethel Park, en Pennsylvanie, pour récupérer Baby. À son arrivée, il avait dû passer deux heures un peu maladroites avec Amy et sa famille. Ils lui avaient posé un million de questions et lui avaient donné un millier de recommandations à propos des goûts de Baby et des soins qu'elle requérait.

Après coup, Amy avait pris Tex dans ses bras et lui avait simplement murmuré à l'oreille avant de partir :

— Je vous autorise seulement à prendre Baby parce

que je sais que vous allez trouver Melody. Ramenez mon amie à la maison, Tex. Je vous en prie.

Alors il s'était mis en route. Il avait emporté deux ordinateurs portables et un grand sac de couchage puis avait pris le volant vers la Pennsylvanie, au nord. À présent, il avait aussi ajouté à son chargement un gros sac de nourriture pour chien haut de gamme, un assortiment de jouets et de snacks pour canins... et une chienne.

Tex était en route pour la Californie. Traverser le pays était un long trajet, mais il avait l'habitude de très peu dormir. Il n'avait pas l'intention de s'arrêter trop fréquemment et comptait arriver en Californie environ trois jours plus tard. Il aurait souhaité s'y trouver immédiatement, sachant que chaque jour qui passait sans contact avec Melody était une journée de danger supplémentaire pour elle. Son escale en Pennsylvanie signifiait qu'il avait perdu vingt-quatre heures, mais il n'avait pas voulu partir sans Baby.

Son sixième sens lui criait de prendre la chienne avec lui, et il n'ignorait jamais cette sensation. Elle les avait sauvés plus d'une fois, lui et ses coéquipiers des Forces Spéciales. Il ne voyait pas pourquoi c'était important, à part le fait qu'il savait que Melody aimait sa chienne.

Son plan était de prendre l'autoroute 70 qui traversait les États-Unis jusqu'à Saint-Louis, puis il bifurquerait sur la 40 jusqu'à Barstow, en Californie, avant de descendre enfin sur la 15 pour regagner la région de Los Angeles.

Il était plus que certain d'être sur la bonne piste pour retrouver où Melody se cachait après son séjour en Pennsylvanie. En recoupant ce qu'il avait glané de ses conversations avec Melody en personne avec ce que lui avait dit Amy, il était convaincu qu'elle se planquait sur la côte ouest.

Il avait effectué pas mal de recherches en ligne avant de se rendre chez Amy en Pennsylvanie. Il avait traqué les mouvements de Mel après qu'elle eut quitté son domicile. Elle s'était d'abord dirigée vers le sud puis vers l'ouest jusqu'en Californie. La plupart des choses qu'il avait faites jusqu'ici n'étaient pas légales, mais Tex avait l'habitude d'obtenir ce qu'il voulait et de brouiller les pistes pour dissimuler ses actes.

Los Angeles était une ville immense, et Tex ne retrouverait certainement pas Melody rapidement, mais il allait commencer par la zone d'Anaheim. Elle avait voulu savoir quel était son personnage de Disney favori, ce qui était une drôle de question sortie de nulle part. Tex avait demandé à Amy si Melody avait un goût particulier pour Disney et elle avait répondu que non. Alors Tex ne pouvait qu'en conclure que si Melody lui posait la question, c'était parce que cela référençait ce qu'elle voyait au quotidien.

Amy lui avait également dit que Melody travaillait dans le sous-titrage. Cela cadrait parfaitement. Elle pouvait travailler de n'importe où tant qu'elle avait du réseau. Il n'existait pas beaucoup de boîtes de sous-titrage dans le pays et Tex savait que ce serait sa clé pour resserrer l'étau autour d'elle. Même si le fait que Melody utilisait manifestement des bornes publiques pour se connecter lui compliquait la tâche, il parviendrait quand même à délimiter la zone dans laquelle elle se trouvait en remontant à la connexion.

Tex était également content de se rendre dans la région de Los Angeles parce que cela lui donnerait l'occasion de revoir ses amis et de rencontrer toutes leurs femmes. Il avait déjà l'impression de toutes les connaître, et il avait hâte de les voir réellement. Et même s'il voulait se dépêcher d'aller retrouver Melody, il savait aussi qu'il aurait besoin de faire une pause d'au moins un soir pour prendre soin de sa jambe. Il avait prévu de descendre sur Riverton afin de rendre visite à Wolf et au reste de l'unité avant de remonter jusqu'à L.A. pour retrouver Melody.

Il avait téléphoné la veille pour dire à Wolf qu'il se rendait sur la côte ouest. Tex sourit en se remémorant le cri de joie que Caroline avait poussé quand Wolf lui avait dit qu'il était en route pour la Californie.

Tex se rappela que Melody avait dit qu'elle pensait que ses amis tiraient profit de lui. Il savait que ce n'était pas vrai, mais c'était bon de voir que Melody avait ses intérêts à cœur. Wolf lui avait révélé que, dans quelques mois, tout le monde avait l'intention de prendre l'avion jusqu'en Virginie pour lui rendre visite. Quand Tex lui avait demandé qui était « tout le monde », il avait été choqué d'apprendre que c'était *tout* le monde. Wolf, Caroline, Abe, Alabama, Cookie, Fiona, Mozart, Summer, Dude, Cheyenne, Benny et Jessyka allaient tous poser une semaine de congé pour venir lui rendre visite en Virginie. Tex avait eu du mal à le croire. C'était ridicule pour eux de tous venir *le* voir, alors qu'il pouvait aisément se rendre en Californie pour les voir *eux*.

Wolf avait éclaté de rire et lui avait dit :

— Essaye de dire ça à nos gonzesses.

Tex aimait les compagnes de ses amis. Elles étaient des battantes et – plus important encore – rendaient ses camarades heureux. Tex était fier d'avoir joué un rôle pour veiller sur leur sécurité et il continuerait de le faire tant qu'elles l'y autoriseraient. Il savait qu'il avait parfois eu l'air dur à cuire au téléphone quand il avait eu le plaisir de parler aux femmes de ses amis, mais il ne savait pas vraiment à quoi s'attendre quand il les rencontrerait en personne. Même s'il était un soldat d'élite et était capable de tuer un adversaire à mains nues, avoir perdu une partie de sa jambe l'avait fondamentalement changé. Au téléphone ou par ordinateur interposé, il pouvait redevenir l'homme qu'il avait été, mais en personne, il ne parvenait pas à s'empêcher de se demander si les gens le croyaient faible. Et cette incertitude s'était infiltrée dans son esprit.

Revoir ses amis avait beau l'enthousiasmer, il restait partagé au sujet de ce voyage vers la côte ouest. Il savait qu'il passerait un bon moment avec le groupe, mais son objectif principal était de retrouver la trace de Melody et de découvrir ce qu'il lui arrivait.

Baby aboya depuis le siège passager.

— Tu as besoin de te dégourdir les pattes, Baby ?

La chienne se contenta de le regarder en inclinant la tête.

— Oui, bon... laisse-moi trouver un endroit où me garer. J'aurais bien besoin d'une pause, moi aussi.

Tex s'arrêta à l'aire de repos suivante le long de l'autoroute et fixa une laisse au collier de Baby. Il refusait de courir le risque de perdre la chienne de Melody. Il savait que les chiens de chasse avaient tendance à suivre leur nez au lieu des ordres des humains, et puisqu'ils étaient au beau milieu de l'Indiana et entourés d'arbres, il ne voulait pas que Baby parte sur la piste d'un lapin.

Baby sauta de la voiture à la suite de Tex et trotta gaiement derrière lui alors qu'ils faisaient le tour de la zone herbée. Elle fit ses besoins et ne protesta pas quand il la ramena vers le véhicule. Elle sauta dans l'habitacle comme si elle l'avait déjà fait un million de fois. Tex détacha la laisse et laissa la chienne dans la voiture avec les fenêtres entrouvertes le temps de faire un tour à l'intérieur.

Quand il ressortit cinq minutes plus tard, Baby était assise sur le siège passager de son break comme si elle l'attendait.

— Tu es prête à aller retrouver Melody ?

Tex se sentait bête de parler à un chien, mais,

comme si elle pouvait le comprendre, Baby aboya et posa une patte sur son bras. Tex la gratouilla derrière l'oreille et démarra. Ils avaient beaucoup de chemin devant eux.

* * *

Tex s'engagea dans l'allée de Wolf et arrêta le moteur. Il était fatigué. Sa jambe lui faisait mal. Certes, la douleur était permanente, mais le fait d'être resté assis dans le pick-up pendant trois jours d'affilée n'était guère réparateur. Malgré tout, Tex avait contourné Los Angeles pour descendre directement à San Diego afin de voir ses amis et leurs femmes. Ce n'était pas un détour important et Tex avait envie de voir Wolf et les autres. Cela dit, c'était difficile de repousser ses recherches ne serait-ce que de vingt-quatre heures, même si cela avait été son intention dès le début.

Tex fit courir sa main sur la tête de Baby qui reposait sur sa cuisse. Il n'avait jamais possédé de chien quand il était plus jeune, mais au cours des trois journées qui venaient de s'écouler, il était tombé amoureux de Baby. C'était facile de l'aimer. Elle était douce, pas capricieuse et écoutait étonnamment bien pour un chien de chasse.

— On est arrivés, Baby. Tu veux rencontrer mes amis ?

Comme il en avait pris l'habitude, Tex expliqua à Baby tout ce qu'ils allaient faire. Il ouvrit la portière et elle était immédiatement prête à partir. Elle resta assise sur le siège conducteur jusqu'à ce que Tex fixe la laisse à son collier et qu'elle saute gaiement à terre à ses côtés.

Tex boitilla jusqu'à la porte d'entrée, réalisant soudain qu'il aurait probablement dû rester à l'hôtel une nuit de plus au lieu de déranger ses amis à cette heure-ci, mais il était trop tard à présent. La porte s'ouvrit en grand et Caroline courut vers lui.

Tex s'arrêta et se prépara à attraper la femme qui s'apprêtait à se jeter sur lui, mais Caroline n'eut pas l'occasion de le faire basculer à la renverse. Baby se déplaça pour venir se positionner devant lui et elle se mit à grogner, un son bas et menaçant que Tex ne l'avait encore jamais entendu émettre depuis qu'il l'avait rencontrée. Caroline pila net et Tex baissa des yeux surpris. Baby n'avait pas montré la moindre trace d'agression envers quiconque au cours des trois journées précédentes. Elle était restée assise à côté de lui pendant des milliers de kilomètres et n'avait ni grondé ni aboyé de tout le voyage. Ils avaient croisé des hordes d'inconnus sur la route et Baby n'avait pas bronché. Il y avait même eu une aire d'autoroute peuplée de bikers à l'air bourru et menaçant, mais Baby n'avait même pas eu l'air de remarquer leur présence. Mais voilà qu'elle réagissait à présent.

— Seigneur Dieu ! dit Caroline d'une petite voix.

Wolf déboula alors. Il passa un bras autour de la

taille de Caroline et l'attira derrière lui, loin du chien qui grondait.

— Baby ! Non ! lui ordonna Tex d'un ton sévère.

Le chien de chasse ne recula pas entièrement, mais elle s'assit sur le pied de Tex qui voyait bien qu'elle n'était pas détendue. Tous les muscles de son corps étaient parés à l'attaque, pour le protéger.

— C'est un gentil chien que tu as là, Tex, dit Wolf d'une voix sarcastique.

— Désolé. Elle s'est parfaitement bien comportée durant tout le voyage.

— J'ai couru vers toi, Tex. Elle te protège. Tu l'as bien dressée, dit Caroline avec une pointe d'humour dans la voix.

— Ce n'est pas ma chienne et je ne l'ai pas dressée. Je l'ai rencontrée il y a seulement trois jours.

Tex ne comprenait pas pourquoi Baby se comportait de la sorte, mais il ne put s'empêcher d'être flatté. Apparemment, Baby l'avait véritablement accepté comme maître. Sa loyauté lui mettait du baume au cœur.

— Eh bien, on dirait que le temps que vous avez passé sur la route a consolidé votre relation dans son esprit. Elle t'a assurément choisi pour maître et je suis d'accord avec Ice, elle te protège, remarqua Wolf d'un ton sec.

Tex se pencha, sachant qu'avec l'état de sa jambe, il ne serait jamais capable de se redresser s'il s'agenouillait. Il saisit la nuque de Baby d'une main et posa l'autre sous sa tête, la forçant à lever les yeux vers lui.

— C'est bon, Baby, ces gens sont mes amis. Ils seront aussi les amis de Melody quand on la retrouvera. Tu n'as pas le droit de les mordre. Bon sang, tu ne devrais même pas leur grogner dessus.

Tex fit courir une main sur la tête de la chienne avant de la lâcher. Baby lui lécha la main une fois, puis elle recommença à battre de la queue.

— Tu penses que je peux te serrer dans mes bras, à présent, ou bien qu'elle va me sauter à la gorge ? plaisanta Caroline.

— Viens ici, ma belle, lui dit Tex pour toute réponse en l'attirant contre lui.

Quand Baby ne gronda pas et ne montra pas le moindre signe d'agression, Caroline se détendit dans ses bras.

— C'est tellement bon de te voir, Ice. Ça fait bien trop longtemps. Tu arrives à tenir Wolf dans le droit chemin ?

— Allons, Tex, tu sais que c'est une tâche impossible, plaisanta Caroline. Viens, entrons et tu pourras t'installer. Je suis certaine que tu es fatiguée et que tu as envie de t'allonger pendant quelques heures. On t'a préparé le sous-sol.

Tex se recula et sourit à Caroline. Elle voulait toujours prendre soin des gens... Puis il claqua des doigts et Baby se mit en route. Même s'il tenait la laisse entre les mains, il essayait de la faire réagir à ses ordres non verbaux. Jusque-là, Baby s'était montrée particulièrement douée. C'était une chienne intelligente. Très intelligente.

En marchant, Wolf posa la main sur l'épaule de Tex.

— C'est bon de te voir, mon pote. Le trajet s'est bien passé ?

— Oui, même si c'était long.

Les deux hommes se regardèrent et Wolf vit que Tex lui faisait un signe qui signifiait « plus tard ». Ce dernier ne voulait pas inquiéter Caroline à propos de Melody ou de ce qu'il ressentait vraiment. Il avait brièvement informé Wolf de la raison de sa présence en Californie, mais ne lui avait pas raconté toute l'histoire.

Ils entrèrent dans la petite maison et Baby trotta aux côtés de Tex comme si elle le connaissait depuis toujours. Il détacha la laisse dès que la porte d'entrée se referma derrière eux. Baby continua à coller aux basques de Tex, n'explorant pas la maison ou ne semblant même pas curieuse de savoir où ils étaient. Elle n'avait d'yeux que pour Tex.

Après avoir passé une demi-heure à la table de la cuisine à discuter de tout et de rien, Caroline alla se coucher. Elle embrassa Tex sur le front et caressa amoureusement la tête de son mari avant de quitter la pièce. Baby leva les yeux et regarda Caroline s'en aller, mais elle ne bougea pas de l'endroit où elle se tenait aux pieds de Tex.

Les hommes regardèrent Caroline disparaître et

attendirent quelques minutes. Enfin, Wolf prit la parole.

— Parle-moi. Que se passe-t-il ? Je te connais. Tu ne traverserais pas le pays pour rien. Qui est cette fille pour toi ?

— Wolf, je ne l'ai jamais rencontrée, mais elle a des problèmes.

— Comprends-moi, je n'aime pas voir des femmes en souffrance ou en danger, mais on dirait que tu es vraiment impliqué avec une femme que tu ne connais même pas. C'est étrange.

— J'ai dit que je ne l'avais jamais rencontrée, répéta Tex, pas que je ne la connais pas. Ça fait six mois que je lui parle. Elle a des problèmes et il faut que je l'aide.

— D'accord. Dis-moi ce que l'équipe peut faire.

Tex sourit. Faire partie d'une unité lui avait manqué. Il se souvint de la loyauté instantanée et du fait que personne ne remettait jamais en question ses coéquipiers quand il était évident qu'ils savaient que quelque chose n'allait pas et qu'il fallait gérer la situation.

— Honnêtement ? Je ne sais pas. Pour le moment, je suis mon instinct. Je ne suis même pas certain que Melody se trouve bien à Anaheim.

— Tu sais que nous ne sommes pas loin si tu as besoin de nous. Je pourrai demander au commandant de nous donner quelques jours de congé.

— Merci, Wolf, j'apprécie.

— En parlant du commandant, il n'était pas super content que tu aies mis Julie Lytle en contact avec lui.

Tex afficha un large sourire.

— Elle m'a dit qu'elle voulait parler à Cookie. Je me suis dit que ce serait bien pour tous les deux si elle était capable de tourner la page après ce qui s'était passé au Mexique.

— Tu sais que le commandant et elle sont ensemble, n'est-ce pas ? demanda Wolf.

Tex haussa simplement les sourcils en regardant son ami.

— Bien sûr... Bon sang, Tex ! Je ne devrais pas être surpris que tu connaisses tout le monde et que tu aies le don étrange de deviner ce dont les gens ont besoin avant qu'eux-mêmes ne le comprennent... mais je le suis toujours.

— Sérieusement, commenta Tex, je ne savais pas qu'ils allaient finir ensemble, mais si quelqu'un avait besoin d'un peu de chance dans sa vie, c'était bien Julie. Et si Hurt est heureux, tant mieux pour lui. Et j'ai parfaitement l'intention de demander que le commandant repaye sa dette envers moi si Melody en a besoin.

— Bien entendu. Je sais qu'il n'hésitera pas à faire le nécessaire pour t'aider. Tu sais que tous les hommes de l'unité ont une dette envers toi. Une dette importante.

Sachant que Tex n'apprécierait pas qu'il poursuive sur sa lancée, Wolf changea de sujet.

— Tu emmènes la chienne avec toi ? Tu peux la laisser ici si tu veux.

— Merci, mais je préfère la garder à mes côtés.

Baby leva les yeux comme si elle comprenait que les hommes parlaient d'elle et elle geignit. Tex abaissa la main pour la poser sur sa tête.

— Bon, tu peux aller dormir, dit Wolf. Juste pour te prévenir, Caroline a invité tout le clan pour le petit-déjeuner demain matin. Je sais que tu as hâte de repartir, mais j'apprécierais vraiment que tu restes encore un peu. Elles ont envie de te rencontrer en vrai.

Tex soupira, feignant la contrariété. En réalité, lui aussi avait hâte de rencontrer toutes ces femmes.

— Je crois que je peux vous consacrer quelques heures.

Wolf éclata de rire en se redressant.

— Alors on se voit demain. Je crois qu'Ice a acheté assez de nourriture pour que tu puisses squatter dans notre sous-sol pendant plusieurs mois, mais si tu veux quelque chose qui ne se trouve pas en bas, sers-toi ici. Je vais aller te chercher ton sac de couchage.

— Merci.

Tex lui était vraiment reconnaissant. Sa jambe lui faisait mal et il allait devoir éviter de s'appuyer dessus pendant un moment.

— Tu y trouveras aussi un sac de nourriture pour chien. Baby en aura besoin demain matin.

Wolf leva la main tout en se dirigeant vers la porte,

ne s'arrêtant pas, mais indiquant qu'il avait entendu les paroles de Tex.

— Tu as besoin de ressortir, Baby ? demanda Tex à l'animal installé à ses pieds.

Quand Baby ne réagit pas et qu'elle s'allongea avec un soupir, Tex comprit qu'elle n'avait pas besoin de sortir.

— Alors, allons dormir un peu. Ça va être déjanté ici demain matin. Ces femmes sont folles.

Ses paroles étaient moqueuses, mais son ton était empli d'affection.

Tex se redressa douloureusement de sa chaise et se dirigea vers la porte du sous-sol. Alors qu'il descendait l'escalier, Baby était là, à ses côtés. Il trébucha une fois, mais Baby s'appuya de tout son poids sur sa jambe valide, lui faisant regagner son équilibre et l'empêchant de tomber.

— Merci, ma belle.

Une fois que Wolf lui eut amené son sac au bas des marches et que Tex soit passé aux toilettes, il retira sa prothèse et massa son moignon avec la lotion qu'il avait toujours sur lui. Il lui faisait bien plus mal que d'habitude à cause de tout le temps qu'il avait passé assis durant le trajet en travers du pays.

Baby sauta sur le lit à côté de lui. Elle tourna environ dix fois sur elle-même avant de décider enfin que son « nid » lui convenait. Elle poussa un soupir et posa le museau sur la jambe de Tex. Il se pencha et lui tapota la tête.

— C'est bien, ma belle.

Se raccrochant à un dernier espoir, Tex s'empara de son ordinateur portable qu'il avait posé sur la table de chevet avant de retirer sa prothèse. Il l'ouvrit et l'alluma, attendant qu'il se connecte au Wi-Fi de Wolf.

Il rejoignit alors le chat que Melody et lui fréquentaient et il attendit, espérant qu'elle se reconnecte. Il avait vérifié tous les soirs, juste au cas où. Mais au bout de quelques minutes, il soupira, déçu. Elle ne l'avait pas fait... ou du moins n'était-elle pas revenue avec le même pseudo qu'elle avait utilisé par le passé. Si elle en avait un différent, Tex n'avait aucune idée de ce que c'était et personne ne lui avait envoyé de message privé non plus. Il éteignit le portable et le remit sur la table. Puis il s'allongea sur le lit et regarda le plafond.

Il ignorait complètement où Melody se trouvait ou bien ce qu'elle traversait, mais il espérait qu'au moins, elle était en sécurité. Et il fallait que cela dure le temps qu'il la rejoigne. Dans son esprit, il était certain d'être capable de la retrouver. Il devait le faire. Il n'y avait pas d'autre option.

3

Tex sourit en s'éloignant de la maison de Wolf au
volant de sa voiture. Il venait de passer trois heures
complètement folles, mais il ne les aurait ratées pour
rien au monde. Il n'avait pas oublié Melody ni la raison
de sa présence en Californie, mais rencontrer les
femmes avait été bien mieux que tout ce qu'il aurait pu
s'imaginer.

Dès qu'il avait mis le pied dans la cuisine, il avait
été assailli par une bande de filles en pleurs. Fiona
l'avait agrippé la première et avait simplement
sangloté. Tex avait l'impression de posséder la
connexion la plus intime avec elle. Il lui avait parlé
pendant trois jours d'affilée, toutes les quatre heures,
tandis que Cookie et l'équipe faisaient de leur mieux
pour quitter leur mission et rentrer au pays. Même si
Fiona avait été en plein délire, elle se souvenait mot

pour mot de toutes les conversations qu'ils avaient échangées.

Elle murmura à l'oreille de Tex alors qu'il la tenait dans ses bras :

— Merci de t'être accroché à moi quand Hunter n'était pas en mesure de le faire.

Tex la serra bien fort et lui murmura en retour :

— Je serai là chaque fois que tu auras besoin de moi.

Les autres femmes avaient toutes attendu leur tour et l'avaient serré fort dans leurs bras. Tex avait aidé leurs hommes à les retrouver et à les secourir de situations horribles. Jessyka lui avait même murmuré avant de le laisser partir :

— Merci d'avoir convaincu les garçons qu'eux aussi ont besoin de puces électroniques.

Après que Jess eut été capturée par un ex qui avait enlevé Benny, elle avait reproché aux soldats de ne pas se protéger, et elle avait eu raison. La seule raison pour laquelle elle avait été enlevée par son ex était parce qu'elle avait voulu protéger Benny. Et si les soldats avaient demandé à Tex de programmer des traceurs pour leurs femmes, ils avaient négligé de s'en équiper eux-mêmes.

Devant les réactions émotionnelles de leurs femmes devant Tex, les hommes s'étaient contentés de hocher la tête. Le petit-déjeuner s'était déroulé dans les rires et ils s'étaient souvenus de tous les bons moments qu'ils avaient passés dans leur vie. On avait refilé à Baby bien trop de morceaux de bacon ou de saucisse, mais elle n'avait pas quitté Tex pendant plus d'une seconde.

Enfin, Tex avait décidé qu'il était temps de partir, même s'il aurait voulu rester pour profiter du bonheur qui irradiait de tous les pores de ses amis. Il ne pouvait pas se sortir Melody de la tête. Elle était dans la nature... quelque part. Elle n'avait personne. Pas d'amis comme ceux-là sur lesquels compter. Pas de camarades de régiment pour lui venir en aide. Elle avait peur ; elle l'avait dit elle-même. Et Tex détestait cela.

Il avait beau apprécier la compagnie de Caroline et des autres femmes, il devait partir. Baby s'était redressée en même temps que lui et s'était dirigée vers la porte d'un pas vif. Elle semblait visiblement aussi prête à partir que lui.

À présent, les pensées tourbillonnaient dans l'esprit de Tex. Il n'avait pas vraiment de plan, à part celui de se diriger vers Anaheim pour voir ce qu'il pourrait y trouver. Il avait vérifié les hôtels afin de vérifier si Melody était descendue quelque part. Bien sûr, ce serait impliquer qu'elle avait utilisé son vrai nom, Melody Grace, ce qui était peu probable. Il avait une photo d'elle que lui avait donnée Amy pour pouvoir la montrer à des employés d'hôtel, mais une fois encore, ils voyaient certainement tellement de touristes qu'ils ne seraient probablement pas capables de la reconnaître à partir d'une simple photo. Tex serait manifestement contraint de s'appuyer à nouveau sur ses talents pour l'informatique afin de préciser son emplacement, mais l'idée qu'il se trouvait peut-être dans la même ville qu'elle le rassurait.

Après avoir passé quelques heures dans la circulation urbaine, Tex s'arrêta dans un hôtel situé à quelques pâtés de maisons seulement du grand parc d'attractions. Tout ce qui l'entourait lui rappelait l'endroit où il se trouvait. Il y avait des personnages de Disney partout. Cela confirma sa conviction que lorsque Melody lui avait demandé quel était son personnage préféré, c'était parce que c'était un sujet de conversation qui lui était venu naturellement.

Tex s'enregistra à l'accueil, s'assurant d'avoir une chambre au rez-de-chaussée pour que ce soit plus facile d'aller promener Baby. Il prit son sac avec lui, ainsi que la nourriture et les jouets de la chienne. Mais il ne prit pas son petit lit, se disant que Baby sauterait de toute façon sur le matelas pour dormir avec lui. Tex posa un bol d'eau par terre et sourit en voyant Baby se servir.

Il s'assit à la table située dans un coin de la pièce, près de la fenêtre, et brancha son portable. Il allait commencer par les entreprises de sous-titrage et tenterait de resserrer le périmètre.

Au bout de trente minutes de recherche, il se cala sur le dossier de sa chaise. Il était tout près. Très près. Il le sentait au fond de lui. Il n'avait eu aucun mal à retrouver la boîte pour laquelle travaillait Melody. Le jour même, elle avait retranscrit une cérémonie de remise de diplômes en Indiana. Apparemment, la façon dont cela fonctionnait était que la personne qui louait le service se connectait sur Skype. Melody regardait l'événement – dans ce cas-là, une cérémonie de remise des diplômes – puis elle tapait ce qu'elle entendait. Les invités qui avaient besoin du service utilisaient une application et voyaient les mots qu'elle avait composés défiler sur l'écran de leur téléphone alors qu'ils étaient assis dans l'assistance.

C'était vraiment génial et Tex n'avait jamais songé à ce genre de choses auparavant. Pas étonnant que Mel soit capable de taper aussi vite lors de leurs discussions. Il s'était toujours posé la question, mais il n'avait jamais pensé à lui demander pourquoi.

Puisque Melody s'était connectée ce jour-là pour retranscrire la cérémonie en Indiana, Tex avait pu remonter le point d'origine du signal Wi-Fi jusqu'à deux endroits d'Anaheim. La chair de poule recouvrit sa peau. Il était tout près. Il se frotta machinalement la cuisse gauche, essayant de dissiper la douleur fantôme qui s'y attardait toujours. Sur ces bonnes nouvelles, il lui semblait que c'était le moment idéal pour aller s'acheter une tasse de café. Si Melody s'était sentie assez en sécurité pour utiliser internet ce jour-là, il espérait qu'elle le referait.

* * *

Assise sur son lit, Melody s'adossa au mur de sa chambre d'hôtel et replia les jambes contre elle. Serrant le téléphone dans une main, elle posa la tête sur ses genoux. Il était temps de partir, mais elle était à présent en Californie depuis si longtemps qu'elle ne voulait pas vraiment s'en aller. Honnêtement, elle aurait seulement eu envie de rentrer chez elle.

Mais la personne qui la harcelait l'avait retrouvée et elle était encore plus impitoyable qu'avant. Melody se dit qu'elle avait eu le bon réflexe en changeant de chambre d'hôtel toutes les semaines et en utilisant différentes bornes pour sa connexion internet, mais la personne qui la pourchassait était plus intelligente qu'elle ne l'avait cru. Melody ne savait pas comment elle parvenait à la retrouver, mais elle en avait assez. Amy lui manquait. Baby lui manquait. Ses parents lui manquaient. La Pennsylvanie lui manquait.

Melody regarda la lettre qui se trouvait au beau milieu du plancher là où elle l'avait laissée tomber après l'avoir lue. Le réceptionniste la lui avait donnée quand elle était revenue ce jour-là, et Melody savait qu'elle ne souhaitait pas vraiment lire son contenu. Une fois qu'elle avait refermé la porte de sa chambre d'hôtel, elle avait ouvert le mot à contrecœur. Elle n'oublierait jamais ce qu'elle disait.

Peu importe où tu iras, je te retrouverai. Toi et moi, c'est du pareil au même, ne le vois-tu pas ?

. . .

Melody ne savait pas ce que tout cela signifiait. Ce mot était tout aussi effrayant que les autres, mais il n'y avait pas de timbre. La personne qui le lui avait envoyé s'était rendue à l'hôtel et l'avait donné directement au réceptionniste. Cela signifiait qu'il était là. Cela voulait également dire que Melody devait partir. Tout de suite.

Elle reposa la tête sur ses genoux. Elle était à court d'idées. Enfin... il lui restait une option, mais elle devait invoquer le courage de s'en servir. Elle serra plus fort le téléphone. Elle avait acheté un tas de téléphones jetables pour appeler sa famille et Amy. Elle avait vu assez de programmes télé pour savoir qu'ils étaient impossibles à détecter. Mais cela n'avait manifestement aucune espèce d'importance. *Il* l'avait tout de même retrouvée.

Melody releva la tête, leva le téléphone et le regarda. Elle avait mémorisé le numéro que Tex lui avait donné, même si elle n'avait eu aucune intention de l'appeler.

Elle était tellement tentée. Melody repensa à leurs conversations. Tex était un homme bien. Cela se voyait dans toutes ses paroles. C'était un véritable héros et c'était ce dont elle avait besoin, mais elle ne voulait pas lui poser problème, et elle savait que c'était ce qui risquait de se passer. Il s'impliquerait trop dans sa situation et il souhaiterait la « régler », mais elle ne voyait absolument pas comment il y pourrait y parvenir.

Mais elle avait peur et était terrifiée. Elle avait de l'argent, grâce à son job de sous-titrage et l'aide d'Amy... mais pour aller où ? Dans un autre hôtel dans une autre ville où la même chose se reproduirait ? Elle n'aurait pas pu se trouver plus loin de la Pennsylvanie, mais quelque part, la personne qui la harcelait était quand même parvenue à retrouver sa trace.

Melody ouvrit machinalement l'application texto de son téléphone et, un chiffre après l'autre, composa le numéro qu'elle avait mémorisé. Puis, sans réfléchir, elle tapa la première chose qui lui vint à l'esprit.

Reposant le téléphone sans appuyer sur la touche « Envoi », elle reposa la tête sur ses genoux. Ses cheveux teints en brun tombèrent en vagues autour de sa tête et se répandirent sur ses jambes. Elle était déchirée... *Qu'est-ce que ça fait si j'envoie ce texto ? Ce n'est pas comme si Tex savait où je suis. Il me manque. Ça me manque de ne plus pouvoir parler avec lui. Il m'a permis de ne pas sombrer dans la folie l'année dernière. Il m'a donné l'impression d'être normale.*

Mais s'il m'en veut d'avoir effacé mon compte sur le site de chat ? Et s'il ne répond pas ? Et s'il répond ? J'ai besoin de ressentir une connexion avec quelqu'un, au moins un peu. J'ai besoin de ne pas me sentir aussi seule. C'est un soldat d'élite. Il pourra m'aider.

Sans plus y réfléchir, Melody prit le téléphone et appuya sur la touche « envoi ». Les deux mots qu'elle avait écrits semblaient criards sur le petit écran, mais ils résumaient bien ses émotions tempétueuses. Tex allait-il répondre ? Melody bascula la tête en arrière sur ses genoux et ferma les yeux, ayant peur d'espérer, ayant peur de bouger, ayant peur de rester là.

Tex était assis à la table du petit café en face de la librairie, dans l'attente. Baby était allongée à ses pieds, et les yeux de la chienne étaient apparemment eux aussi braqués sur le magasin situé de l'autre côté de la rue. C'était comme si elle savait que Melody était proche.

Tex était nerveux, chose qui ne lui arrivait jamais. Il avait toujours eu la réputation d'être stoïque, d'être celui qui ne suait jamais ni avant ni pendant une mission. Mais il était loin de l'être à présent. Il savait qu'il touchait au but. Melody avait effacé son compte, n'avait plus donné signe de vie, avait accepté beaucoup de missions en un court laps de temps. Elle s'apprêtait à filer et il avait besoin de la rattraper avant qu'elle le fasse. Il espérait vraiment qu'elle accepte une autre mission dans la journée. Elle s'était bien débrouillée pour garder secrète sa localisation exacte, mais Tex savait que s'il avait pu la retrouver, alors son harceleur aussi.

La pensée que quelqu'un puisse terroriser une fille aussi gentille que Melody le déchirait. Il n'existait pas beaucoup de gens réellement « gentils » dans ce monde, et de ce qu'il savait d'elle, elle en faisait partie. Sa famille et ses amis n'avaient pas pu trouver une seule chose mauvaise à dire d'elle. Même sa chienne se rongeait les sangs pour elle. Oui, cela le mettait en rogne que quelqu'un puisse vouloir terroriser une personne aussi gentille que Melody.

S'il était réellement honnête, Tex était légèrement terrifié en voyant comme cette femme comptait pour lui. Une femme qu'il n'avait en réalité jamais rencontrée. C'était franchement un peu fou. Melody lui avait dit qu'elle avait vingt-sept ans et, honnêtement, c'était probablement plus jeune que ce qu'il aurait vraiment recherché chez une femme. Il avait trente-cinq ans... et il était un vieux de trente-cinq ans, mais ce n'était pas vraiment comme s'il souhaitait vraiment amorcer quelque chose avec elle... n'est-ce pas ?

Tex se pencha en avant, tira son portefeuille de sa poche et en sortit la photographie qu'Amy lui avait donnée. Elle était d'Amy et de Melody. Elles se tenaient dans les bras l'une de l'autre et elles souriaient à la caméra. Elles étaient en short et en tee-shirt et Amy lui avait dit qu'elle avait été prise durant un barbecue chez elle peu de temps avant la disparition de Melody.

Tex fit courir ses doigts le long du visage de Melody. Il n'avait pas vraiment songé à ce à quoi elle ressemblait. Il l'appréciait pour ses traits d'esprit et son sarcasme. Il aimait lui parler et cela, qu'importe son apparence. Mais il s'avérait que Melody était mignonne. Elle avait les cheveux blonds bouclés et coupés aux épaules. Elle était de taille moyenne. Il ne pensait pas qu'elle puisse être un jour aussi mince qu'un mannequin. Elle était ce que Tex aurait appelé pulpeuse. Secouant la tête, il remisa la photo dans son portefeuille.

Il se sentait nerveux et confus. Aucune femme ne lui avait jamais fait le même effet que Melody. Elle l'apaisait, le soutenait et ne craignait pas de lui tenir tête. Tex ne s'était jamais autant ouvert à quelqu'un. Elle le connaissait, et c'était terrifiant. Elle savait ce qu'il ressentait vraiment à propos de la perte de sa jambe ainsi que la façon dont il percevait sa prothèse, ce que c'était que d'être un soldat d'élite, ce qu'il ressentait pour ses amis. Elle savait tout. Une partie de lui était également blessée que Melody ait pu couper le contact avec lui aussi totalement. Ils avaient partagé tellement de choses que le fait qu'elle puisse le faire sortir de sa vie aussi facilement était un coup dur.

À ses pieds, Baby releva la tête quand son téléphone vibra et sonna pour annoncer un nouveau texto. La chienne le regarda en pointant les oreilles en avant. Tex se pencha pour lui passer une main sur la tête.

— C'est probablement Caroline ou bien l'une des filles qui veut s'assurer que je suis bien arrivé, dit-il pour rassurer la chienne.

J'ai peur

Le texto n'en disait pas plus. Juste ces simples mots.

Tex ne reconnut pas le numéro, mais il devina immédiatement de qui il provenait. Il s'assit bien droit sur sa chaise et composa rapidement une réponse. Son cœur battait soudain aussi rapidement que s'il venait de courir sur plusieurs kilomètres.

Je sais, Mel. Où es-tu ?

Tex attendit sa réponse en retenant son souffle. Il espérait vraiment qu'elle lui réponde. Il ne savait pas dans quel état d'esprit elle se trouvait, mais si Melody admettait avoir peur après avoir passé presque deux semaines sans lui parler, Tex savait que cela ne pouvait pas être bon. Elle était manifestement apeurée et il savait qu'elle était capable de filer à n'importe quel moment.

Nulle part

Arrête. Dis-moi où tu es

Tex savait qu'il devait la convaincre. Elle était déprimée et terrifiée ; une combinaison peu recommandable.

En Californie

Où exactement ?

Anaheim

Continue

Quelle importance ?

C'est important pour moi. Quel hôtel ? Quelle chambre ?

Quoi, tu vas venir me chercher ?

Hôtel ? Chambre ?

Holiday Inn Express. 305

Reste là. Ne bouge pas. N'ouvre la porte à personne. Ça va aller

Tex n'attendit pas sa réponse. Il bondit de sa chaise et saisit la laisse de Baby.

— Tu es prête à revoir maman, ma belle ?

Baby répondit d'un geignement, comme si elle savait exactement ce qu'il se passait et où ils allaient.

Tout en se dirigeant vers le garage où il avait laissé son break, Tex remercia Dieu que Melody l'ait contacté. Il allait récupérer son amie. Elle n'était plus seule.

4

_____

Melody posa le téléphone et reposa la tête sur ses genoux avant de fermer les yeux. Rester là. Elle en était capable. Elle en était vraiment capable. Et de toute façon, elle ne pensait pas avoir la force d'aller autre part. Elle en avait assez. Elle ne savait pas ce que Tex avait prévu de faire, mais quelque part, elle se sentait mieux de savoir que quelqu'un d'autre – hormis son harceleur – savait où elle se trouvait.

Elle repensa à une conversation en ligne qu'elle avait échangée avec Tex peu de temps auparavant. Elle avait enfin eu le courage de demander s'il voulait qu'ils s'échangent des photos. Elle n'oublierait jamais ses paroles. *Je n'ai pas besoin d'une photo pour savoir que tu es belle.*

Melody avait éclaté de rire puis lui avait demandé ce qu'il voulait dire par là. À ce qu'il en savait, elle pouvait bien peser quatre cents kilos et vivre calfeutrée chez elle. Il lui avait répondu que son amitié et son soutien inconditionnel signifiaient tout pour lui et qu'il savait qu'elle avait une âme admirable. Ses paroles lui avaient permis de conserver le sourire pendant plusieurs jours.

Mais à présent, Melody aurait eu envie de savoir à quoi ressemblait Tex. Elle le lui avait demandé une fois et il avait simplement répondu qu'il était un « soldat de la Marine à la retraite fatigué à qui il manquait la moitié d'une jambe ». Peu lui importait s'il était couvert de cicatrices, s'il perdait ses cheveux ou s'il avait pris du lard à se gaver de donuts quotidiennement. Il était sa bouée de sauvetage au sein du monde déroutant dans lequel elle vivait. Elle savait que la perte de sa jambe empêchait les gens de se rapprocher de lui, mais à ses yeux, cela faisait de lui qui il était. Et il était encourageant, sensible et aimant. Selon elle, ces qualités vaudraient toujours mieux que l'aspect physique.

Cela dit, dans son esprit, elle ne pouvait pas s'empêcher de s'imaginer que Tex était grand, beau et ténébreux. Il était forcément plus grand qu'elle, ce qui n'était pas difficile puisqu'elle ne mesurait même pas un mètre soixante-dix. Il serait assez fort pour l'inonder de sa chaleur quand il l'envelopperait dans ses bras. Il devait être musclé et puissant, avec une musculature saillante, mais pas trop. Il aurait les cheveux courts, mais quand même un peu trop longs pour un militaire, et ses épaules seraient assez larges pour… Melody interrompit le fil de ses pensées avec un sursaut.

Peu lui importait. Toutes ces pensées ne comptaient pas. Peu lui importait qu'il ne ressemble pas à un de ces hommes en couverture d'un roman d'amour. Elle avait besoin de *lui*. De ses mots et de sa force. Cela faisait longtemps à présent qu'elle ne comptait que sur elle-même, et elle s'était d'ailleurs remarquablement bien débrouillée. Cela étant, ce serait bien d'avoir un peu de soutien.

Elle se rappela que les amis soldats de Tex vivaient en Californie. Il allait peut-être les appeler et ils lui proposeraient de l'aider. C'était sûrement cela. Elle se dit que Tex lui renverrait un texto pour lui faire part de ses intentions. Il lui avait dit de ne pas ouvrir la porte. Elle poussa un petit rire. Tex n'avait pas besoin de le lui dire. Elle n'ouvrirait à personne. Elle ne se sentait pas en sécurité assise sur le sol roulée en boule, mais c'était mieux que de s'aventurer à l'extérieur ou d'ouvrir la porte à quelqu'un qui pouvait très bien être ce harceleur qui en avait après elle. Elle savait que c'était vrai.

Melody ferma les yeux et se concentra sur sa respiration. Rien d'autre, juste inspirer et expirer. Elle pouvait oublier… juste pendant un moment… que quelqu'un voulait sa mort et qu'elle était seule au monde.

* * *

Tex ignora le regard mauvais que le réceptionniste lui décocha alors qu'il traversait le vestibule aussi rapidement que possible pour aller prendre l'ascenseur. Il préférait les escaliers, mais sa jambe lui faisait toujours mal et il ne voulait pas la pousser encore davantage. Il savait qu'il serait bientôt contraint de la laisser se reposer, mais tant qu'il ne serait pas certain que Melody soit en sécurité, il ne voulait pas perdre de temps.

À ses côtés, Baby restait silencieuse. Tex voyait qu'elle était tendue, mais elle n'émit aucun bruit. Dieu merci, l'hôtel acceptait les animaux, malgré l'hostilité du réceptionniste. L'ascenseur le déposa au troisième étage et Tex en sortit puis suivit les panneaux, descendant sans attendre le couloir vers la chambre 305.

Il s'arrêta devant la porte et envoya un texto rapide à Melody.

Dans un moment, on va frapper à ta porte. C'est bon. Regarde d'abord par l'œilleton

Tex inspira profondément et se pencha pour prendre Baby dans ses bras. Il frappa à la porte d'une main et souleva la chienne pour que sa tête soit à la hauteur du judas. Il aurait simplement pu lui envoyer un mot pour lui dire qu'il était là et qu'elle pouvait le laisser entrer, mais il n'était pas certain qu'elle le croirait. Il savait qu'il n'existait aucun autre moyen de pousser Melody à lui faire confiance et à ouvrir la porte que de lui montrer Baby, sa chienne adorée. Bien sûr, c'était également ce qu'un harceleur aurait fait, mais Tex espérait que Mel soit tellement surprise et excitée de voir sa chienne qu'elle le laisse entrer. Une fois qu'il se trouverait à l'intérieur, il lui rappellerait que ce n'était pas très futé.

Il attendit en retenant son souffle, et soudain, la porte s'ouvrit.

La femme qui se tenait devant lui lui coupa le souffle. Elle semblait fatiguée et stressée, mais à part ses cheveux qu'elle avait teints, elle ressemblait trait pour trait à la photo qu'Amy lui avait donnée. Tex avait passé du temps à l'admirer, mais il ne se serait jamais imaginé qu'elle serait aussi jolie en personne.

Melody était de taille moyenne pour une femme. Elle lui arrivait environ au menton. Elle avait de longs cheveux bruns qui auraient présentement eu bien besoin d'être lavés. Elle portait un jean déchiré qu'elle aurait probablement dû remplacer voilà plusieurs années, mais il semblait moulé à son corps et confortable. Elle portait un tee-shirt simple qui ne montrait rien et tout à la fois. Elle avait des courbes. Tex ne s'y connaissait pas en matière de tailles, il savait simplement ce qui lui plaisait, et il aimait sans conteste ce qu'il voyait. Il n'avait pas vraiment été en mesure de discerner ses courbes dans la photographie d'elle debout à côté d'Amy, mais il approuvait.

Melody avait l'air stressée, mais en bonne santé. Depuis son arrivée en Californie, il avait vu bien trop de femmes qui pensaient qu'être sexy signifiait s'affamer. Bon sang, il en avait bien trop rencontré au cours de ses missions qui étaient terriblement sous-alimentées et qui auraient tué pour avoir la chance de posséder les mêmes courbes que Melody.

Les seins de Melody pointaient sous son haut et ses hanches s'évasaient sous sa taille, lui donnant envie de les saisir pour la plaquer contre lui. Il serait resté là à l'admirer plus longtemps, mais Baby luttait pour lui sauter des bras et il ne voulait pas la laisser tomber.

Tex posa Baby à terre et la chienne fit un grand bond vers Melody. S'il avait eu le moindre doute que ce soit vraiment elle, la chienne venait de l'oblitérer.

Sentant le danger qu'il jurait pouvoir percevoir dans l'air, Tex déplaça doucement les retrouvailles hors du couloir et à l'intérieur de la chambre de Melody. Il regarda la chienne et sa maîtresse se retrouver avec joie après une si longue séparation. Melody finit assise par terre, la chienne de vingt-cinq kilos sur ses genoux qui geignait frénétiquement et léchait les larmes qui coulaient sur son visage.

— Baby ! Oh, mon Dieu, Baby. Je n'arrive pas à croire que tu sois là ! Tu m'as tellement manquée.

Les paroles de Melody étaient hachées par l'émotion et les plus sincères que Tex eut jamais entendues. Appuyé contre la porte, il attendit patiemment que Melody le remarque. C'était la première fois qu'un chien lui volait la vedette, mais il adorait ce qu'il voyait.

Melody serra la chienne contre elle et pressa son visage contre sa nuque. Elle n'aurait jamais pensé revoir Baby. Le plus difficile dans le fait d'avoir quitté la Pennsylvanie avait été d'abandonner sa chienne. À l'époque, elle l'avait vue sur la publicité en ligne d'un refuge près de chez elle. Baby était émaciée et couverte de plaies, de puces et de tiques. Ses yeux tristes avaient captivé Melody dès qu'elle les avait vus la regarder à travers l'écran d'ordinateur.

Cet après-midi-là, elle avait tout laissé en plan et s'était rendue au refuge. L'employé lui avait dit que la chienne avait probablement été abusée et avait terriblement peur des gens. Elle aurait dû être euthanasiée le jour suivant, mais les volontaires avaient eu envie d'essayer une fois de plus de la faire adopter. Melody s'était rendue dans la zone où se trouvaient les enclos pour chiens et elle avait failli pleurer quand elle avait vu Baby pour la première fois. Elle était recroquevillée contre le mur du fond de son petit enclos et tremblait sans pouvoir se contrôler. On avait permis à Melody de se rendre dans la cellule avec elle. Cela lui avait pris trente minutes, mais elle s'était patiemment assise par terre et avait parlé à la chienne, lui murmurant des petits riens sans s'arrêter au cours de cette demi-heure.

Baby, qui ne pesait alors guère plus de quinze kilos, avait fini par grimper sur ses genoux et avait tremblé pendant que Melody la caressait et lui parlait gentiment. Elle l'avait ramenée chez elle ce soir-là et Baby avait fini par sortir de sa coquille. Melody savait qu'elle ne serait jamais la chienne la plus sociable du monde, mais elles s'aimaient sans condition.

Mais le harceleur avait menacé de tuer l'animal, ce qui était la raison pour laquelle Melody l'avait laissée en Pennsylvanie. Le mot avait dit : *Je déteste les animaux. Je lui couperai la tête et l'empalerai sur un bâton dans ton jardin si tu ne t'en débarrasses pas.*

Melody y avait cru. Le lendemain matin, à son réveil, elle avait trouvé un écureuil décapité sur son porche, empalé sur un bout de bois planté dans un pot de fleurs. C'était une menace qu'elle avait prise à cœur. Elle s'était arrangée pour emmener Baby chez Amy le lendemain et avait quitté la Pennsylvanie avant la fin de la semaine après avoir déposé sa chienne adorée chez sa meilleure amie.

À travers ses larmes, elle regarda l'homme qui se tenait à l'intérieur de sa chambre d'hôtel. Il n'avait pas prononcé un seul mot durant ses retrouvailles avec Baby. Pendant une seconde, elle eut peur. Certes, il lui avait ramené sa chienne, mais c'était peut-être son harceleur. Cela dit, c'était un peu trop tard pour y penser. Il avait très bien pu se servir de l'animal pour pouvoir pénétrer dans sa chambre. Elle était bête ! Mais juste alors qu'elle commençait à paniquer, il fit un geste.

Il se pencha en avant et retroussa suffisamment la jambe gauche de son pantalon pour que Melody puisse entrevoir l'éclat métallique d'une prothèse.

— Tex, souffla Melody qui en croyait à peine ses yeux.

Là. Tex était là. Elle se redressa maladroitement, ne sachant pas quoi dire.

— Viens ici, Mel.

Elle poussa un soupir de soulagement. Elle fit un pas vers lui et soudain, il l'étreignait. Elle passa les bras autour de cet homme qui n'était pas vraiment un inconnu, mais pas exactement quelqu'un qu'elle connaissait non plus, et elle laissa couler ses larmes.

Elle pleura de soulagement à l'idée qu'elle n'était plus seule. Elle pleura parce qu'il lui avait ramené Baby. Elle pleura parce qu'elle avait eu peur pendant tellement longtemps. Melody ne sentit pas Tex reculer, mais elle se retrouva soudain assise sur ses genoux alors qu'il s'installait dans le fauteuil situé dans un coin de la pièce.

— Allons, Mel. Ça va. Je suis là. Tu es en sécurité.

Ne voulant pas se dire que tout cela aurait dû être un peu gênant et ne voulant pas non plus songer à autre chose, Melody pressa le visage contre la poitrine de Tex et le serra encore davantage.

Tex étreignit plus fort la femme assise sur ses genoux. Ses pensées passèrent rapidement de l'excitation à la sympathie puis à la joie de la voir enfin et de tenir cette femme qu'il avait lentement appris à connaître au fil des mois précédents. Il mentirait s'il disait qu'il n'avait pas songé à la prendre dans ses bras au moins une fois au cours des six mois qui venaient de s'écouler, mais la réalité était tellement meilleure.

Il attendit de sentir qu'elle se reprenait. Certes, il avait envie de lui demander de tout lui dire et de la gronder pour ne pas l'avoir contacté plus tôt, mais il devait se retenir et attendre qu'elle soit prête.

Melody inspira profondément. Il fallait qu'elle se reprenne. Elle leva la tête et chercha Baby du regard. La chienne était assise pile aux pieds de Tex, se contentant de les observer. Quand elle vit que Melody la regardait, elle se pencha en avant et posa la truffe sur l'accoudoir du fauteuil tout en battant frénétiquement l'air de la queue. Melody tendit la main et caressa la chienne.

— Seigneur, comme tu m'as manquée, Baby !

Celle-ci geignit et lui lécha la main.

— Ça suffit, ma belle. Va t'allonger. Il faut que je parle à ta maman.

La voix de Tex était tout à la voix affectueuse et sévère.

Ébahie, Melody vit sa chienne lui obéir.

— Comment arrives-tu à lui faire faire ça ? Je n'ai jamais pu la dresser à quoi que ce soit. Elle est trop entêtée.

— Mel, regarde-moi.

La voix de Tex était basse et rocailleuse et elle fit courir des frissons le long des bras de Melody. Il était... plus que ce à quoi elle s'était attendue. Elle lui avait dit qu'elle ne se préoccupait pas qu'il ne soit pas beau, mais bon sang... Le voir en vrai était presque accablant. Il n'était pas juste beau... il était *magnifique*. Il n'avait apparemment pas le moindre gramme de graisse. Sous ses fesses, elle sentait que ses cuisses étaient dures comme de la pierre. La poitrine contre laquelle elle s'appuyait depuis dix minutes était également bosselée et Melody aurait parié tout ce qu'elle avait qu'il avait également des abdos en béton sous son tee-shirt. Ses cheveux sombres étaient courts – du moins selon ses critères personnels –, mais c'étaient ses yeux qui lui firent le plus d'effet. Ils étaient d'un brun profond et la dévisageaient comme si elle était la chose la plus importante au monde. Tex ne s'agitait pas. Il ne bougeait pas. Il savait qu'il la regardait, attendant qu'elle croise son regard.

Elle leva la tête et effectivement, ces yeux perçants étaient braqués sur elle.

— Je m'appelle John Keegan, mais tout le monde m'appelle Tex. J'ai trente-cinq ans. Je suis retraité de la Marine pour raisons médicales. Je faisais partie des Forces Spéciales. J'ai subi une blessure à la jambe pendant ma dernière mission et ils ont dû m'en amputer la moitié. J'ai une prothèse, maintenant. Mon moignon n'est pas joli joli. Je n'ai jamais eu d'animal de compagnie ; je n'y ai jamais réellement pensé, mais après avoir passé environ quatre jours avec Baby, je suis converti. J'étais fou d'inquiétude pour toi, Mel. J'ai rencontré Amy et sa famille. J'ai mis trois jours à traverser le pays en voiture pour venir te chercher. Je te jure que même si je ne suis plus entier, je suis ton ami. Je suis ici pour t'aider. On va essayer de comprendre ensemble comment tu pourras récupérer ta vie pour que tu n'aies plus besoin de t'enfuir ou d'avoir peur.

Melody savait que sa lèvre tremblait. Elle essaya de

retenir ses larmes. Elle avait pleuré bien trop souvent au cours de la dernière journée.

Elle suivit son exemple à voix basse :

— Je m'appelle Melody Grace. J'ai vingt-sept ans. Je mange vraiment n'importe comment et j'ai pas mal de kilos en trop. Je travaille dans le sous-titrage et je suis douée pour ça. Je peux taper cent mots à la minute avec juste 3 % d'erreurs. Dans mon temps libre, quand je me sentais seule, je surfais sur internet pour trouver quelqu'un avec qui parler. Il y a quelques mois, j'ai rencontré quelqu'un que j'ai vraiment apprécié.

Melody baissa la tête et sentit que Tex posait la main sous son menton pour le lui faire lever.

— Continue, Mel, murmura-t-il.

— J'ai une chienne. Une chienne entêtée que j'aime de tout mon cœur. Et j'ai peur. J'aurais vraiment besoin d'aide.

Tex se pencha en avant et le cœur de Melody s'emballa. Il l'embrassa sur le front et ôta son autre main de son dos pour la poser sur son visage. Il lui prit le visage entre les paumes sans cesser de la regarder dans les yeux.

— Tu n'es plus seule, Mel. Tu m'as contacté voilà plusieurs mois, et je ne te laisserai pas me filer entre les doigts. On va essayer de démêler tout ça et de nous assurer que tu es en sécurité. Toi et Baby. Mais ne coupe plus jamais les ponts avec moi. Je t'en prie. Tu ne sais pas ce que ça m'a fait quand j'ai vu que tu avais effacé ton compte.

— Promis.

Elle avait prononcé ces paroles d'une voix à peine audible, mais Tex l'entendit quand même.

— Depuis combien de temps n'as-tu pas dormi ?

— Je ne sais pas. Quel jour est-on ?

Tex poussa un juron.

— Bon. Je m'en occuperai plus tard. Que s'est-il passé aujourd'hui ?

— Qu'est-ce que tu veux dire ?

— Que s'est-il passé pour que tu rompes le silence et m'envoies un texto ? Je sais qu'il a dû se passer quelque chose. Tu ne m'as jamais contactée par texto une seule fois... jusqu'à aujourd'hui. Que s'est-il passé ?

Melody s'agita. Seigneur, Tex était bien trop intelligent ! Elle désigna la lettre qui se trouvait par terre derrière eux.

— Il m'a retrouvée et m'a apporté un mot en personne.

— Apporté en personne ?

— Oui. Il n'y avait pas de timbre et le réceptionniste me l'a donné.

L'esprit de Tex se mit immédiatement en branle. Si ce détraqué savait où elle se trouvait, ils allaient devoir partir rapidement. Sans stress, il déplaça sa main et la posa à l'arrière du cou de Melody, lui caressant la nuque avec le pouce. Il ne voulait pas lui faire peur, mais il se dit qu'elle était assez intelligente pour se rendre compte qu'elle se trouvait dans une situation délicate et qu'il fallait qu'elle parte de là. Après tout, si elle l'avait contacté, elle savait forcément qu'elle n'était pas en sécurité.

— Mel, tu sais que je suis là pour t'aider, n'est-ce pas ?

Tex attendit qu'elle hoche la tête avant de poursuivre.

— Tu t'es très bien débrouillée pour te dissimuler de cette personne.

Devant son air incrédule, Tex poursuivit :

— Sérieusement. Tu as tout fait correctement. Perso, j'ai plus de ressources à ma disposition que le citoyen lambda. C'est pour ça que j'ai été capable de te retrouver aussi vite. Mais c'est plus qu'évident que cette personne ne va pas s'arrêter là. J'ai besoin d'être certain que tu m'autorises à t'aider, que tu acceptes que je prenne des décisions pour toi. J'ai besoin d'établir un plan, mais je ne pourrai pas le faire si tu contestes toutes mes décisions.

Melody regarda cet homme qui se tenait devant elle. Pouvait-elle lui laisser les rênes ? Elle n'était pas le genre de femmes à laisser les autres faire des choses pour elle. Elle n'aimait pas la charité. Elle avait même rechigné à contracter des prêts étudiants quand elle était entrée à l'université et elle les avait remboursés aussi vite que possible après l'obtention de son diplôme. Parviendrait-elle à laisser cet homme qui était pratiquement un inconnu prendre les rênes ?

— Je...

Elle fit une pause puis réessaya.

— J'en ai envie. Je suis lasse de courir et de me cacher. Mais je ne suis pas douée pour laisser les autres m'aider.

— Je sais, Mel. Crois-moi. Je le sais. C'est pour ça que je t'ai posé la question. Mais je te prie de me faire confiance. Laisse-moi découvrir qui te fait ça. Laisse-moi t'aider à récupérer ta vie.

Quand il exprimait les choses ainsi, comment aurait-elle pu refuser ? Melody hocha la tête sans dire un mot.

— Merci, dit-il. Je te jure que tu ne le regretteras pas. À présent, on a besoin de faire tes bagages et de lever les voiles. On va descendre à Riverton et passer quelques jours avec Wolf. Puis on retournera en Pennsylvanie.

— Non !

Tex haussa un sourcil en la regardant.

— C'est simplement que... Retourner en Pennsylvanie ? C'est là où tout a commencé. Mes amis... Ma famille...

— Je sais, Mel. Mais il faut que ça s'arrête. On a besoin d'être dans un endroit où cela peut s'arrêter. Si c'est de là que vient ton harceleur, ce sera plus facile de l'appâter et d'en finir.

Melody hocha la tête.

— Je comprends, mais...

— Je serai avec toi, Mel. Je ne vais nulle part.

— Mais...

— Pas de mais.

— Tu veux bien me laisser finir ? soupira Melody, exaspérée, souriant pour faire comprendre à Tex qu'elle n'était pas vraiment en colère, mais qu'elle était également sérieuse.

— Pardon, dit-il. J'ai tendance à vouloir tout contrôler. Tu devras me le signaler si cela arrive trop souvent.

— Je n'y manquerai pas. Ce que j'allais dire est que tu as forcément ta propre vie. Tu ne peux pas simplement retourner en Pennsylvanie avec moi et y passer tout ton temps. Et s'il ne se passe rien ? Et s'il attend simplement que tu sois reparti ?

— Tu as fini ? demanda Tex, complètement sérieux. Dis-moi tout d'un coup et je te répondrai après.

— Tu es contrariant ! Comment ne me suis-je pas rendu compte que tu étais aussi contrariant durant tous les mois qu'on a passés à chatter ?

Cette fois, il lui sourit et resserra sa prise sur sa nuque pendant une minute avant de reprendre le mouvement lent de son pouce contre sa peau délicate.

— Parce que je suis charmant et charismatique ?

Melody se contenta de secouer la tête. Elle aimait la sensation de sa main sur son cou et ignora ses mamelons qui dardaient à cause de la sensualité de la caresse de son pouce qui frottait contre la naissance de ses cheveux. Mais elle se reprit et continua à s'exprimer comme il le lui avait demandé.

— Et s'il fait du mal à Baby ou Amy ? Ou bien à quelqu'un qui compte pour moi ? Et si tu te lasses d'être là ou si tu commences à m'en vouloir ? Et s'il t'arrive quelque chose ? Et si ça ne s'arrête jamais ? Je ne pense pas être capable de passer le reste de ma vie comme ça.

Tex attendit un instant que Melody ait fini de parler, s'assurant qu'elle lui ait tout dit. Son cœur se serrait pour elle. Il n'avait pas vraiment compris l'effet que le harcèlement avait sur les gens, mais voir Mel effrayée et en souffrance commençait à le lui faire comprendre.

— Mel, je suis à la retraite. Ça veut dire que je suis payé tous les mois à ne rien faire si ça me chante. J'ai les moyens et le temps de rentrer avec toi pendant le temps qu'il faudra. Mais ça ne durera pas éternellement. Il faut qu'on retourne à l'endroit où ça a commencé pour que tout puisse se terminer. Ça ne plaira pas à ce gars que tu rentres chez toi. Il n'aimera pas que tu reviennes avec *moi*. Tes amis seront en sécurité, parce que tu vas tout leur expliquer. Ils resteront vigilants. J'ai des connexions. On pourra assurer la sécurité de qui tu voudras. Baby ne restera jamais seule.

— Mais que vas-tu faire ?

Tex soupira. Il savait que c'était nécessaire, mais il n'aimait pas cela...

— Il faut qu'on le provoque, Mel. On ne peut pas

combattre un ennemi invisible. Il faut qu'il commette une erreur.

— Tu veux te servir de moi comme appât.

Melody vit Tex grimacer.

— Ne crois pas que j'en ai envie. Ce que je veux c'est m'assurer que tu sois en sécurité. Je veux que tu sois capable de vivre où tu veux sans craindre qu'un connard te fasse du mal à toi, à ta chienne ou même tes amis. Je veux te tenir aussi loin que possible de celui qui fait tout ça. Si je le pouvais, je t'enfermerais afin qu'il ne puisse plus jamais te retrouver. Mais visiblement, ça n'a pas fonctionné par le passé, et je préférerais que tu puisses marcher à mon bras dans la rue sans avoir à craindre que quelqu'un nous tire dessus. Mais malheureusement, pour en arriver là, il faut qu'on retourne là où tout a commencé. J'ai besoin de plus d'informations pour que l'on démêle toute cette histoire. Ça me contrarie et je peux te garantir que je vais détester la moindre seconde où je devrais te mettre en danger, mais j'ai la sensation que c'est la seule façon de mettre un terme à tout ça.

Tex s'interrompit un moment, sans cesser de regarder Mel droit dans les yeux.

L'impression positive que Melody avait de Tex augmenta d'un cran. Il était évident qu'il n'aimait pas la mettre en danger, mais il ne lui cachait pas non plus la vérité.

Enfin, il poursuivit :

— Oui, je déteste ça, mais écoute-moi, Mel. Je serai

là. Il ne pourra pas te faire de mal. Et tout ça va se terminer. Tu n'auras pas à vivre ainsi pour le reste de ta vie. Je vais jouer de tous mes contacts et faire ce qu'il faudra pour que tu sois en sécurité. Je te le jure devant Dieu.

— D'accord.

— D'accord ?

— Oui, d'accord. Je sais que je ne peux pas continuer à fuir. Je déteste ça. Je songeais déjà à rentrer avant de te contacter. Je déteste être loin de ma famille et d'Amy. Je déteste avoir peur. Je préférerais affronter ce connard plutôt que de recevoir ces lettres qui me terrifient.

Tex ne put se retenir. Il se pencha vers elle, lui pressant la nuque de la main pour qu'elle approche la tête de lui et colle son front contre le sien.

— Tu es une femme forte, Melody Grace.

Puis il l'embrassa. Ce fut léger et bref. Plus léger et bref qu'il n'en avait eu l'intention, mais il ne voulait pas la dérouter plus qu'elle ne l'était probablement déjà. Elle devait forcément ressentir de la gratitude envers lui, mais ce n'était pas ce que Tex voulait. Il en désirait davantage.

L'écartant de lui et tentant d'ignorer que c'était vraiment bon de la sentir sur ses genoux, Tex posa les mains sur ses hanches.

— Bon, allons-y. Je vais ramasser la lettre, tu vas faire tes bagages, puis on va retourner à mon hôtel et récupérer mes affaires et celles de Baby. Puis on se rendra chez Wolf pour réfléchir à notre prochaine étape.

Melody se redressa rapidement et réalisa alors que Tex l'aidait à retrouver son équilibre. Et c'est quand il retira les mains de ses hanches qu'elle comprit à quel point elle aimait sentir ses mains sur elle. Elle percevait ce contact au plus profond de ses os. Cela faisait tellement longtemps qu'on ne l'avait pas touchée, et les mains de Tex étaient parfaites. Melody se reprit et alla récupérer les bagages qu'elle avait déjà faits, prévoyant de quitter l'hôtel et la Californie.

Elle regarda Tex ramasser la lettre tombée à terre avec une serviette de bain. Elle savait qu'il essayait de préserver les empreintes digitales qui demeuraient peut-être par miracle sur le papier. Elle vit qu'il serrait la mâchoire en lisant les mots, mais il ne dit rien.

Melody jeta un œil à Baby. Elle était assise sur le sol tranquillement, regardant successivement les deux humains. Elle savait qu'elle aurait probablement dû se sentir offensée ou blessée que sa chienne regarde autant Tex qu'elle, mais elle n'en eut pas la force. Tex lui avait ramené Baby. Il avait pris la peine de traverser le pays pour la retrouver. Il allait l'aider à découvrir qui la détestait au point de menacer de lui faire du mal, à elle et aux gens qu'elle aimait.

Elle avait hâte de quitter cette chambre d'hôtel et Anaheim. Même si elle avait peur de rentrer chez elle, elle avait également hâte de le faire. Il était temps de reprendre le cours de sa vie, sa vie réelle.

5

Tex se tourna vers Melody. Elle était assise sur le siège passager de son break et Baby était installée entre eux, la tête sur les genoux de sa maîtresse. Celle-ci s'était calée contre l'appuie-tête et caressait machinalement la tête de l'animal. Baby gardait les yeux fermés et de temps en temps, Tex l'entendait émettre un léger ronflement.

Il n'avait pas menti à Melody, il n'avait pas côtoyé beaucoup de chiens dans sa vie, mais Baby était géniale. Elle était sensible, pas exigeante et étonnamment protectrice. Cela lui plaisait.

Prenant garde à ne pas hausser la voix, il dit à Melody :

— J'ai besoin de te parler de mes amis avant qu'on arrive. Ils se montreront probablement vraiment exubérants.

— Vraiment exubérants ? C'est-à-dire ? lui demanda Mel sans ouvrir les paupières.

— Les filles ont été contentes de me rencontrer hier, mais elles ne tiendront plus de joie quand elles me verront avec *toi*. Elles sont d'avis que je suis un ermite incorrigible et elles doivent me prendre pour Quasimodo. Je crois qu'elles vont essayer de nous caser et vont penser qu'on couche ensemble. Caroline nous logera certainement ensemble dans son sous-sol pour la nuit.

— Ouah... Euh... D'accord.

— Puis les hommes voudront tout connaître de toi. Bon, ils savent seulement ce que je savais hier. Ils s'inquiéteront pour toi et se montreront autoritaires et alphas. Mais je suis là pour toi. Laisse couler et sache que je ferai ce qu'il y a de mieux pour *toi*, quelles que soient *leurs* intentions.

Tex jeta un œil à Mel et vit qu'elle avait tourné la tête et qu'elle le regardait. Il ne parvint pas à déchiffrer ses pensées, mais il poursuivit.

— Ils sont très tactiles, Mel. Ils vont te toucher. Pas sexuellement, mais ils poseront leurs mains sur toi. Sur ton dos, ta tête, ton cou. Les femmes vont te prendre dans leurs bras. Beaucoup. Elles voudront aussi probablement te poser beaucoup de questions alors que vous vous connaissez à peine, mais c'est normal pour elles. Si tu n'en as pas envie, signale-le-moi tout de suite et je leur dirai de te donner de l'espace. Si ça devient trop, préviens-moi et, une fois encore, je leur demanderai de lâcher du lest. Ils sont tous tactiles. Ils ne peuvent pas s'en empêcher.

— Tu peux m'en dire plus sur eux ? Comment se sont-ils rencontrés ? Comment sont-ils ? En quoi les as-tu aidés ?

— Leurs histoires ne sont pas très jolies, Mel.

— Mais ils ont tous fini ensemble, non ?

— Oui, ils sont tous en couple.

— Alors ce sont de belles histoires.

Tex retira sa main du volant et la posa sur le visage de Mel. Il lui caressa la joue du revers des doigts avant de se reconcentrer sur la route.

— Wolf a rencontré Caroline quand l'avion dans lequel ils étaient a été détourné. Il est parti en mission et les méchants l'ont retrouvée et l'ont enlevée à nouveau. J'ai aidé Wolf à découvrir où elle était détenue. L'histoire d'Alabama et d'Abe est un peu plus gentillette, mais pour résumer, elle lui a sauvé la vie durant un incendie, ils se sont mis ensemble, Abe s'est comporté comme un con et Alabama s'est enfuie. J'ai essayé de les aider à la retrouver, mais c'est bien plus facile de se dissimuler quand on n'utilise aucun appareil électronique. Puis il y a Fiona.

La voix de Tex se brisa. L'histoire de Fiona était la plus personnelle pour lui. Il sentit Baby se tourner entre eux et elle se redressa pour lui donner un coup de langue au visage. Tex rit et repoussa doucement loin de lui le museau de Baby.

— Beurk, ma belle...

Melody éclata de rire, se pencha et prit Baby dans ses bras pour la remettre sur ses genoux.

— Je t'en ai un peu parlé en ligne : l'équipe s'était rendue au Mexique pour secourir la fille d'un sénateur qui avait été kidnappée, et ils ont aussi eu la surprise d'y découvrir Fiona. Elle allait bien, mais une fois qu'ils sont rentrés et que les gars sont partis en mission, elle a eu un flashback et s'est enfuie. Je l'ai retrouvée parce qu'elle s'est servie de la carte bleue de Cookie et je lui ai parlé tous les jours, toutes les quatre heures, jusqu'à ce que Cookie puisse rentrer pour la récupérer.

Sa voix mourut et cette fois, c'est Mel qui tendit la main pour le réconforter. Elle la posa sur sa cuisse, mais ne dit rien.

— Puis il y a Mozart et Summer. Mozart l'a rencontrée lors d'un séjour à Big Bear. Elle travaillait au motel où il s'était arrêté. Puis la personne que Mozart traquait l'a capturée et l'a torturée avec l'intention de la tuer. Heureusement, j'ai été capable de localiser le téléphone portable de l'autre jeune femme qui avait également été enlevée cette nuit-là. Ils ont débarqué juste à temps pour sauver les deux femmes. J'ai entendu dire qu'Elizabeth, l'autre otage qui a été secourue avec Summer, n'a pas bien supporté ce qui lui était arrivé et a déménagé au Texas. Il faut que je prenne le temps de voir les infos que je peux trouver sur elle... pour vérifier comment elle va.

« Quoi qu'il en soit, Dude et Cheyenne ont une histoire quelque peu similaire. Dude est expert en matière d'explosifs. Il a rencontré Cheyenne lorsqu'il avait été appelé dans un supermarché pour désarmer une bombe que de sales types lui avaient fixée à la poitrine. Bien sûr, il l'a désamorcée, mais la famille de ces connards a enlevé Cheyenne et a essayé de la faire exploser pour la tuer, elle et un immeuble plein de gens.

Tex inspira profondément et termina rapidement.

— Enfin, il y a Benny et Jessyka. Elle avait un ex horrible à qui les garçons avaient filé une bonne leçon, mais pour se venger, il a attaqué Benny et a attiré Jessyka entre ses griffes. Même avec son boitement, elle est parvenue à sauver la vie de Benny. Ça aurait été dur de le retrouver si Jess ne m'avait pas guidé jusqu'à lui.

— Te guider jusqu'à lui ?

Tex soupira. Il redoutait l'explication qu'il s'apprêtait à fournir.

— Je sais que ça va te paraître terrible, particulièrement avec ce que tu traverses, mais écoute-moi, d'accord ?

— Euh... d'accord.

Tex entendit le tremblement dans sa voix, mais il poursuivit. Cela aurait bien fini par sortir un jour ou l'autre, alors c'était mieux d'en parler tout de suite.

— Mes amis m'ont demandé de pister leurs compagnes. J'ai programmé des puces GPS et les leur ai envoyées. Ils les ont mises dans les boucles d'oreilles

des filles, leurs montres, leurs chaussures, leurs vêtements. Je ne peux pas le leur reprocher. Elles se sont
toutes fait enlever. Aucun d'entre nous ne voulait que
cela puisse se reproduire.

L'habitacle du véhicule resta silencieux pendant un
instant. Tex laissa Mel réfléchir à ce qu'il venait de dire.

Enfin, elle reprit la parole.

— Ce n'est pas pareil.

— Quoi ?

— Ce n'est pas pareil. Tes amis le font par amour.
Ce n'est pas pareil.

Tex poussa un soupir de soulagement silencieux. Il
ne pensait pas que Melody aurait paniqué, mais il n'en
avait pas été sûr à cent pour cent.

— Tu as raison, Mel. Ce n'est pas la même chose. Je
suis le seul à recevoir les signaux. Les garçons aussi,
mais ils savent que je tiens toutes ces informations
secrètes. On a seulement eu besoin de s'en servir une
fois, pour Jessyka. Elle s'était laissé kidnapper parce
qu'elle savait que Benny n'avait pas de traqueur, mais
qu'elle, si. Elle savait que je devinerais que quelque
chose clochait.

— Je peux en avoir un ?

— Quoi ?

Tex eut du mal à croire qu'il l'avait bien entendue.

De la même voix basse qu'elle avait utilisée précé-
demment, Melody lui redemanda, avec une légère
hésitation :

— Tu peux m'en mettre un ? Je ne sais pas ce que

veut cet homme. Et s'il m'enlève ? Tu pourras me retrouver si j'ai une de ces puces, n'est-ce pas ? Tu viendras me chercher ?

Tex ne put en supporter davantage. Le tremblement dans sa voix, l'incertitude, la vulnérabilité... Il dirigea le véhicule sur le côté de la route et s'y arrêta. Tex pivota sur le siège et tendit la main vers Melody. Il la posa sur le côté de sa tête et soutint son regard.

— J'aimerais pouvoir te dire que cela n'arrivera jamais, Mel. Mais malheureusement, je suis bien placé pour savoir que ça peut arriver. Je ferai tout mon possible pour veiller sur ta sécurité, mais parfois, ce ne sera pas suffisant. Alors oui, si tu veux, je peux te donner un traceur afin que je puisse te retrouver si ton harceleur te kidnappe. Quoi qu'il arrive, n'abandonne pas. S'il te retrouve et t'enlève à moi, ne l'encourage pas. Ne lui donne aucune raison de te faire du mal ou de te tuer. Souviens-toi simplement que je viendrai te chercher et que je te retrouverai. Et je le ferai, Mel. Je te retrouverai ; il faudra simplement que tu me donnes le temps de le faire. D'accord ?

Melody hocha la tête. Elle savait que demander d'avoir une puce était un signe de faiblesse, mais pour le moment, elle se sentait faible. Ces paroles avaient cependant suffi à lui remonter le moral. Elle se sentait plus en sécurité en sachant que quelqu'un d'autre que son harceleur savait où elle se trouvait en permanence. Quelqu'un en qui elle avait confiance, bien sûr. Et elle avait confiance en Tex. Les six mois qu'ils avaient passés à discuter en ligne lui avaient permis de mieux le connaître. Bon sang, elle le connaissait mieux que la plupart des gens avec lesquels elle avait grandi et était allée à l'école. Oui, elle le connaissait et, plus important encore, elle lui faisait confiance.

— Merci d'être honnête avec moi. Je sais qu'il va me retrouver et que ce ne sera qu'une question de temps avant qu'il ne me retrouve. Merci de ne pas faire semblant que cela ne risque pas d'arriver. Je te jure que je ne m'avouerai pas vaincue. S'il m'enlève, je m'accrocherai et j'attendrai que tu viennes me chercher.

Ne s'attardant pas sur son attitude pessimiste et sachant qu'il existait une possibilité distincte qu'elle puisse être enlevée par son harceleur, Tex lui dit plutôt :

— De rien. Ça va ? Tu as besoin de t'arrêter ? Tu as faim ?

Melody secoua la tête.

— Ça va. Même s'ils vont terriblement m'intimider, j'ai hâte de rencontrer tes amis.

— Ne sois pas intimidée, Mel. Ils te ressemblent. Les filles sont fortes et remarquables, et elles tiennent tête à leurs hommes. Quant à mes amis, ils n'auront qu'à te voir pour décider de te protéger.

— Je ne suis pas forte, Tex.

— Allons donc…

— Je suis contente que tu me voies de la sorte.

— Tu finiras toi aussi par te percevoir ainsi. Promets-le-moi.

— D'accord.

— D'accord.

Tex prit Melody dans ses bras, ignorant le grogne-
ment de désapprobation qui sortit de Baby, écrasée
entre eux, et il l'embrassa sur la joue. Puis il se recula
et hocha la tête en la regardant.

— Forte et entêtée, Mel.

Tex redémarra la voiture et se réengagea sur l'autoroute.

* * *

— Respire.

Melody s'y efforça, mais elle était réellement
nerveuse à l'idée de rencontrer les amis de Tex. Les
femmes avaient toutes l'air géniales et les hommes la
faisaient tout bonnement flipper. Elle n'était pas vraiment prête, mais elle savait que ces gens étaient pratiquement une famille pour Tex et elle voulait faire
bonne impression.

— Ça va.

— Ils vont t'adorer.

Melody ne put que hocher la tête alors que Tex
sortait de son break pour se diriger de son côté. Il
l'aida à en descendre et Baby sauta à terre derrière elle.
Elle serra fort la laisse alors que Tex lui prenait la
main. Elle sauta sur l'occasion de s'accrocher à
quelque chose.

Ils se dirigèrent vers la maison et la porte s'ouvrit

quand ils l'atteignirent. Un homme immense se tenait là et derrière lui, Melody discernait de nombreuses voix. L'homme s'avança et laissa la porte légèrement entrouverte derrière lui.

— Tex. Melody. Je suis content que vous soyez revenus aussi vite.

— Wolf, le salua Tex d'un mouvement du menton. Ils sont tous là ?

— Jusqu'au dernier.

Cela fit sourire Tex. Bien sûr, tout le monde était là.

— Ça va si on reste ici ce soir ?

— Allons, Tex, comme si Caroline allait vous permettre de dormir autre part...

Wolf se tourna vers Melody et lui tendit la main.

— Melody, je suis Wolf. Ravi de te rencontrer. Je suis content que Tex t'ait retrouvée. Cela dit, je savais qu'il allait y parvenir. Il est vraiment doué. Je veux que tu saches que tu peux rester ici aussi longtemps que tu le souhaites.

Melody prit la main de Wolf et la serra.

— Merci, mais j'irai où Tex ira.

Wolf hocha la tête comme s'il s'attendait à cette réponse.

— Je vais te le dire rapidement parce que je connais ma femme et elle va vouloir sortir dans une minute. Tu as ma protection, Melody. Tu as la protection de mon équipe. Si tu as besoin de quelque chose, compte sur nous. Tex est un type bien ; il veillera sur toi. Mais si vous avez besoin de nous, l'un comme l'autre, on est là. Tu comprends ?

Melody ne put que hocher la tête. Les mots ne voulaient pas sortir. La veille encore, elle avait été seule. Mais à présent, elle avait toute une unité de puissants soldats d'élite pour la soutenir. Elle avait du mal à le concevoir.

À côté d'elle, Baby poussa un grondement bas. Melody se rendit compte que Wolf lui tenait toujours la main. Elle se libéra rapidement et Baby vint se positionner devant elle, repoussant Wolf.

— C'est un bon chien de garde que tu as là.

— Ce n'est pas un chien de garde.

— Peut-être pas pour les autres, pourtant elle a fait la même chose quand Tex est venu la dernière fois et qu'Ice s'est précipitée pour le prendre dans ses bras.

Melody se tourna vers Tex.

— Vraiment ?

— Oui, vraiment.

Melody s'accroupit devant Baby et lui murmura :

— C'est bien, ma belle.

Au-dessus d'elle, les hommes éclatèrent de rire.

— Viens, Mel, il faut qu'on se lance.

Wolf rit de la fausse résignation dans la voix de Tex.

Celui-ci tendit une main à Mel pour l'aider à se redresser. Puis il passa un bras autour de sa taille et ils suivirent Wolf dans la maison.

Melody voyait bien que Tex était fatigué, parce

qu'elle ne l'avait jamais vu autant boiter depuis leur rencontre. Elle se rappela qu'il lui avait dit lors d'une de leurs conversations en ligne que lorsqu'il forçait trop, son boitement devenait plus prononcé.

Mais avant qu'elle ne puisse dire quoi que ce soit, ils étaient entrés dans une pièce pleine de gens.

— Tex est là ! s'écria une femme en se redressant rapidement, suivie par tous les occupants de la pièce.

— Du calme, Baby, Melody entendit Tex dire à côté d'elle.

Elle baissa les yeux et vit que les poils de la nuque de sa chienne étaient hérissés.

— Tu dois être Melody, dit une autre femme un peu plus calmement. Je suis Summer. Je suis certaine que Tex t'a probablement tout raconté de nous, mais au lieu d'utiliser tous leurs vrais non, il ne t'a certainement précisé que leurs surnoms.

Elle leva les yeux au ciel et Melody afficha un sourire en coin.

— Alors, tu as rencontré Wolf à la porte.

Elle désigna chacun des autres hommes de la pièce et les présenta l'un après l'autre.

— Abe, Mozart, Dude, Benny et Cookie.

— Bon sang, Summer, je suis impressionné que tu connaisses nos surnoms, la taquina Cookie.

— La ferme, Hunter. Bien sûr que je connais vos surnoms. Ce n'est pas comme si vous alliez arrêter de vous en servir un jour.

Melody observa leurs interactions avec amusement. Elle savait que si elle passait plus de temps avec ce groupe, elle finirait probablement par les adorer. Ils lui faisaient penser à elle et Amy. Légèrement loufoques, légèrement sarcastiques et particulièrement drôles.

— Bonjour, leur dit-elle timidement.

— Viens t'asseoir avec nous. On a hâte de te rencontrer !

Melody quitta Summer du regard et se tourna vers Tex. Avant qu'elle n'ait pu dire quoi que ce soit, il se pencha vers elle pour lui murmurer à l'oreille :

— C'est bon, Mel. Je serai dans l'autre pièce avec les garçons si tu as besoin de moi.

— D'accord, acquiesça-t-elle.

Et en un clin d'œil, elle se retrouva assise au milieu des six autres femmes, Baby à ses pieds, riant des histoires qu'elles lui racontaient sur leurs hommes. Mais sous les récits que racontaient les femmes, Melody percevait tout leur amour. Ces femmes adoraient leurs hommes, et c'était réciproque à cent pour cent.

— Alors, Melody, parle-nous de Tex.

C'était Fiona qui lui avait posé la question.

— Que voulez-vous que je vous dise ?

— Comment vous êtes-vous rencontrés ?

— Eh bien, on s'est rencontrés en vrai juste aujourd'hui.

— Ouah ! C'est vraiment cool ! On l'a juste rencontré en personne ce matin. Enfin, Caroline l'avait déjà rencontré, mais pas nous, expliqua Jessyka. Est-ce qu'il n'est pas génial ?

Melody sourit en entendant l'affection dans la voix de Jessyka.

— Oui, c'est vrai.

— Alors ? Raconte-nous ! exigea Caroline d'un ton taquin.

— On s'est rencontrés en ligne. Je m'ennuyais et un soir, je me suis connectée à un chat. Il m'a envoyé un message et on a commencé à parler.

Melody s'arrêta et devint sérieuse, se souvenant de tout ce que ces femmes avaient traversé.

— Il était vraiment inquiet pour vous, les filles. Fiona, je l'avais interrompu pendant qu'il essayait de t'aider et il se faisait vraiment du souci pour toi. Et puis il était en colère contre toi, Jess, poursuivit-elle en se tournant vers Jessyka, mais il était tellement fier que tu aies risqué ta sécurité pour Benny ! Vous avez toutes beaucoup de chance de l'avoir.

Elle s'arrêta avant d'éclater en sanglots. Elle ne pleurait d'ordinaire pas facilement, mais le stress des derniers mois la rattrapait rapidement.

Fiona se redressa et vint s'agenouiller devant elle, posant les mains sur ses genoux.

— On aime Tex. Tu ne sais pas à quel point il compte pour nous. On ne le tient pas pour acquis et on est vraiment contentes qu'il soit là. Ça fait une éternité qu'on attendait de le rencontrer. Prends bien soin de lui pour nous.

— Je... on... on n'est pas ensemble comme ça.

— À en juger par la lueur dans tes yeux, vous le serez bientôt.

Melody ne savait pas quoi dire. Elle dévisagea simplement Fiona, puis toutes les autres femmes. Elles avaient toutes quelque chose en commun. Elles étaient avec des soldats d'élite puissants qui auraient donné leur vie pour leurs femmes. Melody en avait envie. Elle ne se l'était pas avoué jusqu'alors, mais elle en avait envie.

Elles se tournèrent toutes en même temps quand les hommes entrèrent dans la pièce. Melody pouvait voir des lignes profondes qui barraient le front de Tex et son boitement prononcé rendait sa douleur évidente.

Ignorant tous ceux qui l'entouraient, Melody se redressa et se dirigea directement vers lui. Baby la suivit, restant sur ses talons. Se creusant rapidement les méninges et ne voulant pas l'embarrasser devant tout le monde, elle lui dit assez fort pour que tout le monde l'entende :

— Tex, je suis fatiguée.

Tex comprit ce qu'elle faisait, il savait qu'elle mentait pour qu'il puisse s'asseoir, mais il ne releva pas. Il aurait vraiment voulu passer un peu de temps seul à seule avec Mel, et il savait que les filles étaient capables de discuter toute la nuit si on leur en donnait l'occasion. Les paroles de Melody donnèrent le signal à tout le monde pour quitter la pièce. Lentement, tout le monde vint dire au revoir à Tex et Melody puis à Caroline et Wolf.

Cheyenne la serra rapidement dans ses bras puis s'écarta pour laisser la place à son homme. Dude mit une main sous le menton de Melody et lui fit lever la tête jusqu'à ce qu'elle n'ait pas d'autre choix que de le regarder dans les yeux.

— Tu ne le sais peut-être pas, mais tu as réussi à rencontrer l'homme parfait. Tex fera le nécessaire pour s'assurer que tu es en sécurité. Il sait faire des choses extraordinaires avec un ordinateur. On a tous compté sur lui, le gouvernement compte sur lui, et je sais d'ailleurs qu'il existe plusieurs groupes militaires top-secret qui comptent sur lui aussi. Mais plus important encore, tu peux lui faire confiance, Melody. On le couvre et on te couvre également, mais si jamais tu te retrouves dans une mauvaise situation, fais confiance à Tex.

Melody ne put que hocher la tête en regardant cet homme intense qui se tenait devant elle. Ses paroles étaient plus des ordres qu'autre chose et Mel se sentit presque obligée d'être d'accord avec lui. Sans Cheyenne qui gardait une main sur le bras de son homme et affichait un large sourire, elle se serait probablement inquiétée. Il avait une attitude que Mel ne percevait pas chez les autres. Il était plus... dominant. Ce n'était pas exactement le mot qu'elle cherchait, mais avant qu'elle ne puisse y réfléchir davantage, Dude s'était penché et l'avait embrassée brièvement sur la joue avant de s'écarter afin que les autres puissent venir vers elle et leur dire au revoir à leur tour.

Melody reçut une étreinte de tout le monde avant de partir, se faisant assurer à nouveau qu'elle serait en sécurité avec Tex. Elle passa basiquement d'une personne à l'autre jusqu'à ce qu'ils restent tous les quatre. Tex avait eu raison. Ses amis étaient tactiles, mais cela plaisait à Melody. Ils étaient affectueux et se préoccupaient manifestement de Tex.

— J'ai préparé la chambre pour vous, Tex. Je suis allée chercher la nourriture de Baby dans la voiture et je l'ai descendue si vous voulez la nourrir demain matin. Vos sacs sont aussi en bas. Si vous avez besoin de quoi que ce soit, dites-le-nous ou bien servez-vous. Tex, tu sais comment faire.

Celui-ci répondit à Wolf d'un hochement de tête.

— Merci, mon vieux. J'apprécie.

— On se voit demain.

Tex se tourna et descendit vers la porte du sous-sol. Baby, une fois encore, vint se placer à sa hauteur alors qu'il amorçait sa descente. Il dut lâcher Mel le temps de descendre les marches en boitillant. Il essaya de passer rapidement leurs options en revue. Il savait que le lit était un deux places étroit. Il serait probablement assez grand pour tous les deux, mais il ne savait pas ce qu'en penserait Mel. Il lui avait dit dans la voiture que

Caroline les logerait probablement ensemble au sous-sol. Mais la plupart des gens trouveraient probablement cela très bizarre... Ils venaient de se rencontrer le jour même et dormaient déjà dans le même lit, mais Tex avait l'impression de connaître Melody cent fois mieux que la plupart des femmes avec lesquelles il avait couché par le passé.

Plus importante encore était la question de sa prothèse. Il ne voulait pas qu'elle voie son moignon, mais il ne pouvait pas dormir avec. Sa jambe le brûlait. Il avait besoin de la masser et de la libérer des confins de sa prothèse.

— Si ça ne te fait rien, je passe à la salle de bain en premier, dit-il d'un ton qu'il voulut nonchalant.

— Pas de problème.

Melody regarda Tex entrer dans la petite pièce en boitant. Elle ne parvenait pas vraiment à discerner ce qu'il ressentait. Bon sang, elle ne le connaissait pas vraiment ; pas étonnant qu'elle ne sache pas le lire. Leurs conversations avaient été faciles par ordinateur, mais en personne, c'était différent.

Melody regarda autour d'elle. Il y avait un lit au milieu de la pièce avec une commode plaquée contre un mur. Dans le coin, il y avait une petite cuisinette qui contenait un petit réfrigérateur et un évier. Il y avait une cafetière sur le comptoir et une petite table à deux places autour de laquelle étaient placées deux chaises.

Elle savait qu'elle aurait probablement dû demander à Caroline s'il y avait une autre pièce dans laquelle elle aurait pu rester. Dormir dans le même lit que Tex quelques heures seulement après l'avoir rencontré semblait fou. Mais cela faisait tellement longtemps qu'elle ne s'était pas sentie en sécurité qu'elle ne parvenait pas à se forcer à s'en préoccuper. Elle connaissait Tex. Elle savait que c'était un super soldat d'élite et qu'il aurait pu lui faire du mal d'un million de façons différentes, mais elle savait également qu'il souffrait d'une mauvaise estime de lui-même. Il avait fait des efforts extraordinaires pour la mettre à l'aise et il ne lui aurait jamais fait de mal. Elle était peut-être naïve de le croire, mais après avoir rencontré Wolf et ces autres soldats qui paraissaient respecter et admirer Tex, et après avoir entendu les femmes qu'il avait contribué à sauver, elle savait qu'elle se trouvait entre de bonnes mains, et qu'il n'existait nul autre endroit où elle aurait préféré être qu'à ses côtés.

Elle se tourna vers la porte de la salle de bain et inclina la tête. Elle se demanda ce qui se passait dans l'esprit de Tex. Baby sauta alors au bout du lit et tourna sur elle-même plusieurs fois. Melody sourit. Il était évident que ce n'était pas la première fois qu'elle se trouvait dans cette pièce.

Melody se retourna quand la porte de la salle de bain s'ouvrit derrière elle. Tex en sortit en boitant, vêtu d'un tee-shirt déchiré et d'un jogging découpé qui lui tombait sur les hanches. Melody déglutit. Elle se rappela avoir pensé que peu lui importait que Tex soit en surpoids, et c'était vrai, mais il était magnifique. Il faudrait être folle pour le rejeter à cause de sa jambe.

— C'est à ton tour. Prends ton temps.

Melody le regarda d'un air critique. En songeant à sa personnalité et à ce qu'elle savait de lui, quelque chose semblait bizarre. Elle y réfléchit encore un instant, puis elle comprit.

— Tu n'as pas à être embarrassé devant moi à cause de ta jambe.

Tex se figea et se tourna vers elle, mais il ne dit rien.

— Sérieusement. Je me rappelle que tu m'avais dit que ta jambe te faisait mal quand tu portes ta prothèse toute la journée. Tu m'avais dit que tu devais la masser pour te sentir mieux. Je suis au courant pour les douleurs fantômes, Tex. Tu as mal, je le vois bien. Je t'en prie, ne sois pas embarrassé devant moi.

— Ce n'est pas très beau, Mel.

— Je ne m'attendais pas à ce que ça le soit.

Tex observa Mel tout en luttant avec lui-même. Il ne voulait pas lui montrer sa jambe. C'était la dernière chose qu'il aurait voulu faire. Il voulait l'impressionner et il ne pensait pas que voir sa jambe mutilée l'aurait fait. Il détestait ressentir cela ; cela allait à l'encontre de tout ce qu'il était, mais le sentiment était là et ne voulait pas se dissiper.

— Fais-moi confiance. Je place ma vie entre tes mains. Fais-moi confiance, je ne te décevrai pas sur ce point, murmura Melody sans bouger.

Quand Tex hocha la tête, elle dit, essayant de le convaincre :

— Bon, retire ce pantalon et monte sur le lit. Mais ne l'enlève pas encore, je veux voir comment ça marche.

— Et c'est moi que tu trouves autoritaire ?

Tex avait dit cela avec un sourire, mais Melody voyait bien que ses yeux ne souriaient pas. Elle n'insista pas, mais se tourna pour entrer dans la salle de bain, lui donnant le temps de se mettre à l'aise alors qu'elle n'était pas là pour le regarder. Elle se dépêcha de se préparer pour la nuit, contente que Wolf ait eu l'instinct de descendre son sac, puis elle retourna dans la chambre. Elle avait enfilé un long tee-shirt et un boxer.

Tex avait éteint les lumières et était assis sur le lit, le dos calé sur des coussins. Il avait retiré son jogging et portait un caleçon. Melody se dirigea vers le lit et grimpa dessus.

— Bon sang, Tex, je sais que tu es *vraiment* nerveux et que tu n'as pas envie de partager ça avec moi, mais tu es super sexy. Sérieusement.

— Mel...

— Non, Tex. Regarde-toi.

Melody parcourut des yeux le corps de l'homme allongé à côté d'elle.

— Je ne suis absolument pas au même niveau que toi. J'aimerais pouvoir voir à travers les vêtements, parce que je parie que tu as des tablettes de chocolat sous ton tee-shirt. Tes bras sont très musclés, et tes jambes... ? Bon sang... Je ne verrai plus jamais un caleçon sans que je me souvienne de ce moment. Et toi, tu t'inquiètes de la réaction qu'aurait une femme en voyant ta jambe ? Je peux te dire tout de suite qu'elles ne s'en préoccuperont même pas. Elles seront trop occupées à regarder le reste de ta personne, parce que c'est juste bon.

Tex éclata de rire. Il avait eu peur que Mel soit dégoûtée par sa jambe. Il n'aurait pas dû. Ses mots lui redonnèrent un peu de son estime personnelle qui s'était lentement érodée durant les années qui avaient suivi sa blessure.

— Mel, regarde-moi.

Melody le fit taire d'un geste de la main, refusant de détourner les yeux de son corps.

— Désolée, je suis occupée.

Mais elle l'avait dit en souriant, le reluquant toujours.

Tex saisit le menton de Mel dans sa main et lui fit doucement tourner la tête vers son visage.

— Merci, Mel, et tu as tort. Tu es absolument à mon niveau.

— Ce n'est pas vrai, mais c'est bon.

Tex resserra sa prise sur son visage quand elle essaya de se détourner.

— Non, regarde-moi. Tu veux savoir ce que j'ai pensé la première fois que je t'ai vue dans cette chambre d'hôtel ?

— Pas particulièrement.

Tex l'ignora et poursuivit.

— Je me suis dit qu'il n'était pas étonnant que quelqu'un soit devenu obsédé par toi. C'est une pensée horrible, mais c'est tout de même vrai.

Melody regarda Tex d'un air surpris, plissant des sourcils confus.

— Oui, tu es belle.

— Je ne le suis pas.

— Bon, alors pour moi tu n'es pas seulement belle, tu es magnifique. Ton corps est parfait.

— Tu ne m'as pas vue, Tex. Je suis loin d'être magnifique.

— Tu as tort. Je te vois. Tu as dit que tu ne verrais plus jamais un caleçon de la même façon ? Pareil pour moi. Tu es pulpeuse. Ça plaît aux hommes. C'est ce dont ils ont envie. Le monde du divertissement essaye de nous faire accepter des femmes super maigres comme des modèles idéaux, mais c'est une grosse fumisterie. Tes courbes sont superbes. Je sais que tu ne le penses probablement pas ; les femmes ne comprennent jamais ce genre de choses. Mais Mel, honnêtement, on ne veut pas de quelqu'un qui a la peau sur les os, et les muscles vont bien à la télévision ou dans les magazines, mais c'est tellement mieux de sentir de la peau douce contre nous que des angles droits et des muscles. On aime la douceur, Mel. J'aime la douceur.

Melody savait qu'elle respirait trop fort, mais elle

ne parvenait pas à détourner le regard de Tex. Ses mots glissaient sur elle comme une couverture chaude à peine sortie du sèche-linge.

— Si une fois que tu m'auras vu, que tu m'auras vu entièrement, tu es toujours intéressée, Mel, je suis à toi. Tu me plais. J'ai appris à te connaître au cours des six derniers mois et ce que je sais de toi me plaît. T'avoir rencontrée ? Avoir senti que ça cliquait entre nous ? C'est parfait. Oui. J'ai envie de toi.

— Ça ne fait qu'un jour, murmura Melody avec incertitude, ne croyant pas vraiment en ses propres paroles.

— Ça ne fait pas qu'un jour et tu le sais. On a commencé ça voilà six mois. Je ne suis pas le genre de mec qui discute en ligne avec une femme tous les jours pendant six mois, Mel. Peut-être une fois ou deux, mais pas six mois. Certes, on s'est peut-être rencontrés aujourd'hui pour la première fois, mais je te connais depuis six mois. Tu penses que j'aurais essayé de te retrouver s'il n'y avait pas quelque chose de plus ?

— Peut-être. Tu es un SEAL, Tex. C'est ton métier.

— Balivernes. Certes, c'était mon métier de secourir des gens, mais je suis à la retraite à présent. Je n'ai pas soudain tout laissé tomber pour parcourir le pays à la recherche de personnes disparues que je ne connais pas. Mais à la seconde où *tu* as effacé ton compte, j'ai essayé de découvrir comment remonter ta trace et venir te rejoindre.

Tex retira sa main du visage de Melody et désigna

sa jambe du menton comme pour changer de sujet et lui faire signe de poursuivre.

Sans dire un mot, mais alors que les paroles de Tex trottaient dans sa tête, Mel braqua son attention sur sa jambe. Essayant de lui dissimuler à quel point ses paroles la déroutaient, l'enthousiasmaient et l'excitaient tout à la fois, elle lui demanda rapidement :

— Bon, montre-moi comment cette chose fonctionne.

— J'ai eu ce qui s'appelle une amputation transfémorale, c'est-à-dire au-dessus du genou. La prothèse tient en place par effet de succion, alors je n'ai pas besoin d'une autre forme de suspension. Elle reste collée à ce qui reste de ma jambe et le joint hermétique l'empêche de glisser.

— Comment fais-tu entrer l'air pour la retirer ?

— Il y a une doublure intérieure. Elle génère un effet puissant et hermétique, et elle a un bouton sur lequel on peut appuyer pour faire entrer l'air.

Melody ne put contenir le petit rire qui s'échappa d'elle et le commentaire déplacé qui lui sortit de la bouche.

— Tu as un bouton magique.

Tex lui adressa un large sourire. Seigneur, qu'elle était mignonne ! Rien n'aurait pu retenir le sous-entendu qu'il avait sur le bout de la langue.

— Oui, Mel. On a un bouton magique tous les deux.

Elle rougit, comme il s'y attendait, puis il éclata de

rire. Mais il se reprit rapidement, sachant ce qu'elle s'apprêtait à voir.

— Ce n'est pas très joli, Mel. Mais si tu veux le faire, vas-y vite.

Melody tendit la main et appuya sur le bouton que Tex lui avait montré. L'effet de succion de la prothèse s'interrompit et celle-ci lui resta dans la main.

S'activant pour ne pas prolonger l'embarras que ses gestes auraient pu provoquer à Tex, Melody se pencha pour poser la prothèse à terre derrière elle. Elle se tourna et vit que Tex retirait la chaussette qui entourait son moignon et qui servait de doublure à sa jambe artificielle.

Il avait raison, la peau de sa jambe n'était pas jolie à voir. Elle était rouge et enflée, et Melody grimaça de sympathie.

— Bon Dieu, Tex ! Ça a l'air vraiment douloureux. Tu n'as pas de lotion ou quelque chose dans ce genre ?

— Oui. Je suis censé en mettre tous les soirs, mais je ne l'ai pas vraiment retirée au cours de la semaine qui vient de s'écouler.

— Où est-elle ?

Sans un mot, Tex se pencha vers la table de chevet et prit la petite bouteille qui avait échappé à l'attention de Melody. Il était évident qu'il l'avait posée là pendant qu'elle était dans la salle de bain.

Melody la lui retira et versa entre ses paumes une noix généreuse de la lotion qui sentait l'eucalyptus, puis elle se pencha sur la jambe de Tex.

Celui-ci lui prit le poignet avant qu'elle ne puisse le toucher.

— Tu n'as pas à le faire. Je peux le faire.

— J'en ai envie. S'il te plaît.

Tex redressa le dos, ferma les yeux et se prépara.

6

Melody refusa de laisser couler les larmes qui se rassemblaient dans ses yeux. Elle vit Tex se pencher en arrière et fermer les paupières. Elle regarda à nouveau ce qu'il restait de sa jambe. Des cicatrices s'entrecroisaient à l'endroit de l'amputation, et elles avaient l'air extrêmement douloureuses. Elle se frotta les mains, réchauffant la lotion, avant de les poser sur la jambe de Tex.

Elle massa et frotta le moignon, s'assurant de faire pénétrer la lotion apaisante crémeuse dans toutes les parties de sa jambe. Elle remonta le long de sa cuisse, essayant de frotter les muscles douloureux. Enfin, elle se rassit et descendit du lit.

Elle entra dans la salle de bain et se lava les mains, puis elle revint dans la pièce. Tex s'était glissé sous la couverture. Melody alla éteindre la lumière à l'autre bout de la pièce et grimpa de l'autre côté du lit. Elle resta allongée sur le dos un moment. Elle savait que Tex serait un gentleman et ne ferait pas le premier pas.

Elle se tourna sur le côté et se décala du côté de Tex. Elle plaça un bras en travers de sa poitrine et posa la tête sur son épaule comme si c'était ce qu'elle faisait toutes les nuits.

— Merci, murmura-t-elle.

Tex se déplaça pour placer un bras autour des épaules de Mel, et il lui murmura en retour :

— C'est toi qu'il faut remercier.

Melody resta immobile pendant un long moment, écoutant la respiration de Tex se ralentir, puis devenir régulière dans le sommeil. Une fois qu'elle fut certaine qu'il était endormi, elle laissa enfin ses larmes couler. Elle pleura en silence pour le courageux soldat qu'avait été Tex et pour tout ce qu'il avait traversé. Ses nombreuses conversations en ligne lui avaient fait comprendre qu'il était toujours très sensible à propos de son handicap et elle détestait attirer l'attention dessus. Elle savait à quel point c'était encore douloureux.

Enfin, les larmes s'apaisèrent et Melody se blottit davantage contre Tex. Elle poussa un soupir de bonheur quand il resserra le bras contre elle pendant un moment et murmura, entre l'éveil et le sommeil.

— Dors, Mel.

— D'accord, répondit-elle dans un souffle.

Elle referma les yeux et quelques secondes plus tard, elle dormait. C'était la première fois depuis longtemps qu'elle se sentait en sécurité pendant son sommeil.

Le lendemain matin, Melody se réveilla en entendant Caroline leur crier bonjour du haut des escaliers.

Elle baissa la tête et vit que Tex et elle s'étaient débarrassés de la couverture pendant la nuit, probablement parce que la chaleur de leurs corps combinés l'avait rendue inutile, et le moignon de Tex était exposé. Melody lut la panique sur son visage à l'idée que Caroline le voie sans sa prothèse. Sans réfléchir et en souhaitant simplement le protéger, elle tendit le bras pour récupérer la couverture et la remonter jusqu'à leur taille alors que Caroline passait la tête à l'angle de la pièce.

— Bonjour, vous deux ! Je me suis dit que vous souhaiteriez partir tôt ce matin, alors je vous réveille. Je vous ai préparé un petit-déjeuner pour quand vous remonterez. Ne tardez pas trop.

Puis elle disparut et Melody l'entendit remonter les escaliers.

Sans regarder Tex, Melody voulut sortir rapidement du lit, mais elle sentit sa main lui attraper le bras. Elle désigna la salle de bain d'un geste.

— Pourquoi est-ce que tu as fait ça ?

Sachant de quoi il voulait parler, Melody lui répondit honnêtement :

— Parce que je sais que ça te met mal à l'aise que quelqu'un voie ta jambe.

Elle s'agita sous le regard de Tex.

— Est-ce que je...

— Chut.

Quand Tex ne rajouta rien, mais continua de la regarder, elle réessaya.

— Tex, je...

— Tu n'as même pas grimacé. Je t'ai observée hier soir ; tu as vu ma jambe et tu n'as même pas grimacé. Tu l'as massée, tu as détendu les muscles de ma cuisse, tu as empêché Ice de la voir. Toi, si belle, enroulée contre ma poitrine la nuit dernière, délicieusement timide. Je t'ai dit que si tu pouvais supporter de voir ça, je serais à toi si tu voulais de moi. Eh bien, je te le dis, Mel, je suis à toi.

Melody réessaya.

— Tex...

Il l'interrompit à nouveau.

— Depuis que c'est arrivé, je n'ai pas voulu que quelqu'un voie ma jambe à part mes médecins. Même pas les garçons. Personne. Juste toi.

— Tu veux bien arrêter de m'interrompre ! souffla-t-elle d'un ton irritable, mais secrètement contente que Tex lui ait permis de voir sa jambe alors qu'il ne l'avait même pas montrée à ses amis.

Il lui adressa un large sourire et lui dit sans vraiment s'excuser :

— Désolé.

— Je ne sais pas pourquoi tu es gêné pour ta jambe. Certes, tu es blessé, tu boites un peu. Eh oui, ça a l'air douloureux. Mais toi, Tex, tu es génial. Tu es bien plus que ta jambe. Tu me plais. Tu me plaisais déjà avant notre rencontre. Je n'ai parlé à personne d'autre pendant que je me planquais. Seulement à toi. Et je n'ai vraiment pas aimé te laisser en plan sur ce chat. Tout ça n'avait *rien* à voir avec ta jambe. C'est *toi* qui comptes. Tes amis ne se préoccupent pas de ta jambe. Ils ne te prennent pas en pitié et ils ne pensent pas de mal de toi. Ils t'aiment. Tu es tellement déroutant. Un instant, j'ai envie de te gifler et celui d'après, de t'embrasser. Tu dis des choses que je ne comprends pas. Et je ne sais pas ce que tu veux dire quand tu affirmes que tu es à moi.

Souriant toujours devant son adorable explosion de sentiments, Tex s'expliqua.

— Ça signifie ce que tu veux, Mel. On a un long trajet devant nous. Il faut qu'on découvre qui te harcèle. Tu dois retrouver le moyen de vivre. Mais j'espère qu'en attendant, on trouvera le temps de se connaître encore mieux en vrai que derrière un écran d'ordinateur. Quelque part dans le futur, j'espère que tu pourras décider que tu *veux* que je sois à toi.

— Très bien, Tex.

Melody savait qu'elle aurait dit n'importe quoi pour s'éloigner et prendre une seconde pour réfléchir à ce qu'il venait de lui dire.

Lisant la confusion sur son visage et prenant pitié d'elle, Tex lui dit alors :

— Bon, Mel, vas-y et prépare-toi. Je me doucherai après toi.

— Tu as besoin d'aide pour...

Comme d'ordinaire, Tex l'interrompit et lui répondit avec une pointe de sarcasme :

— Je m'en occupe. Je me débrouille tout seul depuis un petit moment, maintenant.

— Mais je suis là. Je peux t'aider. Je *veux* t'aider.

— Pas aujourd'hui. La nuit dernière a déjà été assez difficile pour moi. Laisse-moi m'y habituer.

Melody secoua la tête.

— Très bien, mais si tu veux être à moi, il faudra bien tôt ou tard que tu me laisses t'aider.

— C'est d'accord.

— Sérieusement, tu dois... attends... quoi ?

— Je vais t'embrasser avant de te laisser aller prendre ta douche.

Le cerveau de Melody cafouilla. Il changeait toujours de sujet si rapidement qu'elle avait du mal à le suivre... mais un baiser ? Elle avait rêvé qu'il l'embrasse, qu'il l'embrasse *vraiment*, depuis qu'elle l'avait rencontré dans sa chambre d'hôtel. Bon sang, même avant ! Elle n'aurait jamais admis, même sous la torture, qu'il lui était arrivé plus d'une fois de s'endormir en rêvant de cet homme merveilleux avec lequel elle discutait en ligne.

— Tu m'entends, Mel ?

— Oui.

Tex sourit.

— Merde ! Tu es mignonne quand tu es un peu perdue.

Puis il se pencha et s'empara de sa bouche. Il se dit qu'il aurait dû prendre garde de rester délicat, mais il ne se sentait pas prévenant et délicat. Il se sentait à vif et exposé, et le courant électrique entre eux avec lequel ils dansaient depuis la veille explosa quand leurs lèvres se rencontrèrent.

Melody inclina la tête pour trouver un meilleur angle. Elle leva les mains pour s'accrocher à ses côtes. Tex enfonça sa langue dans sa bouche et la caressa. Il la fit courir sur ses lèvres puis plongea à nouveau à l'intérieur. Il imita ce qu'ils auraient pu faire en faisant l'amour, parce qu'ils savaient qu'ils finiraient par faire bien plus que juste dormir quand ils partageraient un lit.

Tex faillit devenir fou quand Melody captura sa langue et la suça, refermant les lèvres autour et la caressant de sa propre langue dans le même mouvement. Il leva la tête et baissa les yeux vers Melody.

— Putain, ma belle...

Melody lui sourit et se passa la langue sur les lèvres. Elle aplatit ses mains sur sa taille et les fit remonter et descendre lentement.

— C'était... oui... euh... super.

Tex répondit d'un sourire en coin.

— Oui. Super ! Merci de t'occuper de moi.

— De rien.

Roulant sur le côté et s'asseyant, Tex dit :

— Maintenant, va prendre ta douche. Je vais faire sortir Baby pendant que tu te prépares.

Melody éclata de rire. Elle avait tout oublié de sa chienne qui était toujours roulée en boule au pied de son lit et les observait.

— D'accord, Tex. Comme tu voudras.

Elle quitta le lit, embrassa Baby sur la truffe et se rendit dans la salle de bain, réussissant à ne pas jeter un seul regard en arrière à cet homme super sexy qui était assis sur le lit.

7

— Tu veux jouer à un jeu ? demanda Melody à Tex.

Ils avaient quitté la Californie la veille et elle s'ennuyait. Le premier jour avait été excitant, juste parce que c'était différent. Quand elle avait fui la Pennsylvanie, elle avait loué une voiture avec le liquide qu'elle avait retiré de son compte en banque puis avait traversé le pays. Mais quelque part, ceci était différent. Elle n'avait plus aussi peur et puisque c'était principalement Tex qui avait conduit jusque-là, elle avait pu observer le paysage en constante évolution qui défilait autour d'eux.

Ils s'arrêtèrent quelque part dans l'est du Nouveau-Mexique pour la première nuit de leur voyage. Elle s'était dit qu'il y aurait peut-être un moment de gêne entre eux quand ils s'arrêteraient, mais Tex avait rendu la situation plus facile qu'elle ne se l'était imaginé.

Il lui avait demandé de rester dans la voiture

pendant qu'il réservait la chambre. Il lui avait dit que même si c'était un peu gênant de dormir dans la même chambre, il ne voulait pas la laisser seule, même si elle était juste à côté. Melody avait accepté sans hésiter. Après tout, ils venaient de passer la nuit dans les bras l'un de l'autre et ils n'étaient pas des étrangers. En plus, elle se sentait en sécurité avec Tex. Elle ne voulait pas rester dans une chambre toute seule. Elle voulait être avec Tex.

Celui-ci avait réservé une chambre avec deux grands lits, ne voulant pas forcer Melody à faire quoi que ce soit avant qu'elle n'y soit prête, mais en fin de compte, Melody avait demandé à dormir dans le même lit que lui. Il avait accepté et après qu'elle lui eut une fois encore massé la jambe et le moignon, ils s'étaient allongés dans les bras l'un de l'autre.

Alors qu'elle commençait à s'endormir, Tex dit à voix basse :

— Je déteste être sur la route.

Melody se réveilla immédiatement.

— Pourquoi ?

— Parce que sans ma prothèse, je suis vulnérable. S'il arrive quelque chose au milieu de la nuit, je ne peux pas bondir et régler le problème comme j'en avais l'habitude. Pareil si on frappe à la porte, si quelqu'un essaye d'entrer, s'il y a le feu ou quoi que ce soit. Je suis coincé au lit jusqu'à ce que je puisse remettre ma prothèse. Je déteste ça.

Melody ne savait pas vraiment quoi répondre. Elle

n'y avait jamais pensé, mais à présent qu'il lui avait mis ces images dans la tête, elles refusaient d'en sortir.

— Tu es l'homme le moins vulnérable que je connaisse.

Elle tenta de se faire le plus convaincante possible.

— Tu n'as pas à...

Melody l'interrompit.

— Ce n'est pas ça.

Elle sentit un mouvement sous sa joue et quand elle leva la tête, elle vit qu'il riait.

— Tu ne sais même pas ce que j'allais dire.

— Peu importe. Quoi que ce soit, ça allait être des conneries. Tu serais probablement capable de briser en deux toute personne qui entrerait de force. Tu pourrais sautiller jusqu'à la porte et le long du couloir, et courir plus vite que n'importe quel détraqué qui essayerait de te tuer. Si quelqu'un frappe à la porte, tu pourras remettre ta jambe avant qu'ils n'aient pu prononcer la moindre parole. D'ailleurs...

Melody se redressa un peu plus et baissa les yeux vers Tex à travers l'obscurité.

— Je parie que tu t'es entraîné à remettre ta prothèse le plus vite possible... N'est-ce pas ?

Quand il lui adressa un sourire penaud, elle le lui rendit et leva les mains pour lui chatouiller les côtes.

— Combien de temps cela te prend-il ? Quel est ton record ?

Elle poussa un cri aigu quand il la fit rouler sur

elle-même et lui coinça les mains dans l'une des siennes au-dessus de sa tête.

— J'étais en train de te parler de mes sentiments et il faut que tu gâches tout.

Il avait prononcé ces paroles avec un sourire et une lueur dans ses prunelles, mais Melody se sentit immédiatement mal.

— Sérieusement, Tex, je suis désolée que tu ressentes ça, mais si je devais choisir entre tous tes amis et toi pour rester dans cette chambre d'hôtel avec moi, c'est quand même toi que je préférerais. Je me sens en sécurité avec *toi*. Avec deux jambes, un bras, pas de jambes et pas de bras, c'est quand même toi que je choisirais.

Sans dire un mot, Tex se pencha et embrassa profondément Melody avec toute l'émotion qu'il ne parvenait pas à exprimer par des paroles. Sa confiance signifiait tout pour lui. Depuis son opération, il s'était toujours senti diminué par rapport à ses autres amis des Forces Spéciales. Mais ces deux phrases suffirent à lui redonner son estime personnelle.

Ne laissant pas le baiser se transformer en quelque chose de plus – cela restait trop tôt –, Tex se tourna à nouveau pour qu'ils puissent reprendre leurs positions initiales. Baby n'avait pas bougé et elle se contentait de dormir au pied du lit, roulée en boule et ronflant légèrement.

Une fois installés, et alors que Melody glissait à

nouveau dans le sommeil, elle entendit Tex murmurer :

— Vingt-trois secondes.

Elle lui répondit d'un simple sourire, tourna la tête et l'embrassa sur la poitrine, puis cala à nouveau la tête sans dire un mot. Elle avait deviné au fond d'elle qu'il s'était entraîné à placer sa prothèse.

À présent, ils avaient déjà fait quatre heures d'une longue journée de route, et Melody s'ennuyait.

— À quelle sorte de jeu penses-tu ? lui demanda Tex en regardant dans sa direction.

— Eh bien, ce n'est pas vraiment un jeu ; c'est plus pour échanger des informations. Je vais te raconter quelque chose d'intéressant sur moi, puis tu feras la même chose.

S'attendant à ce qu'il proteste, Melody fut surprise quand il accepta immédiatement.

— D'accord. Tu commences.

Melody baissa les yeux vers Baby qui dormait entre eux dans la voiture. Elle avait été une compagne de voyage idéale. Melody n'avait jamais fait autant de route avec elle auparavant, mais cela ne la surprenait pas vraiment. Baby avait toujours été timide, discrète et obéissante. Elle se disait que cela découlait de ce qu'il lui était arrivé avant de se retrouver dans le refuge. Elle fit courir sa main sur la tête et le dos de sa chienne.

Baby ne bougea pas, mais gronda dans son sommeil. Melody sourit.

— Quand j'étais petite, j'aimais les chats. Mes parents avaient des chats et j'ai toujours su que quand je serais grande, j'aurais une maison pleine de chats, moi aussi.

— Que s'est-il passé ?

— J'étais toujours occupée et je ne pensais pas que ce soit bien d'avoir un animal alors que j'étais aussi accaparée. Puis j'ai vu la photo de Baby dans une publicité en ligne que le refuge avait diffusée. Ils disaient qu'elle serait euthanasiée le lendemain si elle n'était pas adoptée. Quelque chose dans son expression m'a serré le cœur et je me suis immédiatement rendue au refuge.

— Elle a eu de la chance.

— Non ! contra Melody, c'est moi qui ai eu de la chance. Je n'aurais pas pu trouver de meilleure chienne que Baby. Ça m'a déchiré le cœur quand j'ai dû la laisser en Pennsylvanie, mais je savais que ça aurait été bien pire si mon harceleur était parvenu à mettre la main sur elle pour la tuer. Je ne sais pas ce que je ferais sans elle.

Après un silence confortable, Melody interrogea Tex.

— À ton tour.

— J'ai failli ne pas t'envoyer notre premier message.

— Pourquoi ? Qu'est-ce qui t'a fait changer d'avis ?

— Eh bien, j'avais d'abord écrit au pseudo Betty Pulpeuse, mais elle n'a pas répondu.

— Alors j'étais ton second choix ?

Melody se tourna vers Tex et vit qu'il essayait de dissimuler un sourire. Elle lui donna une tape sur le bras.

— Tu es bête. Tu te fiches de moi, c'est ça ?

Tex cessa de lutter pour réprimer son sourire et éclata de rire.

— Oui, j'étais sincère en disant que j'ai failli ne pas t'écrire, mais quelque chose m'a dit que je ne le regretterai pas.

— Et c'est le cas ?

— Oh oui ! C'est la meilleure décision que j'ai prise de toute ma vie.

Tex jeta un regard à Mel afin qu'elle comprenne qu'il était complètement sérieux.

— Je suis contente que tu l'aies fait.

— Moi aussi. Bon, c'est à ton tour, à présent.

— Mon deuxième orteil est plus long que mon gros orteil.

Tex éclata de rire. Il n'avait pas réalisé qu'il riait aussi peu avant que Mel n'entre dans sa vie.

— Il faudra que je vérifie ça de mes propres yeux.

Il y réfléchit un moment puis poursuivit le jeu.

— Je ne supporte pas les bananes.

— Les bananes ?

— Oui, c'est bizarre, non ? Je ne sais pas si c'est la consistance du fruit, mais je n'arrive pas à en manger.

— Même des sucreries à la banane ? demanda Mel avec curiosité.

— Oui.

— C'est bizarre.

— Hé !

— Désolée, mais c'est vrai, pouffa-t-elle avant de poursuivre. Mon obsession secrète est de regarder FLICS, avec les arrestations en direct.

— Dis-moi que tu plaisantes !

— Non, j'adore, admit Melody en pouffant. Les gens sont réellement bêtes parfois, et j'aime vraiment quand les policiers se moquent des criminels.

— J'ai un aveu à te faire, lui dit Tex.

— Quoi ?

— Je n'ai jamais vu un seul épisode de FLICS.

— Oh, mon Dieu ! On essayera d'en choper un ce soir quand on arrivera à l'hôtel.

Tex la regarda et sourit. Elle était vraiment drôle. Il savait qu'il avait aimé lui parler en ligne, mais il ne s'était pas attendu à ce qu'elle soit aussi rigolote en vrai.

Le reste de leur journée sur la route se passa rapidement. Ils s'échangèrent encore quelques informations sur eux et sur leurs vies. Elle rit plus fort au cours de ces quatre heures qu'elle ne l'avait fait durant l'année qui venait de s'écouler.

Ils s'arrêtèrent de temps en temps pour manger et laisser Baby se dégourdir les pattes, et le temps qu'ils s'arrêtent à l'hôtel pour la nuit, Melody avait l'impression d'avoir connu Tex toute sa vie. Il faisait nuit quand ils se garèrent devant l'établissement et Melody était épuisée. Elle ne savait pas que passer sa journée assise dans une voiture pouvait être aussi épuisant ! Elle remarqua alors que Tex se frottait la cuisse.

— Tu veux que j'aille réserver la chambre ?

Melody ne voulait pas que Tex se sente mal, mais elle souhaitait le lui proposer.

— Non, je préfère m'en occuper moi-même, pour m'assurer que tu es en sécurité ici dans la voiture pendant que je réserve la chambre. Mais ma jambe me fait terriblement mal et ça me tue de savoir que ce serait probablement mieux si tu y allais et t'en chargeais pour nous. Je ne pense pas qu'on coure le moindre danger ici, puisque personne ne nous a suivis et qu'on est au milieu de nulle part, mais ça me fait quand même tiquer. Ça ne te dérange vraiment pas ?

— Non, sinon je ne te l'aurais pas demandé, lui répondit calmement Melody en ignorant sa frustration.

Elle fut surprise de le voir céder, d'autant qu'elle savait à quel point c'était important pour lui de s'occuper d'elle et de toujours tout décider.

Tex se pencha en avant et tira son portefeuille de sa poche, lui tendant sans mot dire deux billets de cent dollars.

Sachant qu'il ne servirait à rien de protester, mais ayant l'intention de le lui rendre d'une façon ou d'une autre, Melody prit l'argent.

— Je reviens tout de suite.

Frottant la tête de Baby, elle dit à cette dernière :

— Sois sage, ma belle. Je reviens vite.

Baby lui lécha la main puis se tourna immédiatement pour poser la tête sur la jambe de Tex. Melody sourit, secoua la tête et referma la porte de la voiture.

Elle revint cinq minutes plus tard et rouvrit la portière.

— Fais le tour. On peut utiliser l'entrée de derrière. Notre chambre est au rez-de-chaussée, à cause de Baby.

Tex démarra la voiture et suivit ses instructions. Le parking était presque vide quand Tex se gara. Ils sortirent l'un après l'autre. Melody tenait la laisse de Baby tandis que Tex portait leurs affaires.

Melody utilisa sa carte d'accès pour ouvrir la porte du bâtiment et elle le précéda jusqu'à leur chambre. Elle ouvrit la porte et Baby commença à faire joyeusement le tour de la pièce.

Melody détacha sa laisse avant de se tourner vers Tex.

— Je m'occupe des sacs. Va te changer. Je vais chercher de l'eau à la chienne.

Tex posa son propre sac par terre et tendit à Mel le sien.

— J'ai l'impression de déroger aux règles du mâle alpha.

— Que veux-tu dire ?

Tex se passa une main dans les cheveux et répondit :

— Ce serait plutôt à *moi* de te dire de te détendre. C'est moi qui devrais m'occuper de Baby... Jusqu'ici, je ne me suis pas vraiment occupé de toi.

— Ce sont des conneries, rétorqua Melody en lui posant une main sur le bras. Je ne suis pas une ado. Ça fait un bon moment que je nous gère, moi et Baby. Et tu ne te réalises pas tout ce que tu fais pour moi. Tu es parti à ma recherche et tu m'as retrouvée. J'étais terrifiée, et j'ai d'ailleurs toujours peur que mon harceleur nous tombe dessus pour m'attaquer. Alors que je te laisse te changer et ne plus rester sur tes jambes... enfin, ta jambe... ça ne signifie pas vraiment que je ne sois plus un homme. D'accord ?

Tex fit un pas hésitant vers elle et lui mit une main derrière la nuque. Il l'attira vers lui et posa ses lèvres contre son front.

— Merci.

Mettant les mains sur la taille de Tex, Melody se pencha contre lui et demanda :

— De quoi ?

— D'être une super compagne de voyage, de me faire confiance, de me laisser te ramener chez toi, de savoir que je pourrais tuer pour pouvoir m'allonger sur ce lit et retirer cette prothèse.

Ne sachant pas quoi dire, Melody dit simplement :

— Je t'en prie.

Tex leva la tête, la regarda dans les yeux puis se

pencha. Il l'embrassa une fois, fort, faisant courir sa langue sur sa lèvre inférieure, mais sans lui donner le temps d'approfondir le baiser. Il se recula.

— Vois si tu peux nous trouver un épisode de FLICS. Je reviens tout de suite.

Melody regarda Tex faire volte-face et disparaître dans la salle de bain. Elle resta encore un moment immobile, jusqu'à ce qu'elle entende de l'eau couler dans le lavabo. Alors elle secoua la tête, se débarrassa de ses chaussures et se dirigea vers la commode. Posant son sac dessus, elle farfouilla à l'intérieur pour trouver un tee-shirt propre et un autre caleçon. Puis elle parcourut un autre petit sac et en tira la gamelle de Baby qu'elle alla remplir d'eau à l'évier. Elle la posa par terre et alla allumer la télévision. Elle se tint devant en zappant.

Quand Tex sortit de la salle de bain, elle se tenait toujours là.

— Je ne le trouve pas, lui dit-il d'une voix faussement dévastée.

— C'est bon. De toute façon, je ne sais pas si je parviendrai à rester éveillé pour regarder.

— Ne crois pas t'en tirer à si bon compte ! Je pense que ma mission dans la vie est de te faire découvrir le meilleur programme télé qui existe à l'heure actuelle.

Tex secoua la tête en la regardant.

— Seigneur, comme tu es mignonne ! Tu peux y aller. La salle de bain est libre.

— Ne touche pas cette jambe. Je m'en occupe quand je reviens.

— D'accord.

— Je suis sérieuse, Tex.

Il lui répondit d'un sourire. Elle le comprenait si facilement !

— Très bien. J'attendrai.

— Merci. Mets-toi à l'aise. Je reviens tout de suite.

Tex regarda le grand lit deux places qui se trouvait derrière lui. Il ne lui avait pas précisé quel genre de chambre choisir, mais elle en avait sélectionné une avec un seul lit. Il ne chercha pas trop à creuser, mais il ne put s'empêcher d'y penser. Il ouvrit les couvertures et se glissa à l'intérieur, calant les oreillers derrière son dos. Plaçant la lotion sur le lit près de sa hanche, il bascula la tête en arrière et ferma les yeux. Il sentit Baby sauter sur le lit. Elle rampa vers lui, s'allongea à son côté et lui poussa la main du museau.

Sans ouvrir les yeux, Tex fit glisser sa main du sommet de la tête de Baby jusqu'à sa queue, puis il répéta le mouvement plusieurs fois. Le geste apaisant devait avoir détendu la chienne parce qu'il la sentit pratiquement se fondre dans le lit à côté de lui.

Quand Melody sortit de la chambre peu de temps après, elle sourit en voyant l'homme et la chienne allongés sur le lit. Ils étaient tous les deux endormis et ronflaient légèrement.

Melody ne voulait pas réveiller Tex, mais elle savait qu'il devait retirer sa prothèse. Elle fit le tour du lit et fit doucement rentrer l'air dans la jambe artificielle. Celle-ci se détacha et Melody entendit la voix de Tex au-dessus de sa tête.

— Désolé, je me suis endormi.

— C'est bon, je vais me débrouiller. Ferme les yeux.

Elle vit qu'il lui obéissait. Se sentant toute chose de voir que ce soldat d'élite alpha lui laissait les rênes pour s'occuper de lui, elle se mit au travail. Melody retira la doublure et s'empara de la lotion. Puis elle massa son moignon, s'assurant de ne pas trop appuyer sur les endroits douloureux, mais pressant tout de même assez fort sur ses muscles épuisés pour essayer d'apaiser un peu sa douleur.

Quand elle eut fini, elle s'essuya les mains sur le drap, se disant que de toute façon, les employés les changeraient avant l'arrivée des prochains clients. Avant de s'éloigner de Tex, elle se pencha et déposa un léger baiser sur son moignon. Puis elle se rassit et leva la tête. Tex avait rouvert les paupières et il la regardait avec émerveillement.

Sans ajouter un mot de plus, Melody fit le tour du lit et grimpa de l'autre côté. Elle n'eut pas le cœur de déranger Baby, alors elle se colla contre sa chienne, faisant face à Tex. Celui-ci s'était tourné pour la regarder évoluer alors qu'elle faisait le tour du lit et il était à présent allongé sur le côté face à elle. Ils caressèrent tous deux la chienne étendue entre eux, et quand leurs mains se touchèrent, Tex saisit les doigts de Melody dans les siens.

Comme s'ils étaient à l'église, Tex s'exprima d'une voix basse et révérencieuse :

— Personne ne s'est occupé de moi comme tu viens de le faire depuis mon enfance.

Il s'éclaircit la gorge et poursuivit.

— Je ne sais pas ce que tu vois en moi, Mel, mais je me sens bien.

— Tu es un homme bon, Tex. Tu es super sexy et si on n'était pas tous les deux aussi épuisés, je serais tentée de te montrer à quel point je te trouve sexy.

Tex lui adressa un sourire endormi.

— Je ne vais certainement pas essayer de te convaincre du contraire.

— C'est bien, parce que tu n'en serais pas capable.

— Tu dors toujours avec Baby ?

Lui permettant de changer de sujet, Melody renâcla :

— Certainement pas. Elle a un lit pour chien très confortable dans lequel elle avait l'habitude de dormir à côté du mien.

— Visiblement, ça a changé.

— Oui.

Ils regardèrent le flanc de la chienne qui montait et descendait sous leurs mains entrelacées.

— C'est une chienne géniale.

— Oui, répéta Melody.

— Je m'occuperai d'elle aussi, Mel.

Melody regarda Tex d'un air surpris.

— Mais...

— Pas de mais. Elle est importante pour toi, alors elle compte pour moi aussi. Je me battrai pour empêcher cet homme de la tuer.

Les yeux de Melody se remplirent de larmes et elle porta la main de Tex à sa bouche pour y déposer un baiser avant de replacer leurs mains sur les flancs de Baby.

— Merci, parvint-elle simplement à dire avant que sa voix ne se brise.

— Cela dit, même si j'aime ta chienne, il ne faut pas qu'elle s'habitue à dormir entre nous. Le voyeurisme canin n'est pas mon fétichisme.

Melody ferma les yeux et pouffa. Quand elle les rouvrit, elle vit que Tex la regardait avec intensité.

— Dors, Mel. Nous avons encore une longue journée sur la route avant d'arriver en Pennsylvanie. Puis il faudra qu'on découvre le fin mot de l'histoire et que l'on convienne d'un plan d'action. Mais je te jure que dès que les choses se seront calmées et qu'on aura une minute à nous sans être fatigués ou occupés à nous triturer le cerveau pour découvrir les intentions de ce malade, je me ferai un point d'honneur à te montrer à quel point tu commences à compter pour moi.

Melody se mordit la lèvre et hocha la tête. Elle avait hâte.

8

Melody éteignit le moteur de la voiture et serra fort le volant. Tex et elle avaient discuté ce matin-là et avaient décidé de mettre les gaz afin d'achever le trajet jusqu'en Pennsylvanie. À mi-parcours environ, Melody avait convaincu Tex de la laisser conduire. Une fois encore, cela ne lui plaisait pas vraiment, mais sa jambe lui faisait de plus en plus mal et il avait atteint le point où il était trop douloureux pour lui de conduire. Il lui avait donné un million d'instructions et il ne s'était tu que lorsqu'elle lui avait répliqué avec emportement qu'elle n'était pas idiote et qu'elle conduisait depuis l'âge de seize ans.

Tout à son honneur, il n'avait pas résisté quand Melody avait insisté pour qu'il lui permette de conduire. Après son discours et la réponse sarcastique qu'elle lui avait lancée, il s'était contenté de hocher la tête. Puis quand ils s'étaient arrêtés pour laisser Baby faire une pause, il lui avait tendu ses clés, l'avait embrassée et s'était dirigé vers le siège passager.

Melody avait essayé de minimiser sa nervosité à l'idée de réinvestir son appartement. La dernière fois qu'elle s'était trouvée là, elle était terrifiée et ne savait pas si elle y reviendrait un jour.

D'un côté, elle était contente d'être rentrée chez elle, mais de l'autre, elle avait peur. Elle faisait confiance à Tex, mais être de retour dans sa ville, là où tout avait commencé, était vraiment flippant.

— Hé, regarde-moi.

Melody sursauta quand Tex posa la main sur son épaule, puis elle tourna la tête vers lui. Elle le distinguait à peine dans la pénombre du parking.

— Tout va bien se passer, Mel. Je vais m'occuper de toute cette histoire pour toi.

Melody hocha sèchement la tête.

— Reste ici, je fais le tour.

Tex sortit de la voiture et fit le tour par l'avant, ne quittant pas Melody du regard alors qu'il venait la rejoindre de son côté. Il ouvrit la portière et quand Melody sortit, il la plaqua contre le côté du véhicule.

Tex plaça ses mains sur le siège derrière elle et se pencha. Il soupira quand Mel passa les bras autour de sa taille et se retint à lui. Il sentit Baby lui toucher le bras de la truffe, mais il ignora la chienne pour le moment.

Posant le menton sur l'épaule de Melody, il se tourna pour lui murmurer à l'oreille :

— Je sais que tu as peur, mais je suis tellement fier que tu restes forte. Tu n'es plus seule. Je suis là.

Il la sentit retenir un instant sa respiration, puis il enfonça son nez dans l'espace entre son cou et son épaule et la prit dans ses bras, l'attirant dans son étreinte.

Ils restèrent dans le parking pendant quelques minutes avant que Tex finisse par se reculer. Il leva les mains et lui encadra le visage.

— Je suis sincère.

Ses mots étaient simples et honnêtes.

— Je sais. Mais j'ai l'impression de t'avoir entraîné dans toute cette situation... quelle qu'elle soit.

— Mel, tu ne m'as entraîné dans rien du tout. C'est moi qui l'ai fait. Et si je ne voulais pas être là, je ne le serais pas.

Melody se passa la langue sur les lèvres et enfin, au bout d'un moment, elle murmura :

— D'accord.

Tex se pencha vers elle et l'embrassa sur les lèvres.

— Maintenant, donne-moi tes clés et Baby et toi allez rester là un moment le temps que j'aille faire le tour de ton appartement. Je serai vite de retour et on pourra s'y rendre et dormir un peu. Demain, tu appelleras Amy et on commencera à essayer de découvrir ce qu'il se trame. Alors, remonte, verrouille les portières et si tu vois quelque chose qui sort de l'ordinaire ou bien qui te fait peur, klaxonne et appelle-moi.

— Tu penses qu'il sait que je suis ici ? Suis-je en danger ? Es-*tu* en danger ?

Tex plaça son front contre celui de Melody et mit ses mains sur sa taille et la pressa.

— Du calme, Mel. Non, je ne pense pas que tu sois en danger. Sans quoi je ne te laisserai certainement pas ici toute seule. C'est une simple précaution. J'ignore complètement s'il sait déjà que tu es rentrée, mais je ne serai pas parti plus de deux minutes. Cela fait des mois que tu as quitté cet endroit, et je veux m'assurer avant d'entrer que rien ne cloche dans ton appartement.

Il ne précisa pas qu'il voulait s'assurer que le harceleur n'avait pas forcé la porte et tout détruit dans son appartement. C'était une possibilité et il voulait en préserver Mel. Il ne pensait honnêtement pas que son harceleur savait déjà qu'ils étaient revenus, aussi était-elle relativement en sécurité pendant qu'il allait faire l'état des lieux. Il se recula et plaça les mains des deux côtés de son visage, la regardant dans les yeux.

— Je ne te mettrai jamais en danger volontairement, Mel. C'est compris ?

Melody soupira puis hocha la tête. Elle tendit la main à l'intérieur de la voiture pour prendre son sac à main. Baby, heureuse de pouvoir atteindre son visage, le lécha jusqu'à ce qu'elle éclate de rire et la repousse.

— Écarte-toi, Baby. Je dois prendre mon sac pour qu'on puisse rentrer.

Comme si elle la comprenait, Baby s'assit et regarda sa maîtresse fouiller dans son sac, en retirant un porte-clés qu'elle n'avait plus utilisé depuis au moins six mois. Elle se tourna et le laissa tomber dans la main tendue de Tex.

— Fais attention.

En voyant Tex hausser les sourcils, Melody rougit, mais elle refusa de détourner le regard de lui.

— Je sais que tu es un soldat d'élite et que tu sais probablement terrifier quelqu'un d'un simple regard, mais on ne sait pas de quoi cette personne est capable.

— Je ferais attention. Promis.

Tex ne perdit pas de temps à la rassurer, se contentant de l'embrasser sur le front en lui disant :

— Remonte et verrouille la portière. Je reviens très vite.

Melody lui obéit et le regarda traverser le parking d'un pas assuré puis disparaître dans le couloir qui menait à son appartement. Baby gémit à côté d'elle et Melody la fit asseoir sur ses genoux pour les réconforter toutes les deux. Baby avait toujours été affectueuse, mais après une aussi longue séparation, elle l'était encore plus. La chienne se frotta contre Melody et posa son museau sur son épaule. Elles restèrent toutes les deux assises dans la voiture à attendre le retour de Tex.

Tex prit soin de bien regarder partout dans l'appartement de Mel. Il était plongé dans le silence et l'obscurité. Il avait une odeur normale et semblait aussi normal qu'un endroit fermé depuis plusieurs mois pouvait l'être. L'air sentait quelque peu le renfermé. Appuyant sur l'interrupteur près de la porte d'entrée, Tex se tendit comme s'il s'attendait à ce que quelqu'un, tapi dans l'ombre, bondisse sur lui. Mais tout était tranquille.

La porte donnait sur un petit couloir qui menait à un salon. Il y avait un sofa en cuir marron foncé qui trônait au beau milieu de la pièce derrière une table basse marron et noire. Un large écran de télévision plat était accroché au mur qui faisait face au sofa. Une bibliothèque marron et noire était placée contre l'autre mur. Elle était remplie de livres, et quelques cadres photos parsemaient les étagères. Il y avait une petite zone pour dîner qui contenait une table pour quatre personnes, et la cuisine se trouvait à l'écart sur le côté.

Tex s'avança à l'intérieur de la pièce et jeta un œil dans la cuisine. Il repéra un réfrigérateur en inox, un lave-vaisselle et une cuisinière quatre-plaques. Il y avait quelques dessins collés sur le frigo, sûrement faits ceux des enfants d'Amy. Les éléments affichaient une couleur érable et les comptoirs étaient en granite.

Tex se dirigea vers le couloir en face de la cuisine, qui menait hors de la pièce à vivre. Il y avait quatre portes, dont trois étaient ouvertes. Tex ouvrit celle qui était fermée et vit que c'était un placard à débarras. Puis il descendit le couloir et jeta un œil dans la chambre d'amis qui contenait un lit deux places et une commode. La porte d'en face était une salle de bain.

Restant vigilant, Tex se dirigea vers ce qui devait être la chambre de Mel. Il s'arrêta dans l'encadrement de la porte et observa son espace personnel. Le lit était un lit bateau à deux places. Il était installé sur des tiroirs et il y avait deux colonnes de rangement qui s'élevaient de part et d'autre. On voyait une télévision posée sur un montant en face du lit. Sans quoi, la pièce ne contenait pas d'autre meuble. Un gros tapis rectangulaire était installé dans l'espace entre le lit et la télévision. Il baissa les yeux et sourit pour la première fois. Le petit lit de Baby était installé juste à côté du lit, comme l'avait affirmé Melody.

Il se tourna et jeta un œil dans la petite salle de bain située sur le côté. Elle était fonctionnelle et propre. Tout semblait normal dans son appartement. Pour la première fois, il se sentit soulagé de n'avoir rien trouvé de bizarre ou qui aurait pu effrayer Mel, et il observa la pièce avec les yeux d'un homme, pas celui d'un soldat.

Cette chambre était confortable et féminine. Il s'imaginait bien Mel dormant ici... Bon sang, il se les imaginait tous les deux dormant ici... et faisant l'amour. Cette pensée suffit à le faire bander. C'était presque ridicule de voir à quel point songer à Melody l'excitait. Une partie de son cerveau lui disait qu'il était fou, qu'il venait à peine de la rencontrer. Mais l'autre rétorquait que c'était parfaitement compréhensible et qu'ils se connaissaient très bien après leurs longues discussions en ligne.

Avant sa blessure, c'était toujours Tex qui avait fait le premier pas dans toutes ses relations, qu'elles soient de longue durée ou pour une nuit seulement, mais avec Mel, il ne voulait pas tout chambouler. Il avait perdu son assurance après avoir été rejeté une fois de trop par des femmes qui ne voulaient pas d'une relation avec un vétéran estropié. Même son statut d'ex-membre des Forces Spéciales ne suffisait pas à les tenter.

Il cessa immédiatement d'y penser. Melody restait sans défense dans le parking et elle s'inquiétait probablement pour lui. Il ne lui avait pas menti en lui disant qu'il pensait qu'elle serait en sécurité pendant qu'il était à l'intérieur, mais il avait quand même besoin d'arrêter de rêvasser et de la faire s'abriter là où elle serait en sécurité. Il força son érection à disparaître alors qu'il se dirigeait vers le parking et cette femme qui était rapidement en train de devenir la chose la plus importante de son existence.

Melody se redressa sur son siège quand elle vit Tex se diriger vers elle. Il n'avait pas l'air inquiet, juste déterminé à revenir à elle. Baby leva la tête comme si elle savait que Tex approchait, et elle se tourna dans sa direction. Elle commença à battre de la queue sans quitter les genoux de Melody.

Tex se rendit du côté conducteur et ouvrit la

portière une fois qu'elle l'eut déverrouillée. Elle n'eut pas à attendre ni à poser la question.

— Tout va bien. Vous pouvez venir à l'intérieur.

Melody hocha la tête et accrocha la laisse de Baby avant de descendre de la voiture.

Tex ouvrit la portière arrière et sortit leurs sacs. Il tendit la main à Melody et fut soulagé quand celle-ci la saisit fort alors qu'ils se dirigeaient vers son appartement.

Il ouvrit la porte quand ils y parvinrent et Baby bondit à l'intérieur. Melody éclata alors de rire et la tira à nouveau assez vers elle pour pouvoir lui retirer sa laisse.

— Elle est contente d'être rentrée, commenta Tex en passant.

— Oui, répondit Melody avant de jeter un regard circulaire à son appartement et d'ajouter en soupirant : Moi aussi.

— Viens ici.

Il lui prit la main et referma la porte avec son pied avant de les guider tous les deux vers le canapé. Il s'y assit et l'installa sur ses genoux.

Melody avait essayé d'être forte, mais de retour dans son appartement où elle avait été si terrifiée, là où elle avait cru ne plus jamais revivre, elle finit par craquer. Elle sentait la main apaisante de Tex lui descendre le long du dos puis lui caresser la tête. Au bout de quelques minutes, elle essaya de se reprendre et leva vers lui des yeux remplis de larmes.

— Merde, je suis désolée. Je te jure que je ne pleure jamais. Je ne suis pas comme ça, normalement.

— Tu n'as pas à être désolée de quoi que ce soit, Mel. Je suis simplement surpris que ça t'ait pris autant de temps.

— Ce n'est pas simplement ça. J'avais peur de revenir. Ça va mieux puisque tu es là, mais je ne pensais pas revenir un jour.

— On va te rendre ta vie.

— J'espère bien.

— On le fera.

— Très bien, Tex.

— Viens. Je suis épuisé et je sais que toi aussi. Allons dormir. Les choses s'arrangeront demain matin.

Tex soutint Melody le temps qu'elle se redresse, et il garda une main sur son dos alors qu'ils descendaient le couloir en direction de sa chambre. Puis il la guida jusqu'à la salle de bain.

— Prépare-toi pour la nuit. Je vais chercher nos sacs et faire sortir Baby une dernière fois.

— Mais ta jambe…

Tex plaça un doigt contre ses lèvres et l'interrompit.

— Tu t'es assez occupée de moi, Mel. Laisse-moi prendre soin de *toi*, ce soir.

Quand il vit qu'elle s'apprêtait encore à protester, il lui dit :

— Je t'en prie.

Il vit Mel le regarder dans les yeux un moment,

puis elle lui saisit le poignet et hocha la tête. Elle pinça les lèvres et embrassa le doigt qu'il avait collé à sa bouche.

— D'accord, je t'attendrai ici.

Tex lui sourit. Elle était complètement transparente et ne jouait à aucun jeu avec lui. Elle venait de lui signifier qu'elle voulait qu'il reste dans sa chambre avec elle.

— Je reviens le plus vite possible.

Melody hocha la tête et se tourna vers la salle de bain. Tex baissa alors les yeux vers sa chienne.

— Viens, Baby, on va ressortir une dernière fois avant d'aller faire dodo.

Baby tirait la langue et elle le regardait comme si elle lui souriait. Il émit un petit rire en quittant la pièce pour se diriger vers la porte d'entrée.

Quand il revint dans sa chambre environ dix minutes plus tard, il vit que Melody avait changé les draps de son lit et que les précédents étaient roulés en boule par terre dans un coin de la pièce. Mel était profondément endormie, repliée en position fœtale comme pour se protéger. Tex sentit quelque chose remuer en lui. Il aurait fait n'importe quoi pour protéger cette femme, mais c'était bien plus que cela. Il n'avait pas simplement envie de la protéger. Il voulait finir tous les jours en la voyant dans leur lit. Il voulait se réveiller à ses côtés, il voulait l'entendre rire et parler à Baby de la ravissante petite voix chantante qu'elle utilisait de temps en temps.

Quelque part, Tex savait que Mel était faite pour lui. Il l'avait accepté quand il avait pris la décision de partir à sa recherche et de traverser le pays pour la retrouver et la ramener chez elle. Il aurait pu appeler Wolf et son équipe pour aller la chercher. Il aurait pu se contenter de hausser les épaules et décider qu'elle avait effacé son compte sur ce chat parce qu'elle le rejetait. Mais quelque part, il avait compris qu'elle était spéciale.

Se sentant ému, Tex se tourna vers la salle de bain pour ses ablutions nocturnes. Il en émergea quelques minutes plus tard et s'assit sur le côté du lit qu'elle lui avait manifestement réservé. Il jeta un coup d'œil à Baby, qui ronflait au bout du matelas. Sachant bien qu'il aurait probablement dû faire se lever la chienne pour qu'elle dorme sur son lit posé par terre, il se contenta de sourire et porta son attention sur sa jambe. Il retira sa prothèse et frotta rapidement un peu de lotion sur son moignon.

Mel aurait été plus efficace, mais soudain, il ressentit le désir incontrôlé de la tenir dans ses bras. Il cala sa prothèse contre le meuble de chevet et s'allongea sur le dos. Il se tourna alors vers Mel qui dormait dos à lui, et il s'enroula autour d'elle. Il n'avait jamais dormi collé à une femme, mais avec Mel, cela semblait parfait. Il passa son bras droit autour d'elle et se blottit contre elle.

Ils portaient tous les deux un tee-shirt et un short,

mais Tex pouvait sentir la chaleur de Mel s'infiltrer dans son corps.

— Ça va ? demanda cette dernière d'une voix endormie.

— Oui, tout va bien. Retourne te coucher.

— Tu as mis de la crème sur ta jambe ?

— Oui, ma belle. Ne t'inquiète pas. Rendors-toi. Je veille sur toi.

Tex murmura ces mots à son oreille et sourit quand il la sentit se blottir à nouveau contre lui comme si elle avait l'intention d'y rester un long moment.

— Hum...

Tex sourit et ferma les yeux. La confiance que lui portait Mel avait le pouvoir magique d'effacer tous les doutes qu'il avait ressentis sur ses propres compétences depuis qu'il avait quitté la Marine. Il savait qu'elle n'avait aucune idée de l'effet qu'elle avait sur lui, mais Tex le comprenait parfaitement. La tenir dans ses bras en sachant que même à moitié endormie, elle s'inquiétait et se préoccupait de lui était une sensation qu'il n'avait jamais ressentie auparavant. Il aurait fait n'importe quoi pour la protéger. Absolument n'importe quoi. Protéger Melody et Baby serait son seul objectif à l'avenir. Mel *était* son futur. Tex s'endormit en tenant Melody dans ses bras, ayant confiance en l'avenir pour la première fois depuis très longtemps.

9

— Oui, c'est vraiment moi, Amy.

Melody rassura son amie pour ce qui lui parut être la centième fois.

— Tu es rentrée pour de bon ?

— Je ne sais pas. Je l'espère bien.

Melody ne voulait pas mentir à son amie. Elle savait qu'elle n'aurait pas été capable de noyer le poisson si elles avaient été en tête à tête. Amy la connaissait trop bien et il lui aurait suffi d'un seul coup d'œil pour déceler un mensonge ou une omission. Elles se connaissaient depuis trop longtemps pour parvenir à se mentir très longtemps.

— Tu es seule ?

— Non, Tex est là avec moi.

— Tex, tu dis ?

Melody entendit la taquinerie dans la voix d'Amy.

— Oui, Tex.

Elle tourna la tête vers lui, sachant que leur conversation les faisait ressembler à deux collégiennes, mais elle ne put s'empêcher de sourire. Tex était assis sur le canapé à côté d'elle et caressait Baby pendant qu'elle parlait à Amy.

— Et il est assis là à me regarder en se demandant de quoi on est en train de parler.

Elle sourit et regarda à nouveau sa chienne qui dormait si paisiblement entre eux.

— Il est sympa, Melody. J'avais des doutes quand il m'a appelée, mais puisqu'il t'a ramenée, je pense que je finirai par bien l'aimer.

— Moi aussi.

Dès que les mots lui sortirent de la bouche, Melody sut que c'était la vérité. Elle regarda à nouveau Tex, en panique, se demandant s'il avait entendu les mots d'Amy et avait compris ce qu'elle lui avait répondu.

— Tout va bien ? lui murmura-t-il en se penchant vers elle, l'air inquiet.

Melody couvrit le micro du téléphone et lui répondit rapidement :

— Oui, ça va.

Tex hocha la tête et s'adossa à nouveau au canapé, continuant de la regarder tout en caressant Baby.

— Il faut qu'on parle, ma belle, lui dit Amy d'un ton sévère.

— Je sais. J'ai hâte de te voir, et aussi Cindy et Becky.

— Elles ont vraiment hâte de te voir aussi.

— Mais je ne veux pas les mettre en danger, Amy.

Melody entendit son amie soupirer.

— Je sais. Moi non plus. Tu pourras m'appeler plus tard pour qu'on puisse se fixer un rendez-vous ? J'ai vraiment besoin de te voir. Tu m'as manquée.

— Je n'y manquerai pas. Mais maintenant, il faut qu'on discute avec Tex pour voir ce qu'on va faire.

— D'accord. Je suis contente que tu sois rentrée. J'ai la sensation que Tex saura découvrir le fin mot de l'histoire.

— Je l'espère bien. Bon, je t'aime, Amy. On se parle plus tard.

— À bientôt.

— À bientôt.

Melody raccrocha et se rassit contre le canapé.

— Vous êtes vraiment très proches, énonça Tex d'un ton neutre.

— Oui. L'une des choses les plus difficiles quand je suis partie a été de ne plus pouvoir parler à Amy. Certes, mes parents m'ont manqué, mais ce n'est pas la même chose que de perdre l'occasion de parler à sa meilleure amie.

— Tu es prête à discuter pour voir si on peut démêler tout ça ?

— Non... mais il le faut bien.

Tex ricana et donna une dernière caresse sur la tête de Baby avant de se redresser en tendant la main à Mel.

— Viens. Allons nous asseoir à table. J'ai besoin d'utiliser mon ordinateur pour voir ce que je peux trouver et faire une liste.

Melody prit la main de Tex et le laissa la mener vers la table. Il tira la chaise en bout de table et quand elle fut assise, il prit place près d'elle. Puis il fit glisser vers eux un de ses ordinateurs portables et l'alluma.

— Et si tu commençais par me dire comment tu as été capable de partir et de tout organiser. Quelque part, ce mec t'a retrouvée alors que tu étais en Californie et il faut qu'on découvre comment.

— Ça ne serait pas plus pratique de parler d'abord des personnes que je soupçonne ?

— Pas vraiment. On va vite obtenir une liste de suspects, mais d'abord, je veux simplement que tu me parles. Dis-moi ce que tu as fait pendant que tu étais en fuite. Ne filtre pas tes propos ; laisse-moi me faire ma propre idée.

Il avait raison.

— Eh bien, je suis partie sans vraiment avoir de plan en tête. Je n'avais pas assez d'argent pour tenir indéfiniment, mais je savais qu'il ne fallait pas que je paie par cartes parce que ça laisse des traces. Je suis allée à la banque pour retirer environ deux mille dollars de mon compte afin d'avoir du liquide. Je ne savais pas si mon harceleur était vraiment intelligent, mais je me suis dit qu'utiliser mon téléphone portable et mes cartes de crédit lui permettrait de remonter directement jusqu'à moi s'il savait se servir d'un ordinateur.

Elle s'arrêta en avisant le sourire moqueur de Tex.

— Oui... ce n'est pas moi qui vais te l'apprendre.

— Continue.

— J'ai loué une voiture. Je me suis dit que j'allais m'en servir le temps de décider d'une destination et d'un plan d'action. Au bout de cinq jours de route, j'ai appelé Amy pour qu'elle me vienne en aide. Je savais que j'allais finir par me retrouver à court de liquide, alors je lui ai signé une procuration pour qu'elle puisse aller à la banque retirer de l'argent à ma place. Elle devait retirer du liquide et me l'envoyer. Je lui donnais l'adresse d'un hôtel et dès que je recevais la lettre avec le liquide, j'en changeais. J'achetais ces téléphones jetables qu'on trouve en magasin, ceux avec un certain nombre de minutes déjà chargées. Comme ça, ce fou ne pouvait pas me traquer de cette façon-là.

« Je peux facilement travailler de n'importe où. Je bosse avec un programme informatique appelé CART, qui permet l'insertion de sous-titres en temps réel. Pour résumer, j'écoute un événement par Skype et je tape ce que j'entends. Ces données sont alors transmises à toutes les personnes présentes grâce à une application. Ils peuvent lire les phrases pendant qu'ils assistent à l'événement. Il y a seulement un léger décalage. Puisque je n'ai besoin que d'une connexion internet, c'est ce qui m'a permis de continuer à travailler, même si j'étais sur la route. J'ai continué de payer mon loyer dans l'espoir de pouvoir éventuellement revenir. Amy m'a aidée en venant prendre mon courrier et en payant les factures qu'on m'envoyait.

— Manifestement, tu n'aurais pas pu faire tout ça sans Amy, remarqua Tex d'une voix absolument neutre.

— Non ! le prévint Melody à voix basse.

— Non quoi ?

— Amy n'est pas impliquée dans cette histoire.

— Je n'ai pas dit qu'elle l'était.

— Arrête ton char, je vois bien ce que tu penses. Tu penses qu'elle savait exactement où j'étais. Elle a accès à mon appartement, mais elle ne m'aurait pas fait ça.

— Je croyais que tu allais rester neutre pendant que tu me racontais ton histoire, Mel ?

Mais la voyant sur le point de péter un câble, il essaya rapidement de la calmer.

— Pour ce que ça vaut, je ne pense pas que ce soit elle qui te harcèle.

— Vraiment ? Alors pourquoi tires-tu cette tête-là ?

— Parce que même si ça craint, il faut que l'on considère toutes les possibilités, même si elles sont douloureuses. Mais souviens-toi. Je l'ai rencontrée, Mel. Elle a gardé Baby pour toi. Ce harceleur a dit qu'il voulait faire du mal à Baby. Amy avait l'occasion parfaite de te raconter qu'elle s'était enfuie, qu'elle avait été renversée par une voiture, qu'elle était tombée malade... n'importe quoi. Mais elle ne l'a pas fait.

Melody baissa les yeux vers Baby qui dormait à côté de sa chaise.

— D'accord, désolée. C'est simplement que... c'est ma meilleure amie. Je lui fais naturellement confiance.

Tex posa sa main sur celle de Melody.

— Je le sais. Je ne voulais pas sous-entendre qu'elle soit impliquée, mais ça ne veut pas dire que quelqu'un d'autre en qui tu as confiance ne soit pas impliqué ou ne puisse pas être ton harceleur.

Melody inspira profondément.

— D'accord, je comprends... C'est simplement que... je fais autant confiance à Amy qu'à toi.

Tex prit la main de Mel et lui déposa un baiser sur la paume sans cesser de la regarder dans les yeux.

— Merci de me dire ça. On continue ?

Melody replia les doigts comme si elle retenait le baiser que Tex avait déposé sur sa main, puis elle fit ce qu'il lui avait demandé.

— Alors, oui, j'ai changé d'hôtel à peu près toutes les semaines. Je louais une voiture quand j'avais besoin de changer de ville, en payant en liquide, bien entendu, puis je la rapportais une fois que j'étais arrivée dans un endroit où je pouvais utiliser les transports en commun. J'allais sur internet dans des cafés locaux ou bien des fast-foods.

— Et le mot que tu m'as montré en Californie, c'était le premier que tu avais reçu depuis que tu avais quitté la Pennsylvanie ?

Melody baissa les yeux vers ses mains. Elle les avait crispées tout en parlant.

— Non. J'en avais reçu un lorsque j'étais en Floride. Il disait à peu près la même chose que celui que tu as vu.

— Alors cette personne a été capable de te retrouver au moins en Floride et en Californie. Bon, et si on parlait de ta vie ici ?

— Ici ?

— Oui, ici en Pennsylvanie. Tu voyais quelqu'un avant de t'enfuir ?

Melody s'agita sur son siège, puis elle se releva soudainement pour aller dans la cuisine.

— Je peux aller te chercher quelque chose ? Un autre café ?

Elle se tourna pour voir si Tex voulait quelque chose et elle poussa un cri de surprise quand elle s'aperçut qu'il se tenait pile devant elle. Bon sang, il se déplaçait rapidement.

Tex détestait devoir imposer ce genre de questions à Mel, mais il devait mettre à jour le plus d'indices possible afin d'attraper ce type. Il plaça un doigt sous son menton.

— Tu sais que je ne fais pas ça par simple curiosité. N'est-ce pas, Mel ?

Celle-ci laissa immédiatement retomber sa tête sur sa poitrine et poussa un soupir.

— Oui, je sais. C'est simplement que... c'est difficile. Je n'aime pas songer que quelqu'un peut vouloir me faire subir une chose pareille. C'est juste tellement horrible et méchant... Et de penser qu'il existe quelqu'un qui me harcèle avec qui je suis peut-être sortie, ou que je connais, à qui j'ai parlé tous les jours sans savoir qu'il voulait me faire du mal ou bien tuer mon chien, mes amis ou ma famille ? Ça craint.

— C'est vrai. Je suis désolé.

— Je suis également gênée que tu apprennes à quel point ma vie était ennuyeuse.

— Quoi ?

Melody leva la tête pour le regarder.

— Tex, tu étais dans les Forces Spéciales. Tu faisais tout le temps des choses excitantes. Tu as *vécu* ta vie. Mais moi ? Je suis ennuyeuse au possible. Je suis restée dans cette petite ville. Le moment le plus excitant de ma vie était quand j'allais à Pittsburgh pour faire du shopping. C'est embarrassant.

— Mel, ce n'est pas embarrassant. Toutes les choses excitantes que j'ai faites ? Ça craignait. Constamment. J'ai tué des gens. J'en ai pourchassé. J'ai secouru des personnes qui avaient été affamées, battues ou violées... parfois, les trois à la fois. Et à l'occasion, nous n'avons pas été capables de les sauver. Il a fallu qu'on récupère leurs corps. Il y a eu des fois où j'aurais donné n'importe quoi pour mener une vie « ennuyeuse », comme tu le dis.

— Tex...

— Alors rien de ce que tu me racontes n'est embarrassant. D'abord, ça te concerne et je veux tout savoir de toi, ensuite...

Il baissa d'un ton et ses doigts s'enfoncèrent dans les côtes de Melody.

— J'aime te savoir ici en sécurité, sans que toutes ces horreurs que j'ai pu voir et connaître puissent t'atteindre. J'ai envie que tu sois capable de considérer à nouveau qu'aller en ville est excitant. Aide-moi à démêler tout ça afin que tu puisses reprendre ta vie aussi rapidement que possible.

— D'accord, mais j'ai besoin de faire quelque chose pendant que je te parle. Ça me stresse.

Tex l'embrassa sur le front et la regarda dans les yeux.

— Pas de problème.

— Pourquoi fais-tu ça ?

— Ça quoi ?

— Pourquoi m'embrasses-tu sur le front ? Ça me plaît, mais parfois, ça me donne l'impression d'avoir huit ans.

— C'est parce que si je t'embrasse comme j'ai réellement envie de le faire, on ne sortira pas de cet appartement aujourd'hui, ni même demain. Et plus vite on sera capable de découvrir l'identité de ce connard, plus vite je pourrais t'emmener au lit sans m'inquiéter de savoir qu'il est peut-être en train de nous épier ou d'attendre qu'on commette une erreur.

— Oh...

— Oui, oh... Je me contrôle, Mel, mais crois-moi quand je dis que je n'aimerais rien de plus que de capturer ta bouche, de te poser sur ce comptoir, qui est pile à la bonne hauteur, et de te faire jouir avec ma bouche et ma queue, encore et encore.

Melody fut seulement capable de le dévisager pendant plusieurs secondes. Elle sentait que ses paroles la faisaient mouiller. Aucun homme ne lui avait jamais dit une chose pareille, mais avec Tex, cela lui plaisait. Elle adorait, même ! Elle était tout excitée de se les imaginer ensemble.

Tex se pencha en avant et l'embrassa à nouveau sur le front.

— Bon sang, si tu pouvais voir la tête que tu fais. Je vais retourner à table et noter tout ce que tu me raconteras. Tu peux rester là et... fais ce que tu veux. Quand on aura fini de parler, on sortira pour s'assurer d'être vus en ville. Après, tu pourras appeler Amy et on la retrouvera quelque part. Puis on reviendra ici.

— Et après ?

— On verra, Mel. Je ne veux pas te presser.

— Je crois que j'ai envie d'être pressée.

— Merde...

Le juron était bas et sincère, mais Tex lâcha Melody et recula vers la table. Il se pencha et fit courir sa main sur la tête de Baby avant de se rasseoir. Posant ses mains sur le clavier, il refusa de relever les yeux vers la jeune femme. Sa maîtrise de lui-même ne tenait qu'à un fil. Et savoir que le désir qu'il ressentait pour Mel était mutuel ? C'était de la torture, pure et simple.

— Je n'ai pas eu beaucoup de relations, mais ça m'arrivait quand même des gens. Je suis allée au lycée dans cette ville, alors je connais beaucoup de gens. Je fais mes courses ici, j'ai ma banque ici, j'ai eu des relations ici.

— Donne-moi des noms, Mel.

Melody joua avec la tasse de café qu'elle tenait entre les mains. Elle avait l'estomac noué et rechignait à la boire.

— Lee Davis. C'est le dernier homme avec lequel je suis sortie. On est restés ensemble pendant presque trois mois.

— Pourquoi avez-vous rompu ?

— C'était un peu un connard.

— Comment ça ?

La voix de Tex était dure.

Melody leva la tête, surprise.

— C'étaient juste de petites choses. Il me faisait toujours payer quand on sortait dîner, et me disait que c'était parce que je gagnais plus que lui. Il flirtait avec la serveuse devant moi. Souvent, il ne prenait pas la peine de me rappeler quand je lui laissais un message... Dans l'ensemble, c'était un connard.

— Alors pourquoi es-tu sortie avec lui ? Je n'arrive pas à m'imaginer que tu supportes ça.

Melody sourit à Tex depuis la cuisine. Ses paroles de tantôt lui tournaient toujours dans la tête.

— Je crois que je me sentais seule. Mais tu as raison, dès qu'il a commencé à faire ce genre de choses et qu'il a arrêté d'essayer de m'impressionner, je l'ai largué.

— Ça l'a contrarié ?

Melody reposa la tasse sur le comptoir et s'y adossa, reposant son poids sur ses mains.

— Non. Je l'ai vu avec Diane l'année d'après.

— Diane ?

— Oui. Elle était deux niveaux en dessous de moi à l'école. Elle travaille à la banque.

— Très bien. Qui d'autre ?

— On va faire ça pour tous les hommes avec lesquels je suis sortie ?

— Si on y est contraints.

— Bon sang. D'accord. Voyons. Adam Grant. On est sortis ensemble pendant deux mois. Je ne voulais pas coucher avec lui, alors il m'a larguée. Jamie Wilde. On n'a pas tenu au-delà du deuxième rendez-vous : je l'ai laissé en plan à table. Je n'avais jamais vu quelqu'un se comporter aussi mal. Il a roté, a tenu des propos déplacés et a même claqué le cul de la serveuse quand elle s'est éloignée de notre table. J'ai prétexté devoir aller aux toilettes et je me suis taillée.

Melody ignora le ricanement de Tex et poursuivit tout en le regardant pianoter frénétiquement sur son clavier pendant qu'elle s'exprimait.

— Chris Myles. M-y-l-e-s. C'est ma relation la plus longue. On est restés ensemble pendant environ sept mois. On vivait pratiquement ensemble. Il passait la nuit chez moi ou bien je dormais chez lui. On allait emménager ensemble et je sais qu'il avait l'intention de me demander de l'épouser, mais au dernier moment, je n'ai pas pu le faire. J'ai rompu avec lui.

Melody inspira profondément, se remémorant la dispute qu'ils avaient eue le soir où elle avait expliqué à Chris qu'elle pensait qu'ils feraient mieux de rompre.

— Il était en colère ?

— Oui, vraiment en colère.

C'était l'euphémisme de l'année.

— Et toi ? Ça allait ?

— Oui. C'est pour ça que j'ai su qu'il fallait qu'on rompe. La perspective de ne plus être avec lui ne m'a pas dévastée. Et m'imaginer vivre avec Chris et être avec lui tous les jours ne m'attirait vraiment pas. Je l'aimais bien, mais je crois que je le considérai plus comme un ami qu'autre chose. Mais ce n'était pas ce que lui ressentait.

— Honnêtement, tu penses que ça pourrait être lui ?

Melody se tourna vers Tex. Il avait la mâchoire serrée, mais gardait une voix basse et contrôlée.

— Je ne sais pas. Avant aujourd'hui, j'aurais dit non. Mais tu viens de dire que je devrais soupçonner tout le monde, alors je suppose que oui. Cela dit, ça me surprendrait quand même. Il s'est marié environ un an et demi après notre rupture. Il vit dans la région, mais il a trois enfants et la dernière fois que je l'ai vu, il semblait particulièrement satisfait de sa vie aux côtés de son épouse.

— Très bien. Quelqu'un d'autre ?

— Je n'aime pas ça, Tex. Bon sang, tu me plais. Je ne veux pas parler d'anciens petits amis avec toi. Ça sonne faux.

— Ça ne me plaît pas non plus, Mel. M'imaginer qu'un autre homme que moi pose les mains sur toi me donne envie de faire quelque chose d'illégal. Mais pour être nous, pour être ensemble, il faut qu'on découvre qui te harcèle et qu'on y mette un terme.

— Je sais.

Mel garda les paupières fermées pendant qu'elle récitait le nom des gars avec lesquels elle était sortie.

— Terry Neal. Larry Page. Don Ramper... Je suis sortie avec eux à l'université. Robert Pletcher était mon petit ami du lycée. Je ne pense pas avoir parlé à l'un d'entre eux depuis des années. Je ne m'imagine pas que l'un d'eux a envie de me harceler. Je crois qu'ils ne se souviennent même pas que j'existe.

— Ils se souviennent de toi, Mel. Je peux te le promettre. On va changer de plan. J'ai entré tous leurs noms dans mon programme de recherche. Dans quelques heures, j'aurai leurs infractions routières, leurs dossiers de crédit, leurs casiers judiciaires, leurs anciennes adresses, leurs adresses actuelles, leurs emplois, leurs salaires et toutes les autres infos qui pourraient s'avérer utiles.

Mel ouvrit les yeux et regarda Tex.

— Ça ne me semble pas légal.

Il ne leva pas la tête, mais continua de tapoter sur son ordinateur.

— Ça ne l'est pas, mais je ne pensais pas que tu y verrais un inconvénient tant que ça peut nous fournir quelques informations supplémentaires.

— Non... Mais je ne veux pas que tu aies des problèmes parce que tu m'as aidée.

Sur ce, Tex leva la tête. Sans cesser de la regarder, il referma le portable et se redressa de sa chaise.

— Comme je viens de le dire, changement de plans. Je me considère comme un homme raisonnable, mais je vois qu'après t'avoir entendue parler d'autres hommes qui t'ont peut-être touchée, qui ont couché avec toi, et qui ont connu ce que je désire à la folie, je me rends compte que je ne suis pas si raisonnable après tout. J'ai besoin de toi, Mel. Je veux t'avoir sous moi. J'ai envie d'effacer le souvenir de tous les hommes qui ont connu ce dont j'ai si terriblement envie. Il faut qu'on sorte de là et qu'on parte dans un endroit public où je serai dans l'impossibilité de te faire basculer sur le canapé ou te traîner jusqu'à ta chambre pour te faire l'amour pendant tout l'après-midi.

— Veux-tu savoir pourquoi aucun des hommes avec qui j'ai été ne m'a donné envie de rester avec eux pour toujours ?

— Mel, il faut que tu arrêtes de parler d'autres hommes, la prévint Tex à voix basse. Je suis prêt à craquer.

Melody poursuivit comme si Tex ne l'avait pas interrompue.

— Je devais prendre toutes les décisions dans notre relation : où nous allions manger, si Chris et moi allions emménager ensemble, qui paierait pour le dîner et patin couffin. C'est comme si les hommes avec lesquels je sortais savaient que j'étais une femme indépendante, forte et qu'ils se disaient que je souhaiterais prendre toutes les décisions dans notre vie amoureuse. Ce dont ils ne se rendaient pas compte est que c'est épuisant. Je veux quelqu'un qui peut se charger de certaines choses de temps en temps. Je ne parle pas d'une relation sadomaso, non que ça soit mauvais, mais je pense plus à des choses comme décider d'un resto ou se charger des dépenses... Je sais que je n'exprime pas ça très bien, mais je n'avais encore jamais connu aucun homme qui m'avait fait trembler et mouiller juste en me disant qu'il me désire... Pas jusqu'à maintenant.

Melody regarda Tex, se demandant si elle avait été trop honnête. Selon son expérience, les hommes aimaient les femmes fortes qui prenaient les choses en main. Tex serait-il repoussé par ce qu'elle venait de dire ? Elle le regarda faire un pas vers elle. Puis un autre. Puis il se retrouva en face d'elle.

Tex tendit le bras et attrapa Mel par la taille, l'attirant contre lui.

— Je t'ai donné une chance, mais tu as insisté.

Maintenant, saute et enroule tes jambes autour de ma taille.

Ses mots étaient sortis d'une voix gutturale. Melody n'hésita pas. Dès qu'elle eut enroulé les jambes autour de lui, il se tourna et descendit le couloir qui menait à sa chambre.

10

Melody ne dit pas un mot et regarda simplement le muscle dans la mâchoire de Tex se contracter alors qu'il la portait jusqu'à la chambre. Ils avaient des centaines de choses à faire, mais elle n'aurait pas pu en citer une pour le moment. Elle ne pensait qu'au corps de Tex qui bougeait sous elle pendant qu'il marchait.

Tex entra dans la chambre et referma la porte derrière lui, ignorant les gémissements de Baby qui se retrouva bloquée en dehors de la pièce.

— Je peux sentir ta chaleur contre moi, Mel. C'est super chaud.

Tex se pencha et déposa Mel sur le lit, allongée sur le dos, avant de se pencher vers elle.

— J'aimerais pouvoir te promettre de te faire l'amour pendant des heures, mais pour être honnête, je suis au bord de la jouissance rien qu'à sentir un soupçon de ta moiteur et de ta chaleur contre moi. Ça fait très longtemps pour moi, mais tu n'es pas simplement un besoin que j'ai envie de contenter. Je veux que tu le comprennes avant que l'on continue.

Melody hocha la tête, la bouche trop sèche pour pouvoir dire quoi que ce soit.

— Cette première fois sera malheureusement rapide pour moi. Mais je jure que je m'occuperai de toi. Je ne te laisserai pas en plan. Je suis content que tu ne voies pas d'inconvénient à ce qu'un homme prenne les décisions, parce que c'est une habitude bien implantée en moi. Je ne veux pas et n'ai pas besoin d'une femme soumise, mais mon attitude dominatrice risquera parfois de te prendre à revers. Je m'en excuse d'avance, mais sache que je ne vais pas te demander de faire des choses simplement parce que je suis un connard. Je te les demande parce que je pense qu'elles valent mieux pour toi ou pour nous. Je suis autoritaire. Je suis un ancien soldat d'élite et je n'ai jamais désiré une femme autant que je te désire en ce moment.

— Mon Dieu, Tex...

— Enlève ton haut.

Sans hésiter, Melody s'empara de l'ourlet de son tee-shirt et le releva. Tex ne se recula pas, alors elle dut se trémousser et se contorsionner pour parvenir à le faire passer au-dessus de sa tête. Une fois qu'elle l'eut retiré, elle vit Tex la parcourir du regard, du sommet de sa tête jusqu'à sa taille, avant de remonter, s'arrêtant sur le soutien-gorge qui dissimulait sa poitrine.

— Je ne suis pas mince...

— Non, et j'adore, répondit Tex sans hésitation.

S'appuyant sur une main, il pressa l'autre contre le ventre de Melody.

— Bon sang. Tu es douce et féminine. Parfaitement assortie à ma force. Quand je vais te prendre, tu vas amortir mes coups de reins avec ton corps. Je peux te pilonner sans avoir peur de te faire mal. Je vais te dire un secret… quand tu seras sur moi, à me chevaucher, il n'y aura rien de plus sexy que de voir tes seins tressauter chaque fois que je taperai au fond. Et quand je te pistonnerai ? Voir ton corps tressaillir et onduler chaque fois que je donnerai un coup de reins ? C'est le paradis.

— Oh, mon Dieu, Tex.

Il leva une main, la referma sur un de ses seins et appuya jusqu'à ce que cela en devienne presque douloureux.

— Montre-moi tes mamelons.

Melody crut qu'elle allait avoir une crise cardiaque. Son cœur battait follement et elle n'avait jamais été aussi excitée de toute sa vie. Elle mit les deux mains sur son soutien-gorge et descendit les bonnets pour faire sortir ses seins du tissu. L'armature les pressait vers le haut, et Melody baissa les yeux et inspira fort. Ses mamelons durcis dardaient comme s'ils se tendaient vers Tex.

— Dis-moi de m'arrêter tout de suite, Mel. Si tu n'en as pas envie. Si tu ne veux pas que ça arrive entre nous, dis-le-moi tout de suite.

Melody leva les yeux vers lui, s'attendant à le surprendre à mater son corps, mais non : il la regardait dans les yeux avec des pupilles dilatées et immenses. Il retira alors sa main de son sein pour la poser sur son visage, puis il fit descendre un doigt le long de sa joue pour lui faire lever le menton. Melody sentit qu'il se penchait et murmurait contre ses lèvres :

— J'ai besoin de toi. Je t'ai attendue toute ma vie. Si on le fait, je ne te laisserai pas partir.

Les mots étaient sortis sans y penser, mais ils lui semblaient justes, parfaits.

— Ne t'arrête pas.

Dès que les mots lui furent sortis de la bouche, les lèvres de Tex étaient sur elle. Sans douceur, il plongea sa langue dans sa bouche et la dévora. Melody fit de son mieux pour lui rendre son enthousiasme. Leurs langues dansèrent l'une autour de l'autre pour s'explorer mutuellement la bouche. Enfin, ils se taquinèrent en se mordillant du bout des dents.

Tex se recula.

— Putain... Mel !

Il se décala, remonta et baissa les yeux vers ses seins. Ses mamelons étaient toujours durcis. Il se pencha et en prit un dans sa bouche. Il n'y eut pas de préliminaire, il ne l'alluma pas, mais il se contenta de prendre son mamelon dans sa bouche et de sucer, fort.

— Tex, mon Dieu ! susurra Melody d'un filet de voix aigu.

Elle empoigna la tête de Tex pendant qu'il la suçait

rythmiquement. Et au moment précis où elle se dit qu'elle n'allait plus pouvoir en supporter davantage, il passa à l'autre sein. Elle se contorsionna alors sous lui et haussa les hanches, à la recherche de quelque chose.

Tex relâcha son mamelon avec un petit bruit.

— De quoi as-tu besoin, Mel ?

— De toi. J'ai besoin de toi.

Tex s'assit abruptement et regarda Mel s'agiter sur le lit. Elle était tellement belle qu'il fut incapable d'attendre une seconde de plus. Il s'arracha son tee-shirt et défit rapidement son pantalon. Mettant la main dans sa poche arrière, il en tira le préservatif qu'il gardait depuis toujours dans son portefeuille, puis il fit descendre son pantalon sur ses jambes et le retira sans songer une seule seconde à sa prothèse. Il n'avait jamais bandé aussi fort, et il déroula rapidement la capote sur son érection, priant pour qu'elle ne soit pas périmée.

— Oui, Tex. Aide-moi.

Melody ouvrit à l'aveuglette la fermeture de son soutien-gorge, tandis que ses hanches se cambraient toujours vers lui.

Nu, mais sans honte pour la première fois depuis son amputation, Tex défit le bouton du pantalon de Mel et l'aida à le retirer. Enfin, ils se retrouvèrent dénudés tous les deux.

— Puisque je sais que je vais perdre le contrôle dès l'instant où je vais me retrouver en toi, il faudra que tu jouisses au moins deux fois avant que je puisse te pénétrer. Je veux que ça soit aussi bon pour toi que ça va l'être pour moi. À l'avenir, je te laisserai peut-être choisir la façon dont tu voudras le faire, mais pas aujourd'hui. Tu as dit que tu aimes quand un homme prend les devants. Eh bien, je prends les devants. Mets tes mains au-dessus de ta tête et garde-les comme ça.

Melody arracha son regard du corps de Tex. Il était musclé... de partout. Elle avait hâte de l'explorer, mais apparemment, ce n'était pas pour aujourd'hui. Elle n'avait jamais fait l'amour de la sorte, mais vu la réaction de son corps, elle ne l'oublierait jamais et voudrait recommencer... du moins avec Tex.

— Écarte les jambes.

Tex vit Melody lui obéir sans hésiter. Il fit courir ses mains à l'intérieur de ses cuisses et grogna quand il sentit la moiteur qui les recouvrait.

— Oh oui, tu es tellement moite, Mel. Pour moi. Seulement pour moi.

Il entendit sa voix au-dessus de lui, mais était trop concentré sur sa récompense pour comprendre ce qu'elle disait. Il se pencha et frotta son nez contre le pli supérieur de sa cuisse.

— Tu sens... Je ne sais pas quoi, mais je n'ai jamais senti quelque chose de ce genre. C'est parfait. Tu es parfaite.

Il se décala et lui donna un long coup de langue, de bas en haut.

— Oh, mon Dieu, Mel. J'adore ça. J'espère que tu

es bien installée, parce que je vais rester ici un bon moment.

Melody grogna quand Tex lui saisit les jambes et les écarta encore davantage. Elle ferma les yeux alors qu'il s'installait, reposant son poids sur ses coudes près de ses hanches. Sa langue était géniale. Il la tournait, léchait et la suçait de partout. Melody n'avait jamais vraiment prêté attention à son sexe auparavant. Il était juste... là. Les hommes avec lesquels elle avait couché ne s'en étaient jamais préoccupés non plus. Ils l'avaient peut-être doigtée un peu ou léchée de temps en temps, mais aucun d'eux n'avait passé autant de temps à l'aduler comme le faisait Tex.

Elle se raidit soudain quand Tex aspira son clitoris dans sa bouche et suça tout en la taquinant de la langue.

— Tex ! Je viens !

Au lieu de ralentir, Tex augmenta ses efforts, la pénétrant d'un doigt et faisant durer son orgasme alors qu'elle s'arcboutait contre son visage et sa main.

Enfin, il leva la tête, mais ne la lâcha pas. Melody baissa les yeux et le vit se passer la langue sur les lèvres. Elle rougit.

— Tu rougis, Mel ? Sérieusement ? Bon sang, ma belle ! C'est de mieux en mieux.

— Tu ne vas pas...

— Je t'ai dit deux orgasmes, Mel. Ce n'était qu'un seul.

— Tex...

Melody entendit la supplique dans sa voix.

— Tourne-toi.

— Quoi ?

Tex se redressa.

— Tourne-toi.

Melody le regarda et décela son désir mêlé d'une émotion plus profonde, alors elle se retourna, lui faisant intimement confiance. Elle n'était pas certaine de savoir quoi faire de ses jambes, mais Tex l'aida. Il lui tapota les mollets et lui demanda de se décaler. Alors elle remonta jusqu'à ce que ses jambes soient repliées sous elle.

— Remets tes bras au-dessus de ta tête.

Melody lui obéit. Elle se sentait bien trop vulnérable à genoux, penchée devant Tex. Ses fesses devaient avoir l'air énormes dans cette position. Elle respira plus vite et elle leva la tête.

— Je ne crois pas que ça me plaise.

— Ne dis rien, Mel.

Tex fit courir ses deux mains le long de son dos afin de l'apaiser.

— C'est bon. Je ne vais pas te faire de mal. Je te le promets.

Melody hocha le menton et baissa à nouveau la tête, décidant que si elle acceptait de mettre sa vie entre les mains de Tex, elle devrait également être capable de lui faire confiance dans la situation présente.

— Tu ne sais pas comme tu es belle comme ça ! Ta peau est douce et tu m'es complètement offerte.

Tex s'approcha, écartant davantage les jambes de Mel dans le mouvement. Il l'entendit gémir et se hâta de la rassurer.

— Du calme, Mel. Tu es vraiment belle.

Il passa la main sur son sexe, répandant sa moiteur sur sa paume. Puis il essuya sa main sur ses fesses, regardant son nectar briller à la lumière. Il répéta le mouvement à plusieurs reprises. Quand Mel se mit à trembler, il la rassura à nouveau.

— Patience. Je vais te faire jouir.

Tex n'arrivait pas à croire qu'il soit là, avec Melody. Il ne l'avait pas prévu, mais il ne s'imaginait plus de vivre sans elle.

Écartant ses fesses, il se pencha et lécha son sexe. Se retirant, il se servit de ses doigts pour l'explorer de façon intime. Enfonçant un doigt en elle, il le replia afin de le frotter contre sa paroi sensible et spongieuse. Quand elle sursauta et gémit, Tex plaqua une main au creux de son dos.

— Du calme, Mel. Fais-moi plaisir et résiste un peu. Ne te laisse pas encore aller.

— Je vais...

— Non. Retiens-toi, Mel. Ne jouis pas.

Il vit que Melody retenait sa respiration, puis il l'entendit expirer rapidement. Puis elle le refit. Ses fesses se contractèrent et ses orteils se replièrent contre lui. Elle faisait tout ce qui était en son pouvoir pour se retenir... pour lui. Tex n'avait jamais bandé aussi fort de toute sa vie. Il ne pensait qu'à plonger en elle, mais il avait été honnête avec elle plus tôt. Il savait qu'à la seconde où il pénétrerait son canal étroit, ce serait *game over* pour lui.

— C'est ça, Mel... Ça va être tellement bon quand tu te lâcheras enfin. Mais pas encore... Accroche-toi encore un peu.

— Tex, je t'en prie... c'est tellement bon de sentir tes mains. J'ai besoin de toi.

— Je te sens te resserrer autour de moi. Tu vas être tellement étroite. Tu veux que je te pénètre, n'est-ce pas ?

Sa question était rhétorique, parce qu'il pouvait sentir l'étendue de son désir pour lui.

Quand il la sentit trembler de tout son corps, Tex prononça les paroles qu'elle avait attendues.

— Maintenant, Mel. Jouis pour moi *maintenant*.

Elle lui obéit et ce fut magnifique. Tous les muscles de son corps se tendirent et se mirent à tressauter. Elle bascula la tête en arrière et poussa un long gémissement bas. Ses doigts s'accrochèrent à la taie d'oreiller posée près de sa tête alors qu'elle frissonnait.

— Je t'en prie, Tex. N'attends plus. Pénètre-moi. J'ai envie de te sentir.

Tex fit tourner Melody jusqu'à ce qu'elle se retrouve à nouveau sur le dos. Il saisit ses chevilles dans ses mains et lui replia les genoux jusqu'à ce qu'elle soit entièrement ouverte. Puis il se pencha en avant jusqu'à ce que son érection appuie sur son sexe. Dieu merci, il avait eu la prévoyance de mettre la protection avant de se mettre à la titiller. Il était tellement dur qu'il n'eut aucun problème à la pénétrer. C'était comme si sa queue savait précisément où il fallait qu'elle aille.

Ils gémirent tous les deux quand Tex la pénétra enfin, s'enfonçant jusqu'à la garde. Plaçant les jambes de Mel sur ses épaules, il se pencha et s'appuya sur ses mains.

— J'ai changé d'avis, Mel. Ça ne sera pas deux. Touche-toi. Je veux t'en donner un de plus.

Melody n'avait pas encore récupéré de l'orgasme le plus intense qu'elle avait jamais eu, mais elle suivit quand même les ordres de Tex. Elle glissa une main entre leurs corps jusqu'à toucher l'endroit où ils étaient connectés. Elle grogna quand Tex recula les hanches pour lui donner de l'espace. Elle ne put s'empêcher de faire descendre sa main davantage et d'encercler sa longueur alors qu'il se retirait. Elle resserra sa prise sur lui alors qu'il la pénétrait à nouveau, appréciant le grognement qui s'échappa de sa bouche.

— C'est toi qui dois te toucher, Mel, pas moi. Je ne tiens déjà plus qu'à un fil.

— Mais j'aime te toucher.

— Et j'aime que tu me touches. Mais je suis sérieux, retire ta main. J'ai envie de te sentir m'enserrer quand tu vas jouir à nouveau, mais je ne vais pas vraiment pouvoir faire grand-chose pour t'aider. Touche-toi. Fais-toi jouir et fais-moi chavirer avec toi.

Dit comme ça... Mel retira sa main et passa son doigt le long de son clitoris. Elle cambra immédiatement le dos.

— Je suis trop sensible.

— Oui, je vois ça.

Tex la contempla. Elle était tellement belle... et elle était à lui. Il ondula des hanches en rythme, un va-et-vient régulier. Il regarda ses seins tressauter et sentit une seconde de remords de n'avoir pas pris le temps de les aduler. Plus tard. Il prendrait le temps plus tard.

Il accéléra le mouvement. Il sentit ses bourses palpiter, le prévenant que sa jouissance était imminente.

— Plus vite, Mel. J'y suis presque. Tu es trop étroite et humide. Je ne vais pas pouvoir me retenir. Allez. Laisse-moi te sentir te resserrer autour de moi.

Il se pencha pour goûter ses mamelons rapidement avant de perdre le contrôle. Il en suça un dans sa bouche et le prit entre ses dents. Puis il appliqua juste assez de pression pour que ce soit légèrement inconfortable, mais pas assez pour lui causer une véritable douleur. C'était manifestement suffisant.

Tex sentit les muscles intérieurs de Mel se contracter sur sa verge alors qu'elle explosait à nouveau. Son orgasme la fit se cambrer contre lui. Il grogna et la prit avec des coups de reins puissants, même s'il sentait ses muscles continuer de se contracter fort autour de lui.

— Oh oui, Mel. Oui.

Tex lui donna le coup d'estoc puis s'immobilisa alors qu'il se déversait dans le préservatif. Il ne put s'empêcher d'onduler une fois de plus, puis deux. Enfin, quand il fut incapable de se retenir plus longtemps, il s'écroula à moitié sur elle.

Il mit un long moment avant de se reprendre. Puis il s'appuya sur le coude, prenant garde à ne pas se déloger d'elle. Il savait qu'il allait bien finir par devoir se retirer et se débarrasser de la capote, mais il ne voulait pas déjà la quitter. Il leva une main et écarta les cheveux de Mel de son visage. La sueur les avait collés et ils recouvraient à présent son front.

— Ça va ?

— Non.

Les lèvres de Tex se courbèrent en un léger sourire.

— Non ? Je peux faire quelque chose pour t'aider ?

— Laisse-moi là. Tu as failli me tuer.

— Mais c'est une belle façon de mourir, non ?

Melody ouvrit une paupière et le regarda dans les yeux. Son visage était à quelques centimètres du sien et il souriait.

— Oui. Une belle façon de mourir.

— Ta jambe va bien ?

Le sourire de Tex disparut et il devint sérieux.

— Tu es étonnante. Vraiment. Tu viens d'avoir trois orgasmes et tu as fait tout ce que je t'ai dit de faire, et les premiers mots qui sortent de ta bouche sont pour me demander si *je* vais bien ?

— Oui. Ça va ?

— Oui, Mel. Ça va parfaitement bien. Tu sais quoi ? Pour la première fois depuis que cette putain de bombe a explosé, ma jambe ne me fait pas mal. Même pas un peu.

Melody ferma les yeux et serra Tex contre elle.

— Maintenant, je saurai quoi faire la prochaine fois que tu auras mal. C'est un nouveau traitement contre les douleurs fantômes.

Tex éclata de rire et s'écarta de Mel avec un grogne-ment avant de retirer la capote et d'y faire un nœud.

— C'est la partie la moins torride du sexe, commenta Melody d'un ton sarcastique. Laisse-la par terre, on s'en occupera dans un moment.

Tex obtempéra puis se retourna pour la prendre dans ses bras.

— Ton côté pratique est l'une des choses que j'aime le plus en toi. Ça et ton corps parfait.

— Chut, je suis en train de cuver.

— De cuver ?

— Oui, alors chut.

Tex secoua simplement la tête et se tut. Ils avaient du pain sur la planche. Il savait qu'Amy avait hâte de voir son amie, mais ils avaient encore un peu le temps de se détendre.

11

Tex regarda Amy et Mel sangloter dans les bras l'une de l'autre. Après avoir quitté le lit et s'être débarbouillés dans la douche – ce qui leur avait fourni une nouvelle occasion de se donner du plaisir –, ils avaient passé un moment dehors avec Baby, puis ils étaient partis pour essayer de rejoindre Amy. Ils n'avaient pas fait deux pas hors de l'appartement que la chienne s'était mise à hurler sans discontinuer.

Tex avait regardé Mel qui affichait un air étonné.

— J'en déduis qu'elle ne t'avait jamais fait le coup avant ?

— Non, jamais.

Tex avait calmement ouvert la porte de l'appartement et avait claqué des doigts. Baby s'était immédiatement arrêtée de hurler et s'était assise par terre près du canapé, contemplant Tex en battant de la queue.

— Très bien, Baby, tu peux nous accompagner juste pour aujourd'hui.

Comme si elle comprenait l'anglais, Baby avait trotté jusqu'à la porte et attendu patiemment que Melody lui attache sa laisse.

Ils étaient ressortis, et une fois que Tex avait refermé la porte, ils avaient regagné son véhicule. En premier lieu, ils étaient passés à la banque où Mel avait retiré de l'argent. Elle avait discuté un moment avec Diane, son ancienne connaissance du lycée, ainsi qu'avec une autre femme qui était arrivée pendant qu'elle était là.

Quand ils étaient partis, Mel lui avait expliqué que cette personne était Heather Wallace. Melody l'avait rencontrée à l'université et même si elles n'étaient pas des amies proches, Heather semblait très contente de la revoir.

Mel s'était servie du téléphone de Tex pour appeler Amy et elles avaient convenu de se retrouver dans un fast-food en bas de la rue. À présent, Tex assistait aux retrouvailles des deux amies.

— Je suis tellement contente que tu ailles bien ! Tu m'as tellement manqué !

— Je sais, tu m'as manquée aussi, Amy.

Celle-ci se libéra de l'étreinte de Melody et lui donna une tape sur le bras.

— Ne me refais plus jamais ça.

— Il a dit qu'il allait te faire du mal. Ainsi qu'à Becky, à Cindy et à Baby. Et aussi à mes parents. Je ne pouvais pas laisser cela vous arriver. Je ne me le serais jamais pardonné s'il t'avait fait du mal.

— Hashtag meilleures amies.

— Hashtag séparées à la naissance.

Tex regarda les deux femmes se sourire. Il ne put résister à l'envie de s'interposer. Elles étaient tellement mignonnes ensemble. Avant, il ne voyait aucun intérêt à ces petites habitudes de femmes, mais à présent qu'il avait appris à mieux connaître les compagnes de ses amis et qu'il voyait Mel et Amy interagir, il découvrait que cela lui plaisait.

— Hashtag vous êtes mignonnes.

— Non. Tu n'as pas le droit de dire hashtag, répliqua immédiatement Amy d'un ton sérieux en foudroyant Tex du regard sans lâcher Melody.

— C'est à nous, tenta-t-elle d'expliquer gentiment à Tex. On a commencé à dire ça pendant notre dernière année de lycée. C'était notre truc à nous. Twitter venait juste d'être lancé et on se servait de l'expression. On avait même commencé avant que ça soit la mode et que les gens sachent ce que ça voulait dire. Ça faisait tourner les autres en bourrique, mais c'était juste entre nous. Comme des adolescentes typiques, on aimait bien asticoter nos profs et nos parents avec ça. Je crois que certains jours, on n'échangeait pas une seule phrase sans commencer par le mot hashtag. On adorait ça, mais la plupart des gens détestaient.

Amy et Melody se regardèrent en souriant, se remémorant visiblement des jours plus heureux.

— D'accord, les filles. Je ne dirai plus hashtag, les rassura Tex. Mais venez, allons nous mettre à l'écart pour que vous puissiez poursuivre vos retrouvailles.

Il leur fit quitter le parking, les entraînant loin des regards curieux des occupants du restaurant ou de ceux qui les dépassaient en voiture.

Il écouta les femmes parler des enfants d'Amy et de ce qui était arrivé dans leurs vies. Amy mit Melody au courant des derniers potins et passa un moment à caresser Baby, qui était très contente de la voir. Enfin, au bout de trente minutes environ, elles avaient passé en revue la plupart des choses qu'elles avaient à se dire.

Amy garda son bras dans celui de Melody et se tourna vers Tex.

— Et maintenant, quoi ? Est-ce que je peux vous aider ?

— Non, Amy, lui dit sérieusement Melody. Je ne veux pas que tu sois impliquée.

— C'est trop tard, Mel. Je suis déjà impliquée. Ce connard m'a menacée, moi et ma famille. Je ne le laisserai pas s'en tirer à si bon compte.

— Amy a raison, s'interposa Tex. Et puis j'ai besoin de lui parler pour avoir son opinion sur l'identité de celui qui fait tout ça. Elle aura un point de vue différent du tien et ça pourrait vraiment nous être utile.

— Ça ne me dérange pas, Tex, mais je ne suis pas sûre de vouloir lui en demander davantage.

— Mel, je te l'ai déjà dit et je vais le répéter. Je ne

ferai *rien* qui puisse te mettre toi ou tes amis en danger. Je pense sincèrement que c'est forcément quelqu'un de cette ville. Regarde les choses en face : ce n'est pas comme si tu étais une globe-trotteuse.

Amy pouffa et essaya de contenir son hilarité quand Melody la foudroya du regard.

Celle-ci soupira.

— Très bien, mais...

— Pas de mais.

— Bon sang, tu es vraiment contrariant, parfois, souffla-t-elle.

— Allons, Mel, il n'est pas contrariant, lui dit Amy. Il est hashtag mignon, hashtag protecteur.

— Hashtag tu as beau être ma meilleure amie, ça ne m'empêchera pas de te botter le cul.

— Très bien, les filles, dit Tex en riant. Amy, on te recontactera. Je pense qu'il faut que l'on continue un peu à se montrer en ville pour que la personne nous voie ensemble. J'espère que ça le contrariera assez pour qu'il commette une erreur.

— Veille sur elle, s'adressa Amy à Tex d'une voix profondément sérieuse.

— J'ai supporté de ne plus la voir au cours des derniers mois simplement parce que je savais qu'elle était quelque part... *en vie*. Je ne supporterai *pas* qu'elle meure.

— Elle ne va pas mourir.

La réponse de Tex était aussi sérieuse que celle d'Amy. Il endura son regard intense et poussa un soupir de soulagement intérieur quand elle hocha la tête.

Amy se retourna vers Melody et posa les mains sur ses hanches.

— Hashtag je crois que tu as beaucoup de choses à me raconter, Mel.

— Je t'aime, Amy. Prends garde à toi.

Melody étreignit son amie.

— Je t'aime aussi. Et fais attention aussi.

Tex regarda Amy regagner sa voiture de l'autre côté du parking et grimper dedans.

— Viens, Mel. On doit aller en ville pour faire des emplettes.

— Des emplettes ?

— Oui. Quel meilleur endroit pour être vus qu'au centre-ville, le cœur de la ville ? Puisqu'on a Baby, on ne peut pas aller au centre commercial, mais on le fera peut-être demain. Pour le moment, on peut voir qui d'autre on est en mesure de rencontrer. Je veux que ça soit fait.

— Moi aussi.

— Alors très bien, partons. Plus vite on aura fini, plus vite on pourra retourner chez toi.

Tex aida Mel à grimper dans sa voiture, puis il fit le tour et s'installa. Ils se garèrent au centre-ville et ils descendirent tous les trois. Melody tenait la laisse de Baby alors qu'ils se promenaient. Tex fut étonné par le nombre de gens qu'elle connaissait. Il avait l'impression que partout où ils se tournaient, quelqu'un était content qu'elle soit de retour. Ils avaient décidé de prétexter qu'elle s'était absentée à cause du travail, et puisque personne ne savait véritablement ce que faisait une sous-titreuse, il était facile de fournir une explication vague.

Tex braquait son attention tant sur les gens qu'ils croisaient que sur Baby pendant qu'ils marchaient et amorçaient quelques discussions. Il essaya de cataloguer les réactions qu'ils généraient. Ils rencontrèrent plusieurs personnes qui semblèrent vraiment contentes de voir Melody, tandis que d'autres lui parurent afficher une réaction un peu fausse.

Baby ne gronda qu'une fois : en rencontrant Lee Davis. Lee était le dernier homme avec lequel Mel était sortie avant que le harceleur ne commence à lui laisser des mots et à la menacer. Tex se souvint que Mel lui avait raconté qu'il s'était conduit comme un connard, mais il était à présent en couple avec la femme qui travaillait à la banque... Diane.

Mel ne s'était pas avancée pour lui serrer la main ou quoi que ce soit, mais cela ne l'avait pas retenu. Il avait voulu la prendre dans ses bras, mais Baby s'était interposée entre eux et avait grondé. Lee avait rapidement reculé et avait très vite mis un terme à leur conversation.

L'autre personne que Baby et Tex n'apprécièrent pas fut Robert Pletcher. Il avait été le petit ami de Mel au lycée et Tex le détesta au premier coup d'œil. Tex savait que c'était l'homme qui avait dérobé la virginité de Mel. Il aurait dû s'en moquer, c'était il y a longtemps et il n'avait pas le droit de se montrer contrarié ou bien jaloux. Il ne connaissait même pas Melody à l'époque. Mais il le ressentait quand même. Il serra les dents quand Robert l'embrassa sur la joue.

Sans pouvoir s'en empêcher, il s'avança vers Mel et lui mit la main au creux du dos. Puis il se pencha et lui murmura à l'oreille assez fort pour que Robert puisse l'entendre.

— Baby et moi allons t'attendre là-bas.

Tex désigna un banc pas très loin.

— Prends ton temps pour discuter avec ton vieil ami.

Puis il plaça une main sur sa joue et lui fit tourner la tête vers lui. Il se pencha et l'embrassa. Pas rapidement, mais pas doucement non plus. Se retirant, il lui caressa la joue du revers de la main, prit la laisse de Baby et se dirigea vers le banc.

Une fois arrivé, il s'y assit, croisa les bras et regarda Mel discuter avec Robert. Baby sauta sur le banc à côté de lui et s'assit comme si elle était humaine. Tex posa sa main sur son dos et la caressa pendant qu'ils attendaient Mel.

Cinq minutes plus tard, elle avait terminé sa conversation avec Robert et se dirigeait vers eux en souriant. Elle s'assit à côté de Tex et posa la main sur sa cuisse. Elle se pencha et tapota Baby sur la tête avant de se caler en arrière.

— Tu veux bien m'expliquer ? demanda Tex à Melody.

— Tu as *besoin* que je t'explique ?

Elle sourit.

— Je ne pense pas. Tex, tu n'as pas à t'inquiéter pour Robert.

— Ce n'est pas que je m'inquiète, Mel. Je ne pense pas que tu vas soudainement me larguer pour déclarer ta flamme éternelle à ce gros nul. C'est simplement que je n'aime pas savoir que toi et lui...

Melody s'avança et le fit taire d'un baiser.

— C'était il y a longtemps. Et ce n'était même pas agréable.

— Peu m'importe. Même si on avait quatre-vingts ans, ça me ferait quand même tiquer.

Melody pouffa.

— Allons. On peut rentrer, maintenant ? Je n'ai pas vraiment eu le temps de t'explorer entièrement tout à l'heure.

Les mots ne lui étaient pas plus tôt sortis de la bouche que Tex se redressait et regagnait sa voiture d'un pas vif, serrant fort la main de Mel dans la sienne.

— On va s'arrêter et s'acheter à manger en route.

Puis, regardant Baby tout en marchant, il s'excusa :

— Pardon, Baby, mais tu vas encore te retrouver toute seule ce soir. Je dois passer un peu de bon temps avec ma gonzesse.

12

Melody s'étira et grimaça. Elle avait mal à des endroits qui étaient nouveaux pour elle. Enfin, du moins sans avoir passé des heures à la salle de musculation. Tex avait été génial la nuit dernière. Il l'avait laissée jouer à sa guise, puis avait passé autant de temps à lui rendre la pareille.

Quand elle se tourna, elle découvrit qu'elle était seule dans le lit. Les draps étaient froids, mais elle voyait l'empreinte de la tête de Tex sur l'oreiller à côté d'elle. Regardant l'horloge, elle vit qu'il était sept heures du matin. Elle était généralement déjà debout à cette heure-ci, mais Tex l'avait épuisée la nuit dernière. Entrant dans la salle de bain en titubant, elle ramassa le tee-shirt et le caleçon que Tex avait abandonnés sur le sol la veille.

Après ses ablutions matinales, elle se rendit au salon et pila net. Tex était là. Il était en train de faire des pompes et Baby lui tenait compagnie. Enfin, elle essayait de lui lécher le visage chaque fois qu'il se redressait. Elle ne savait pas depuis combien de temps Tex s'entraînait, mais puisqu'il ne l'avait pas encore remarquée, elle s'appuya sur le chambranle de la porte pour le contempler.

Même si Baby l'embêtait, Tex tolérait son interférence dans son entraînement avec une patience extrême. C'était étonnant de le voir faire des pompes sur une jambe. Certes, il utilisait sa prothèse pour conserver son équilibre, mais Melody voyait que tout son poids reposait sur sa jambe valide.

Tex se tourna après quelques pompes supplémentaires et commença à faire des abdos. Baby pensa visiblement que c'était un nouveau jeu amusant, parce qu'elle vint se placer près de lui et essaya de lui grimper dessus chaque fois qu'il se rallongeait. Enfin, il abandonna, fit semblant de grogner et referma les bras autour de Baby avant de se laisser retomber en arrière avec la chienne dans les bras. Baby se libéra de son étreinte, mais repassa directement à l'attaque.

Melody regarda l'homme et la chienne se bagarrer sur le sol. Ils paraissaient tous les deux vraiment s'amuser. Melody se rendit compte qu'elle n'avait pas été aussi heureuse depuis très longtemps. Elle venait de passer six mois dans la peur et l'inquiétude. Elle se réveillait toujours tendue, se demandant ce que la journée allait lui apporter.

Tex lui avait apporté de la paix. Elle savait qu'elle

n'était pas encore tirée d'affaire, mais quoi qu'il arrive, Tex serait là pour l'aider à tirer tout cela au clair. Elle ne voulait pas penser à ce qui allait se passer si son harceleur n'agissait pas. Ou une fois qu'il serait capturé, comme elle l'espérait. Elle vivait là en Pennsylvanie et Tex habitait en Virginie. Pour le moment, il habitait chez elle, mais ce ne serait pas pour toujours.

Melody secoua la tête, refusant de penser au futur. Elle pensait simplement qu'elle était très heureuse, et elle ne voulait pas gâcher ça.

Baby devait l'avoir vue bouger parce qu'elle se libéra des bras de Tex et bondit vers elle.

Elle éclata de rire, s'agenouilla et lui fit des papouilles. Baby était vraiment une gentille chienne. Elle ne leur en voulait pas de l'avoir enfermée hors de la chambre à coucher durant toute la nuit.

— Bonjour, ma belle, lui dit Tex.

Il s'était redressé pour se diriger vers elles.

— Aide-moi à me relever, demanda Melody en lui tendant la main.

Celui-ci s'en empara prestement et la souleva comme si elle était aussi légère qu'une plume. Il ne l'aida pas simplement à se redresser, mais la prit directement dans ses bras.

— Bonjour, ma belle, répéta-t-il.

— Bonjour, Tex.

Elle rougit sous le regard intense qu'il lui adressa.

— Je ne sais pas comment tu peux rougir après ce qu'on a fait hier soir, mais ça me plaît.

— Tu as bien dormi ?

— Mel, je n'ai jamais aussi bien dormi de toute ma vie et certainement pas depuis mon amputation. Te tenir dans mes bras, t'entendre respirer, savoir que les orgasmes que je t'ai donnés t'ont épuisée... c'est vraiment parfait.

Tex se pencha et donna à Mel un long baiser énergique. Puis il se retira et vit Mel se mordiller le coin de la lèvre inférieure.

— Qu'y a-t-il ? Qu'est-ce que tu ne me dis pas ? Vas-y, Mel, raconte-moi tout.

— Tu n'étais pas là ce matin quand je me suis réveillée.

— Tu n'as pas à t'inquiéter. Je te le jure. Mel, j'étais dans les Forces Spéciales. J'ai l'habitude de fonctionner avec bien moins d'heures de sommeil que toi. Je m'entraîne tous les matins. Même si je suis à la retraite, je n'ai pas perdu cette habitude. D'ailleurs, je suis resté dans le lit pendant vingt minutes à t'écouter respirer et te sentir contre moi. Et j'y serais probablement encore si je n'avais pas entendu Baby de l'autre côté de la porte.

— C'est simplement que...

Mel s'interrompit, sachant qu'elle allait sembler en manque d'affection et ne voulant vraiment pas vraiment donner cette impression à Tex, particulièrement puisqu'ils n'étaient pas ensemble depuis très longtemps.

— Viens ici.

Tex prit la main de Mel et la guida vers le canapé. Comme à son habitude, il s'assit et l'attira sur ses genoux.

— Maintenant, continue et dis-moi ce qui te trotte dans la tête. Je sais que c'est tout nouveau, mais tu n'avais pas peur de me dire ce que tu pensais quand on se parlait par ordinateur interposé, alors n'aie pas peur maintenant que c'est pour de vrai.

— Tu me réveilleras désormais quand tu partiras le matin ?

En apercevant le pli sur le front de Tex, elle se hâta d'achever sa pensée.

— C'est simplement que... Je veux commencer mon matin par toi. Et je ne peux pas faire ça si tu n'es pas là. Oui, je comprends que tu aies des choses à faire, et tu n'es pas ligoté à mon lit, mais si je ne peux pas me réveiller avec toi, j'aimerais au moins savoir quand tu te lèves.

Mel inspira profondément et poursuivit sans regarder Tex dans les yeux.

— C'est déjà arrivé. Un des garçons avec lesquels je sortais au collège est parti en plein milieu de la nuit et n'est jamais revenu. Je crois qu'il voulait rompre avec moi et ne savait pas comment me le dire. Ça me fait toujours un peu mal.

— Quel connard ! Mel, je ne vais aller nulle part. Tu m'as bien entendu quand j'ai dit que tu étais à moi, n'est-ce pas ? Et que si tu voulais de moi, j'étais à toi ? Je ne plaisantais pas. En plus, tu as besoin de dormir. Je ne veux pas te réveiller.

— Je ne te dis pas de me secouer, de me forcer à me lever et faire vingt pompes avant de partir sauver le monde, courir un marathon ou je ne sais quoi, dit-elle en lui souriant. Contente-toi de m'embrasser ou un truc comme ça. J'arrive à m'endormir n'importe où. Je n'aurai aucun problème pour me rendormir. Je me sentirais mieux de savoir que tu n'as pas fait tes valises pour partir et que j'ai pu te dire bonjour au réveil.

— Très bien, accepta immédiatement Tex, comprenant son angoisse de se réveiller dans un lit vide. Mais crois-moi quand je te dis que je ne te quitterai pas. Il faudra qu'on discute de nos projets pour l'avenir, mais avant d'avoir résolu la situation actuelle, je ne suis pas certain qu'on soit prêts à avoir cette conversation. Mais sache bien que je ne vais aller nulle part.

Melody sourit à Tex.

— D'accord.

— Bon, maintenant, je ne pense pas t'avoir déjà dit bonjour correctement. Embrasse-moi, Mel. Avec conviction.

— J'y mets toujours tout mon cœur, dit Melody en souriant alors qu'elle se penchait contre Tex, faisant courir sa langue sur le côté de son cou. Hum, c'est salé.

— Mel... la mit en garde Tex, se sentant durcir sous elle.

— Je ne peux pas m'en empêcher. Tu es simplement si sexy et masculin, et tu es là avec *moi*. Tout cela est tellement incroyable.

Tex ne répondit pas, se contentant de lui poser une main sur la tête pour rapprocher son visage du sien. Il l'embrassa fort et longtemps. S'il devait l'embrasser pour qu'elle y croie, il le faisait bien volontiers.

Quand Melody reprit ses esprits, elle se trouvait sur le dos sur le canapé, et Tex était allongé sur elle. Il avait fourré une main sous son haut et empoigné son sein nu, tandis que l'autre lui relevait un genou afin que son érection se retrouve calée entre ses jambes à l'endroit idéal.

— Bonjour, Mel, murmura Tex d'une voix rauque tout en frottant l'arrière de son genou du pouce de sa main gauche et caressant son mamelon de la main droite.

— Tu as pu finir ton entraînement ? demanda Melody d'une voix essoufflée tout en cambrant légèrement le dos, poussant davantage son sein contre sa paume.

— Non, mais je vois une autre manière de brûler des calories.

Trente minutes plus tard, Melody était allongée sur le canapé au-dessus de Tex. Ils avaient éparpillé leurs vêtements aux quatre vents et se retrouvaient tous les deux pratiquement nus. Tex l'avait débarrassée de ses vêtements et lui avait fait faire tout le travail, soutenant que lui-même s'était déjà entraîné. Melody n'avait jamais connu un amant qui s'exprime autant que lui. Il l'avait complimentée pendant qu'ils faisaient l'amour, émettant des commentaires sur son corps, sur la façon dont il remuait, sa douceur, sur ce qu'il *lui* faisait ressentir. Rien ne semblait l'embarrasser ou le rebuter. À un moment donné, Melody avait passé la main derrière elle pour essayer de saisir ses testicules dans sa paume, mais ses doigts avaient glissé et elle lui avait accidentellement appuyé sur l'anus. Au lieu de se tendre, Tex avait gémi, lui avait serré les hanches plus fort et s'était exclamé :

— Oh, oui, Mel, c'est super bon !

Bien entendu, *elle* avait rougi et immédiatement replacé ses doigts sur leur destination d'origine, mais Tex avait simplement souri en lui adressant un clin d'œil.

Même si Melody avait envie de retourner au lit, elle savait qu'ils avaient des choses à faire dans la journée. Tex devait vérifier ses recherches et passer en revue les informations il avait pu rassembler sur les hommes qu'elle avait fréquentés par le passé, et elle-même avait un ordre de mission. Il y avait une assemblée pour laquelle elle devait créer des sous-titres et elle devait lire les brochures de présentation que la société lui avait fait parvenir à l'avance. Elle avait pris trop de jours de congé pour traverser le pays en voiture et il fallait qu'elle reprenne une routine normale.

Sentant le corps dur de Tex allongé sous elle remuer légèrement, Melody tourna la tête. Il riait.

— Qu'y a-t-il de si drôle ?

Tex ne répondit rien, mais tourna le menton pour lui faire signe de regarder à gauche. Melody tourna la tête et vit que Baby était assise tout près d'eux. Elle inclinait la tête et sa queue battait le plancher. Melody laissa tomber son front sur la poitrine de Tex et grogna.

— Oh, mon Dieu, on a corrompu ma chienne.

— Et on disait que le voyeurisme canin n'était pas notre truc...

Tex rit plus fort quand Mel grogna à nouveau contre sa poitrine.

— Allons, Mel, va te doucher... Toute seule... sans quoi on n'arrivera pas à faire quoi que ce soit. D'abord, on va prendre un petit-déjeuner, puis on vérifiera les résultats de mes recherches. Et enfin, on sortira. Il faut qu'on aille au supermarché et continuer à nous faire voir en ville.

Melody leva la tête et la posa sur la poitrine de Tex. Elle le regarda pendant un moment avant de lui dire doucement :

— Merci.

— Ne me remercie pas, la gronda-t-il immédiatement. Il n'y a rien qui me plaise davantage que d'être ici avec toi. Peu m'importe si tu avais trois harceleurs, qu'un meurtrier en cavale soit à tes trousses ou même si Baby était enragée et agressive. C'est ce que j'ai attendu toute ma vie.

Quand les yeux de Mel se remplirent de larmes, Tex se rassit, la serrant fort pour l'empêcher de s'écrouler. Il lui embrassa une paupière, puis l'autre.

— Ne pleure pas, Mel. C'est le début d'une vie magnifique que nous passerons ensemble.

Tex la fit se lever, puis il se tourna en biais sur le canapé et enfonça le visage contre son ventre, la serrant contre lui. Il sentit ses mains dans ses cheveux et sur sa tête. Il inspira profondément puis inclina la tête en arrière pour la regarder.

— Tu sens vraiment bon.

Il lui empoigna les fesses et les malaxa.

— Tu sens notre odeur.

— Tex.

Tex colla une de ses mains sur le sexe de Melody, puis il répandit sa moiteur sur son ventre. Sans détourner le regard d'elle, il lui dit sérieusement :

— Une belle vie, Mel. Je ferai le nécessaire pour te l'offrir... pour nous l'offrir. Cela dit, même si j'aimerais passer toute la journée nu avec toi, on a des choses à faire.

Tex lui caressa le ventre une dernière fois, puis la fit se tourner et lui donna une légère tape sur les fesses.

— Va te doucher, femme.

Melody pouffa et fit un pas vers le couloir qui menait à sa chambre. Elle jeta un coup d'œil en arrière vers Tex assis sur son canapé. Baby l'avait rejoint et il avait placé une main sur sa tête tandis que l'autre était posée sur son genou. Cependant, il la regardait toujours. Melody ondula légèrement des hanches en continuant d'avancer vers la douche. L'entendant grogner dans son dos, elle sourit. Quelque part, Tex avait réussi à rendre le retour à la maison amusant... alors qu'il aurait dû simplement être terrifiant.

Elle savait que certaines personnes auraient trouvé qu'ils allaient trop vite, que le fait que Tex vive avec elle était fou. Elle ne le connaissait que depuis une semaine ! Mais elle savait que ce n'était pas vrai. Elle connaissait Tex depuis plus de six mois. Certes, elle venait à peine de le rencontrer en personne, mais les premières fondations de leur amitié existaient à présent depuis des mois. Ils avaient dansé autour de la tension sexuelle qu'ils ressentaient alors qu'ils discutaient en ligne, mais n'avaient jamais franchi le cap.

Elle ignorait jusqu'où ils iraient ou ce que ce harceleur fou ferait à présent qu'elle était rentrée, mais elle espérait vraiment que finalement, une fois que tout cela serait retombé, elle trouverait un futur auprès de Tex.

13

Melody était assise à la table de sa cuisine, la tête entre les mains, alors que Tex continuait à pianoter sur son clavier tout en lui parlant.

— Je n'ai rien trouvé de particulier sur les hommes dont tu m'as donné le nom. Ton copain du lycée, Robert, est bien marié, comme tu me l'avais dit, mais apparemment, il a aussi eu quelques aventures, alors il n'est pas aussi dévoué à sa famille qu'il paraît l'être au premier abord. Tous les autres hommes que tu as mentionnés ont des dettes, mais Lee est dans la mouise jusqu'au cou. C'est une bonne chose que tu l'aies largué au bon moment, Mel. Il a trois cartes de crédit qui ont atteint leur limite et apparemment, il a aussi reçu plusieurs amendes pour excès de vitesse qui n'ont pas été payées non plus. Et ce n'est pas seulement ça, mais la police a été également appelée à son domicile deux fois pour violences conjugales.

— Quel bâtard ! s'emporta Melody. Pauvre Diane. Je sais que je n'étais pas là et que je ne la connais pas si bien que ça, mais personne ne devrait être forcé de vivre avec ce genre de merde. J'espère qu'elle va le larguer.

— Oui. Visiblement, elle a été hospitalisée deux fois par le passé à l'hôpital de Saint Albin.

— Saint Albin ?

— Oui.

— C'est un hôpital psychiatrique.

— En effet.

— Elle va bien ?

Tex soupira.

— En creusant un peu, je pourrai découvrir la raison exacte de son internement et son diagnostic exact, mais visiblement, elle a été hospitalisée avant d'être en couple avec Lee.

— Alors leur relation ne doit certainement pas être bonne pour elle, sympathisa Melody.

— Je peux envoyer tout ça à Wolf et son équipe pour qu'ils y jettent un œil ?

Melody regarda Tex d'un air surpris.

— Tu me poses la question ?

— Oui. Ce n'est pas parce que je suis compétent que je n'ai jamais besoin d'une deuxième opinion. Et je suis un peu trop impliqué dans toute cette situation pour être complètement neutre. Alors j'aimerais que tu m'autorises à montrer ces infos à mes amis.

— Oui, tu peux les leur montrer. Je ne suis pas

certaine que cela servira à quelque chose, mais ça ne peut pas faire de mal.

— Merci, Mel. Tu as raison. Ça ne peut pas faire de mal.

Tex commença immédiatement à composer un message.

— J'encrypterai le tout avant de l'envoyer pour qu'on ne puisse pas remonter jusqu'à moi et que les informations restent protégées. Une fois que j'aurais fini, on ira au commissariat. On devrait déjà y être, mais j'ai été distrait...

Tex décocha à Melody un regard tellement bouillant qu'elle crut fondre sur son siège.

Puis il poursuivit sa pensée :

— Je suppose que tu es allée les voir avant de prendre le large ?

— Oui. Ils n'ont rien pu faire. Ils ont pris les messages que j'avais reçus et ont dressé un constat, mais à part ça, ils m'ont simplement dit de faire attention.

— C'est ce que je m'étais dit. Eh bien, on va leur apporter le message que tu as reçu en Californie, juste pour le faire enregistrer et pour leur faire savoir que tu es de retour en ville. Ils ne seront peut-être pas en mesure de faire grand-chose, mais s'il se passe quelque chose, au moins, ça leur servira de préavis.

Melody frissonna à l'idée que son harceleur la rattrape.

— Tu penses qu'il va passer à l'acte ? Je crois que je préférerais qu'il le fasse et qu'on en finisse au lieu de faire traîner les choses éternellement.

Tex s'arrêta de pianoter et se tourna vers Mel.

— Je ne sais pas. Mon instinct me dit qu'il ne sera pas content que je sois ici avec toi. Je crois que ça va accélérer les choses, et probablement très vite. Mais je peux me tromper. Il va peut-être se terrer un moment et attendre que je me lasse. Mais si ça arrive, ça ira, Mel, parce que je n'irai nulle part. Il peut toujours hiberner un long moment, si c'est ce qu'il a en tête.

Melody ne répondit rien. La lueur intense dans les yeux de Tex la faisait chavirer et lui faisait désirer toutes les promesses qu'elle voyait dans ses yeux. Finalement, elle baissa les yeux vers son ordinateur portable et rompit la tension sexuelle entre eux.

— Très bien, j'ai envoyé le mail. Donne-moi le temps d'aller chercher le mot et on peut partir. Si Baby nous laisse faire, on peut la laisser ici aujourd'hui et passer d'abord au commissariat. Puis on ira faire le tour du centre commercial. S'il y a d'autres endroits où tu passais du temps avant de quitter la ville, on s'y arrêtera aussi. On appellera également Amy pour la retrouver, si tu veux. Je sais que tu veux probablement revoir ses enfants, mais pour le moment, il vaut probablement mieux attendre un peu. Cela dit, Mel, je sais qu'Amy compte beaucoup pour toi, alors si tu veux voir Becky et Cindy, on pourra s'arranger.

— J'aimerais vraiment revoir Amy aujourd'hui, mais oui, c'est probablement mieux si on laisse les enfants en dehors de ça pour le moment.

Changeant de sujet parce que cela lui faisait mal de penser aux enfants d'Amy sans être pas capable de les voir, Melody lui dit :

— Laisse-moi parler à Baby. Je vais voir si j'arrive à lui faire accepter de rester ici pour la journée.

Avant que Melody ne puisse se déplacer pour aller avoir une petite conversation en privé avec sa chienne, Tex lui posa une main sur la nuque et l'attira contre lui.

— Tu es tellement mignonne. Dis à Baby que si elle reste ici, je lui rapporterai un os bien juteux.

Puis il l'embrassa fort, lui mordillant la lèvre inférieure avant de se reculer.

Melody lui sourit et posa un instant une main sur sa joue. Elle se redressa et alla s'asseoir sur le canapé avec Baby. La chienne sauta à côté de sa maîtresse et lui quémanda immédiatement des caresses.

— Bon, Baby, voilà ce qu'on va faire. J'ai besoin que tu restes à la maison aujourd'hui.

Baby commença à gémir avant que Melody ne puisse terminer. Elle savait que c'était étrange de parler à sa chienne comme si celle-ci pouvait la comprendre, mais elle se disait qu'au fond, Baby reconnaîtrait peut-être les émotions et les sentiments dans ce qu'elle lui disait. Alors même si elle ne comprenait pas les paroles en elles-mêmes, elle pouvait intégrer que c'était important.

— Je sais, je sais, tu m'as manquée aussi, mais ça fait six jours d'affilée qu'on est ensemble. J'ai des choses à faire aujourd'hui et tu ne peux pas venir avec nous. Je ne veux pas te laisser dans la voiture, ce n'est pas sûr ou sain pour toi. Alors si tu restes ici aujourd'hui et que tu es sage, Tex a dit qu'il te rapporterait un joli cadeau bien goûteux. Ça te plairait, non ?

Baby leva la tête et lécha le visage de Melody qui se mit à pouffer.

— Bon, Tex, on est parés.

Melody avait prononcé ces mots à mi-voix et quand elle tourna la tête, elle poussa un cri de surprise en voyant Tex appuyé sur les coudes contre le dossier du canapé juste à côté d'elle.

— Bon sang, Tex, arrête de me faire des frayeurs comme ça !

— Ce n'était pas mon intention, Mel. J'étais juste là. Baby s'en était rendu compte, mais tu étais juste trop concentrée sur elle pour remarquer ma présence.

— Non, Tex, même avec ta prothèse, tu évolues comme un Indien qui chasse des lapins dans la forêt. Tu es complètement silencieux et c'est presque surnaturel.

— L'habitude, Mel. L'habitude.

Melody soupira.

— Je sais, c'est comme pour le vélo, on n'oublie jamais comment être un soldat d'élite.

— Hé, c'est bien dit ! lui répondit Tex en se relevant et en lui passant une main dans les cheveux. Viens, allons-y.

Melody déposa un baiser au sommet de la tête de Baby et lui donna une dernière caresse.

— Je suis prête.

Elle prit son sac posé sur le comptoir avant de quitter l'appartement.

Baby poussa un gémissement quand ils s'apprêtaient à partir, mais Tex se contenta de se tourner en disant d'un ton sec :

— Reste ici, Baby.

La chienne souffla une fois, puis elle se tourna, trottina vers le canapé et y grimpa. Elle s'installa sur les coussins et posa la tête sur le dossier pour pouvoir les regarder partir.

— Elle est douée pour nous culpabiliser, commenta Melody sans que cela soit nécessaire.

Tex lui répondit d'un petit ricanement et posa la main au creux du dos de Melody afin de la guider hors de l'appartement. Il verrouilla la porte derrière eux et fut reconnaissant que Baby reste silencieuse alors qu'ils se dirigeaient vers le parking.

Melody leva la tête vers Tex et lui dit tout en marchant vers sa voiture :

— Comment fais-tu pour qu'elle t'obéisse aussi facilement ? C'est une chienne de chasse ; elle n'obéit à personne.

Il ne répondit pas et Mel le regarda d'un air confus.

Son visage s'était durci et il retira sa main de son dos pour lui saisir le coude.

— Je crois que la police va être obligée de venir aujourd'hui, Mel.

— Quoi ?

Melody se tourna pour regarder dans la même direction que lui et elle resta bouche bée. Sa voiture avait été vandalisée. Les quatre pneus étaient crevés et les deux phares avant avaient été brisés.

— Oh, Tex... ta voiture !

— Ce n'est qu'une machine. Ça se répare.

Alors qu'ils se rapprochaient du véhicule, Melody put discerner les mots qui avaient été peints à la bombe sur la carrosserie. Ignorant Tex pendant qu'il appelait la police pour les mettre au courant, elle se concentra à la place sur les mots médisants et la haine peinte sur la voiture de Tex.

Connasse. Salope. Tu vas payer.

Melody se rendit compte que Tex n'avait pas retiré sa main de son coude et elle passa le bras dans le sien et se pressa contre lui. Elle regarda autour d'elle comme si elle s'attendait à ce que quelqu'un bondisse hors des buissons pour les attaquer.

Tex passa un bras autour d'elle, mais dès qu'il eut raccroché, il dirigea son téléphone autour d'eux et commença à prendre des photos de son véhicule et de la zone tout autour. Sans la regarder, il essaya de la rassurer.

— C'est une bonne chose, en fait. Je sais que ça

n'en a pas l'air, mais c'est vrai. Ça veut dire qu'il ne nous a fallu qu'un jour pour le faire réagir. Il est troublé et contrarié. Il m'a vu avec toi et il ne peut pas le supporter. Et plus il sera troublé, plus il commettra d'erreurs.

— Mais ta voiture...

À ses paroles, Tex abaissa son téléphone et fit tourner Mel entre ses bras pour qu'elle se retrouve collée contre lui.

— Ce n'est qu'un break. Je m'en fiche comme de l'an quarante. Honnêtement. Je louerai une voiture aujourd'hui pour qu'on ait un moyen de transport.

— On peut se servir de ma voiture. Elle est garée chez Amy.

— Non. On louera quelque chose. C'est peut-être un truc d'homme ou de soldat d'élite, ou même de petit ami, mais je préférerais rester près de toi jusqu'à ce que tout ceci soit terminé. Laisse-moi te conduire où tu voudras, Mel.

— Très bien. Ça n'a aucun sens de dépenser de l'argent pour une voiture alors que j'en ai une en parfait état de marche à disposition, mais comme tu veux.

Tex poursuivit comme si l'affaire était réglée.

— Mais je suis en colère contre moi-même. J'aurais dû installer des caméras de sécurité autour de ton appartement. Si je l'avais fait, on aurait eu davantage d'indices. Mais s'il a pu faire ça aussi rapidement, il repassera à l'action. Je vais l'attraper, Mel. Je te le jure devant Dieu.

— J'ai peur.

— Je sais et je déteste ça. Mais, Mel, regarde-moi.

Tex leva le visage de Mel jusqu'à ce qu'elle n'ait pas d'autre choix que de le regarder.

— Je viens à peine de te retrouver après tous ces mois. Je ne vais rien laisser t'arriver. Celui qui a fait tout ça est troublé et ne se contrôle pas. Cela vaut mieux pour nous que s'il était méthodique et calculateur. Il commettra une erreur et ce sera fini. Fais-moi confiance.

— Je sais. Tu le sais bien. Mais ça ne m'empêche pas de détester ça.

— Je sais. Je ne suis pas très fan non plus. Mais on s'en occupera... ensemble.

Ils levèrent tous les deux la tête quand ils entendirent des sirènes qui venaient dans leur direction.

— Je vais envoyer les photos à Wolf, on parlera aux policiers, je ferai remorquer la voiture, puis on fera ce qu'on avait prévu de faire avant cet événement.

Melody hocha la tête. Elle essaya de contrôler les tremblements de son corps et se blottit contre Tex alors qu'il la serrait plus fort contre lui. Elle pouvait le faire ! Elle avait géré tout ça toute seule et le fait d'avoir Tex pour l'aider à présent ne signifiait pas qu'elle n'était plus la femme forte qu'elle avait été durant tous ces mois. Il fallait qu'elle encaisse le coup et analyse vraiment tous les gens autour d'elle. Elle devait aider Tex à comprendre la situation et ne pas rester passive comme une femme pathétique qui avait besoin d'être protégée.

Melody était assise sur un banc du parc en compagnie d'Amy. Elle l'avait appelée et cette dernière avait accepté de les y retrouver. Cindy et Becky étaient toujours à l'école et son mari était au travail. Amy avait quitté le travail tôt et s'était rendue directement au parc après avoir parlé à Melody.

Tex était resté avec cette dernière jusqu'à l'arrivée d'Amy. Puis il l'avait embrassée sur le front et avait dit :

— Parlez autant que vous le voulez. Je ne serai pas très loin.

Il avait désigné un banc à une trentaine de mètres et l'avait laissée seule avec Amy.

— Tu tiens le coup ? demanda Amy à Melody, lui pressant fort la main.

— Ça va.

— Hashtag sérieusement ? Mel, c'est à moi que tu parles. Je te connais mieux que ça.

Melody soupira. Elle aimait Amy, mais parfois, elle détestait se retrouver incapable de lui faire gober un bobard.

— Je suis terrifiée. Tex me dit de ne pas m'inquiéter, mais je ne peux pas m'en empêcher.

Amy regarda leurs deux mains serrées et elle se

mordit la lèvre. Puis elle leva les yeux vers Melody et lui pressa la main.

— Je t'aime comme la sœur que je n'ai jamais eue, Mel. Et je te connais suffisamment pour savoir que ce que je vais te dire va probablement te contrarier, mais c'est pour ton bien que je te dis ça.

— Merde, souffla Melody.

— Que sais-tu de Tex, exactement ? Je veux dire... tu as commencé à lui parler en ligne et maintenant, il vit chez toi et si j'interprète bien la situation, tu couches avec. J'ai vérifié qui il était grâce à mes contacts au travail, mais si c'était *lui* ton harceleur ? Et si c'est lui qui te faisait ça ? Il t'a retrouvée en Californie juste après que tu as reçu ce mot. C'est inquiétant et je ne serais pas une bonne amie si je n'en parlais pas.

Melody se raidit sur le banc et aurait voulu retirer ses mains à sa meilleure amie avant de s'enfuir en courant. Mais elle savait qu'Amy l'aimait et cherchait probablement à la protéger de son mieux. D'ailleurs, si les rôles étaient inversés, elle savait qu'elle penserait probablement la même chose. Tex avait même pensé qu'*Amy* était cette personne. C'était une coïncidence intéressante qu'Amy soupçonne à son tour Tex de l'être.

Melody jeta un œil à Tex qui était assis de l'autre côté et elle vit qu'il n'avait pas détourné ses yeux d'elles. Il la regardait intensément, restant conscient de ce qu'elle ressentait. Elle inspira profondément.

— Ce n'est pas lui, Amy.

Quand celle-ci ouvrit la bouche pour l'interrompre, Melody poursuivit rapidement :

— S'il te plaît, laisse-moi t'expliquer comment je le sais, d'accord ?

Attendant qu'Amy hoche la tête, Melody lui pressa alors la main.

— J'étais dans un bouge au Mississippi la première fois que Tex m'a envoyé un message en ligne. Ça faisait plusieurs semaines que j'étais en fuite et j'étais fatiguée et terrifiée. Ce malade m'avait déjà retrouvée en Floride et j'avais pris la fuite. Tex m'a envoyé un message pour me dire qu'il aimait mon pseudo. Il n'a rien dit de sexuel et il m'a fait rire pour la première fois depuis que j'avais reçu la première lettre de menaces. Il ne m'a pas forcée à quoi que ce soit, ne m'a pas donné l'impression qu'il voulait quelque chose de moi. Je ne pensais pas le recontacter un jour, mais quand il m'a renvoyé un message, je n'ai pas pu m'empêcher de répondre. Il était tout aussi drôle et pas menaçant. Amy, j'ai chatté avec lui pendant des mois, et pas une *seule* fois, il est allé trop loin. Il ne m'a jamais demandé où j'étais, ne m'a jamais demandé de photo, n'a jamais essayé de m'envoyer des sextos. Six mois, Amy. Six. Tu connais beaucoup de gars qui auraient fait ça ?

Devant le silence d'Amy, Melody poursuivit :

— Exactement. Il m'a parlé de sa vie. Il m'a parlé de ses craintes. Il m'a parlé de ce qu'il avait ressenti après avoir perdu une partie de sa jambe. C'est le premier homme que je rencontre de toute ma vie qui s'est ouvert à moi ainsi.

— Ça ne veut pas dire qu'il ne l'a pas fait pour obtenir ta confiance, Mel.

Melody savait qu'Amy essayait simplement de se faire l'avocate du diable, mais elle commençait à perdre patience. Elle savait qu'elle allait devoir le lui prouver.

— Il n'est pas comme ça, Amy. Il veut me protéger. Il me protège de tout ce qui pourrait être douloureux. Ce matin, quand il a vu sa voiture, la première chose qu'il a faite a été de passer son bras autour de moi et de me mettre sur le côté. Il regardait partout pour essayer de déceler toute menace qui aurait pu s'attarder. Il ne veut pas me faire de mal, Amy. Il est la meilleure chose qui me soit jamais arrivée. Regarde.

Sans prévenir Amy de ce qu'elle s'apprêtait à faire, elle se pencha, prit son mollet dans sa main et poussa un cri de douleur. Avant qu'Amy ne puisse bouger ou que Melody n'ait le temps de relever la tête, Tex l'avait rejointe.

— Qu'est-ce qui ne va pas, Mel ? Écarte les mains. Laisse-moi voir.

Tex était près d'elle ; il tenait son mollet dans sa main et le lui massait.

— Tu as eu une crampe ? Bon sang... on en a trop fait aujourd'hui, c'est ça ? On devrait rentrer.

Melody posa sa main sur le sommet de la tête de Tex.

— C'est bon, Tex. Vraiment. C'est juste une petite crampe. Je me sens mieux. Je n'ai pas encore envie de partir.

Tex leva les yeux vers Melody puis regarda Amy. Posant sa main sur le visage de Mel, il lui dit sérieusement :

— Je ne veux pas que tu sois contrariée. Il se passe déjà assez de choses dans ta vie. Si tu as besoin de reporter la conversation que vous aviez et qui t'a mise mal à l'aise, tu n'as pas besoin de le faire.

Amy sourit, l'interrompit et lui expliqua carrément :

— C'est bon, Tex. J'ai dit à Mel que c'était peut-être toi son harceleur. Ça ne lui a pas plu.

Melody se tourna vers son amie. Elle n'avait pas cru Amy capable d'avouer à Tex qu'elle l'avait soupçonné.

Ne retirant pas sa main du visage de Melody, Tex se tourna vers Amy.

— J'ai insinué la même chose sur toi. Elle ne l'a pas mieux pris que je pense qu'elle a pris ta suggestion que je puisse l'être moi aussi. Amy, je ne suis pas son harceleur. Je te donne ma parole en tant que soldat d'élite et en tant qu'homme qui apprécie vraiment beaucoup ton amie.

— Ça me suffit, répondit immédiatement Amy.

— Donne-nous encore vingt minutes, d'accord ? demanda doucement Melody à Tex.

— Bien sûr.

Celui-ci se redressa et embrassa Mel sur le front, ce qui la fit sourire quand elle se remémora la raison qu'il lui avait donnée pour l'embrasser là et pas sur les lèvres. Il le faisait tout le temps et elle adorait cela.

Alors que Tex revenait vers le banc sur lequel il était assis avant que Melody ne feigne d'avoir une crampe, Amy commenta d'une voix blanche :

— Hashtag putain !

— Hashtag je te l'avais dit.

— Certes. Bon, sérieusement... comment est-il au lit ?

— Amy !

— Mel ! Raconte !

Melody se tortilla sur son siège, mais elle admit doucement :

— Génial. Sérieusement, Amy, je n'ai jamais rien connu de semblable avant dans ma vie.

— Ce n'est pas bizarre avec sa jambe ?

— Quoi, sa jambe ?

Amy regarda son amie comme si elle était stupide.

— Oui, Mel, sa jambe. Tu sais, il en manque la moitié... Ce n'est pas bizarre ? C'est un peu cra-cra ?

Melody s'emporta contre son amie pour la première fois depuis très longtemps.

— Amy, c'est quoi ton problème ? Sérieusement ? Sa jambe est super belle. Sais-tu pourquoi ? Parce que cela fait partie de lui. Parce que le fait qu'il l'ait perdue fait qu'il est toujours avec moi aujourd'hui. Et la réponse est non, ce n'est pas bizarre. Il m'a fait jouir deux fois la nuit dernière avant même de penser à se satisfaire. Tu penses qu'au milieu de tout ça, je prends le temps de penser à ce à quoi sa jambe ressemble, ou même que je m'en préoccupe ?

— Euh, Mel...

— Et d'ailleurs, sa jambe est très sexy. On ne s'y attend pas, mais j'ai déjà fantasmé une ou deux fois de m'y frotter dessus jusqu'à ce que je jouisse. Et fais-moi confiance, Tex est l'homme le *moins* handicapé que je connaisse. Il a peut-être une jambe bionique, mais Amy... sa jambe, ses doigts et sa queue compensent *largement* tout handicap que toi ou les autres pensez percevoir.

— Mel ? Sérieusement...

— Non. C'est ce qui cloche dans le monde aujourd'hui. Les gens voient quelqu'un qui boite ou avec une prothèse et ils pensent qu'ils ont quelque chose qui cloche. Il n'y a rien qui cloche chez lui. Sans parler du fait que c'est un héros. Il était dans les Forces Spéciales, Amy. Tu penses que le fait qu'il lui manque la moitié de la jambe peut le ralentir ? Bon sang, s'il en avait l'occasion, il retirerait probablement sa prothèse et s'en servirait pour casser la figure de mon harceleur.

Melody respirait fort, pleine d'émotions et énervée contre son amie. Ça ne lui faisait rien d'admettre que le sexe avec Tex était génial, mais elle ne laisserait jamais personne – y compris sa meilleure amie – le critiquer.

— Hashtag il se tient pile derrière toi, murmura Amy en souriant à Melody.

Celle-ci tourna brusquement la tête et vit que Tex était planté à environ un mètre du banc sur lequel Amy et elle étaient assises. Il l'observait avec une lueur intense dans les yeux. Melody ne savait pas quoi dire. Elle n'avait raconté à son amie que la stricte vérité, mais cela restait embarrassant.

— Amy, commença Tex sans retirer les yeux de Melody, ton amie est la meilleure chose qui me soit jamais arrivée. Je sais que la plupart des femmes ressentent la même chose que toi à propos de ma prothèse, mais personne ne m'a jamais défendu comme vient de le faire Melody. Alors même si ça ne me fait rien que vous discutiez entre filles de notre vie sexuelle, je n'aime pas voir Mel contrariée.

Il se tourna enfin pour regarder Amy.

— Et si à l'avenir, tu veux savoir quelque chose sur ma jambe, pose-moi directement la question. Tu veux la voir ? Ça ne me plaira pas, mais on pourra faire une petite démonstration quand tu voudras. Mais si tu penses que ça doit être bizarre de coucher avec moi, j'apprécierais que tu gardes tes pensées pour toi, simplement parce que ça dérange Mel.

— J'avais dit ça comme ça, Tex, je suis désolée, lui dit Amy d'une petite voix.

Tex hocha la tête et se retourna vers Mel.

— Tu veux y aller ?

— Tu peux nous donner une seconde ?

Melody ne pensait pas qu'il allait le faire, mais il finit par hocher la tête et se recula d'environ trois mètres, tournant le dos au banc. Melody se dit qu'il pouvait encore les entendre, mais elle n'avait pas envie d'insister.

— Mel, je suis désolée, je n'avais pas l'intention de...

— Non, je sais que non, je me suis emballée, essaya de dire Melody à son amie.

— Non, ce n'est pas ça. Tu as bien fait de le défendre. C'est moi qui étais intolérante et qui le stéréotypais. Si George avait un tel handicap et que tu m'avais tenu des propos aussi intolérants que ceux que je viens de tenir, j'aurais fait pareil.

Amy commença alors à murmurer :

— J'aime mon mari, et c'est évident que tu aimes Tex. Je suis très contente que tu aies trouvé quelqu'un pour qui tu ressentes autant de passion. Maintenant, rentre chez toi pour une bonne session de sexe. La prochaine fois qu'on se verra, tu pourras tout me dire, hashtag sans que je me comporte comme une conne à propos de sa jambe.

— Je t'aime, Amy.

— Je t'aime aussi, Mel. Vas-y, maintenant. J'ai la sensation que Tex va vite attraper ce connard et alors tu pourras vivre ta vie paisiblement.

Melody sourit à Amy et l'étreignit une fois qu'elles se furent redressées.

Tex vint rejoindre Mel alors qu'Amy s'éloignait et il

prit la main de Mel dans la sienne.

— Tu es prête à rentrer à la maison ?

— Oui, et à propos de ce que j'ai dit...

— Juste pour que tu le saches, j'ai l'impression que Baby n'est vraiment pas près de dormir sur notre lit. On ne veut pas la corrompre entièrement.

Melody sourit et taquina Tex à son tour alors qu'ils regagnaient leur voiture de location.

— Ah oui ? Tu n'as pas changé d'avis à propos du voyeurisme canin ?

Tex passa un bras autour du cou de Melody et son autre main sur son dos puis la fit basculer en arrière, ignorant son petit cri aigu.

— Franchement, dès que je sens ton excitation, j'en oublie tout le reste : Baby, l'endroit où nous sommes, ce satané harceleur... Je ne pense qu'à te goûter, à te voir jouir et à être en toi. Je m'excuserais volontiers, mais je sais que dès que mes lèvres touchent les tiennes, tu es tout aussi perdue que moi.

— Tex, seigneur ! Arrête. Sérieusement. Laisse-moi me redresser.

Tex se pencha et frotta son nez contre son oreille, la tenant toujours pratiquement à l'envers.

— Tu es toute humide pour moi, Mel ?

— Tu sais bien que oui.

Tex redressa Mel et secoua la tête.

— Tu ne me mens jamais. Ça me plaît. Viens, rentrons. J'ai prévu quelques petites choses pour toi.

Mel prit volontiers la main de Tex et le suivit à son

rythme. Elle avait complètement oublié son harceleur ou le risque que quelqu'un puisse être en train de les observer ou bien de les suivre. Elle ne pensait qu'à ce qu'ils allaient se faire mutuellement. Elle avait vraiment hâte.

14

––––––––––

— Je déteste ça ! se plaignit Melody, assise à table, se tenant la tête à deux mains.

À côté d'elle, Baby gémit, percevant la détresse de sa maîtresse. Melody avait l'impression de suffoquer. Les deux semaines précédentes avaient été presque idylliques. Elle aimait avoir Tex auprès d'elle. C'était facile de partager un espace avec lui. Il n'était pas parfait, mais les petites choses irritantes qu'il faisait étaient largement compensées par toute l'aide qu'il lui apportait dans l'appartement. Il était ordonné, il ne laissait pas des petits poils noirs dans le lavabo de la salle de bain après s'être rasé, il faisait la cuisine, il nettoyait et il allait même sortir Baby quand Melody n'avait pas envie de sortir du lit.

Ce n'était pas lui le problème. C'était tout le reste. Elle n'avait pas une minute à elle. Quand Tex n'était pas avec elle, il la laissait en compagnie d'Amy, lui donnant l'ordre de ne pas bouger jusqu'à ce qu'il revienne la chercher. Il avait tenu promesse et lui avait donné un traqueur qu'elle portait à présent partout où elle allait.

Melody toucha la petite boucle d'oreille dorée qui ornait son lobe gauche. Elle avait l'air jolie et inoffensive, mais Tex lui avait montré le programme informatique qui indiquait sa localisation sur une carte. Malgré ce qu'on aurait pu en dire, cela la rassurait. Elle se souvenait que plusieurs semaines auparavant, elle lui avait dit qu'elle se sentirait mieux à l'idée qu'il saurait la retrouver au cas où son harceleur déciderait de l'enlever.

— Je sais, Mel. J'aimerais simplement pouvoir en faire davantage.

Melody soupira.

— Tu fais tout ton possible, Tex. Je te suis vraiment reconnaissante de tout ce que tu fais.

— Mais tu te sens toujours étouffée.

— Oui.

— Ça t'aiderait si je te disais que c'est simplement pour ton bien ?

— Non.

— Je ne le pensais pas, non. Tu as un travail aujourd'hui, non ?

Ne comprenant pas où il voulait en venir, Melody lui répondit quand même :

— Oui, dans environ deux heures. Pourquoi ?

Tex fit courir sa main dans ses cheveux et la regarda.

— J'ai pensé que pour aujourd'hui, tu pourrais aller travailler à la bibliothèque.

Melody sentit son cœur s'emballer.

— Et où seras-tu ?

— J'ai des choses à faire aujourd'hui. Tu sais que je suis à la retraite, mais je... je prête main-forte à d'autres équipes militaires et ils ont besoin de moi.

Melody le dévisagea.

— Tu sais que je ne parlerais à personne de ce que tu pourras dire ou faire en ma présence.

— Je le sais et ce n'est pas la question. Peu m'importe que tu entendes ce que je fais ou pas. Je crois que tu as deviné que je ne travaille pas particulièrement dans le cadre de la légalité, mais je te fais confiance, Mel. Je préférerais que tu restes ici, à l'intérieur, pour que je sache où tu te trouves et que tu sois en sécurité. Mais je sais aussi que tu as besoin d'espace. Une pièce publique à la bibliothèque est l'endroit le plus sûr que je connaisse pour te donner l'espace dont tu as besoin.

— Merci. J'aimerais y aller aujourd'hui pour faire mon travail.

— D'accord, mais ne retire pas cette boucle d'oreille, garde ton portable à portée de main, et s'il se passe quoi que ce soit qui sort de l'ordinaire, je veux que tu m'appelles tout de suite.

— Je n'y manquerai pas, Tex. Ne t'inquiète pas. Je le ferai.

Tex se dirigea vers la table et s'assit sur la chaise voisine de celle de Melody. Il lui prit les mains dans les siennes et les embrassa.

— Honnêtement, comment encaisses-tu le coup ?

— Je déteste ça. Pourquoi ne peut-on pas découvrir qui fait tout ça ? Enfin... il est tellement si intelligent que ça ? Tu as bien vu les lettres qu'il n'arrête pas d'envoyer. Même Amy en a reçu une l'autre jour, et ça me terrifie plus que tout. Je ne comprends pas ce qu'il veut dire par : « Tu vas payer ». Payer pour quoi ?

Melody repensa à la lettre qu'elle avait reçue dans la matinée, scotchée sur sa porte. Tex l'avait trouvée en allant promener Baby.

Tu es une connasse. Tu seras toujours une connasse. Tu arrives peut-être à duper les autres, mais je te connais. Tu ne mérites rien de ce que tu as dans ta vie. Tu vas payer pour ce que tu as fait. Garde ta chienne près de toi, ça vaut mieux. Si tu penses que ce pauvre handicapé va te sauver, tu es complètement folle en plus de tout le reste. Prépare-toi à payer.

Melody frissonna.

— Il continue de menacer tous ceux que j'aime, y compris toi, et je ne sais pas si je suis capable d'en supporter davantage, Tex. Je veux simplement que cela cesse !

Tex eut l'impression que son cœur s'arrêta de battre pendant une seconde avant de repartir avec un bruit sourd. Il ne savait pas si Mel se rendait compte de ce qu'elle venait de dire, mais il savait que ses paroles resteraient gravées à jamais dans son cerveau.

— L'étau se referme sur lui, Mel. Il prend de moins en moins de précautions. On a trouvé une empreinte digitale sur le dernier mot. Tu sais qu'ils n'apparaissent qu'au milieu de la nuit, alors je suis pratiquement certain que tu seras en sécurité à la bibliothèque aujourd'hui. Mais je jure devant Dieu que je ferai tout ce qui est en mon pouvoir pour m'assurer qu'il ne touche pas un seul cheveu de ta tête.

Tex attendit qu'elle hoche la tête pour se rapprocher d'elle.

— Et, Mel, ce n'est peut-être ni le lieu ni l'heure, mais je ne peux plus me contenir. Je t'aime. J'aime tout de toi. J'aime la façon dont tu plisses le nez dans ton sommeil. J'aime quand tu parles à Baby comme si elle pouvait te comprendre. J'aime la façon dont tu fais passer le bien-être des autres avant le tien. J'aime le fait que tu m'aides avec ma jambe naturellement tous les soirs. Tu n'en fais pas toute une histoire parce que pour toi, ce n'est pas si grave. J'aime le fait que tu saches taper un million de mots à la minute et que tu ne trouves pas cela extraordinaire. J'aime le fait que tu connaisses tout le monde dans cette ville et que tu leur dises bonjour. J'aime quand tu fais semblant de ne rien voir lorsque tu sais que je fais quelque chose qui n'est pas vraiment légal. En gros, j'aime tout de toi. Quand tout ceci sera fini, si tu veux toujours de moi, j'emménagerai ici. Peu importe où j'habite, tant que c'est avec toi.

Les paroles de Tex semblèrent résonner dans la pièce. Melody ne put que le regarder, abasourdie. Elle ne pensait pas qu'elle l'entendrait prononcer un jour ces paroles, et il avait fait tellement plus que de prononcer ces simples mots.

— Je t'aime, Tex.

— Je sais.

— Méchant, va, sourit-elle.

— Viens ici.

Tex tira Mel de sa chaise et la fit asseoir sur ses genoux. Elle s'installa à califourchon sur lui et se tortilla contre son érection.

— Je sais que tu n'as pas le temps pour ça maintenant, mais ce soir, je vais te montrer à quel point j'aime le moindre centimètre carré de ce corps.

Tex fit courir ses mains vers le haut et les passa sous l'arrière de son tee-shirt, caressant la peau sensible au creux de ses reins.

— Seulement si tu me laisses faire la même chose.

— Putain, oui.

Tex se pencha en avant et l'embrassa sur le front.

Melody sourit. Elle aimait quand il faisait ça. C'était une communication secrète entre eux, à présent. Chaque fois qu'elle le faisait, elle savait que ce dont il avait vraiment envie était de la faire basculer sur la surface plate la plus proche et de profiter d'elle.

— Très bien. Je prendrai Baby avec moi aujourd'hui. Toi, va à la bibliothèque. Reste dans la zone publique où il y a d'autres personnes. Ne va pas dans une pièce privée. Tu seras capable d'assez te concentrer là-bas ?

Quand elle hocha la tête, il poursuivit :

— Bon, alors je te déposerai et je reviendrai trois heures plus tard. Je sais que trois heures ne sont pas suffisantes, Mel. Je sais que tu voudrais pouvoir faire ce que tu veux, quand tu veux et où tu veux. Je jure qu'on y arrivera, mais pour l'instant, je t'en prie, pour moi, prends le plus de précautions possible.

— Je le ferai, Tex, je le jure.

— Bon, alors on peut y aller.

Melody se concentra sur la dernière annonce faite durant la réunion qu'elle écoutait sur internet et elle tapa ce qu'elle entendait. Les voix des autres visiteurs de la bibliothèque s'étaient tues dès qu'elle avait mis ses écouteurs et avait commencé à se concentrer sur ce qu'elle tapait.

Quand Melody était arrivée à la bibliothèque, elle avait dit bonjour à Mérédith, la bibliothécaire, une femme qu'elle connaissait depuis toujours, et s'était installée à une table pour lire la dernière romance de son auteur préféré. Elle n'avait pas encore eu le temps de la finir parce que lorsque Tex et elle étaient à la maison, la plupart du temps, il l'interrompait... et elle n'allait pas s'en plaindre ! Elle avait lu un peu puis avait allumé son ordinateur pour entamer sa mission.

Melody leva la tête et vit Diane de la banque assise à côté d'elle. Melody leva un doigt, le signe universel pour signifier « attends », alors qu'elle finissait sa présentation. Elle se déconnecta de la plateforme de sous-titrage et retira ses écouteurs.

— Bonjour, Diane.

— Bonjour, Melody. Comment ça va ?

— Ça va bien.

Melody était mal à l'aise à l'idée d'échanger avec Diane autre chose que des politesses, parce qu'elle ne la connaissait pas vraiment. Il y avait également le fait qu'elle sortait avec un de ses ex. Melody repensa aux infos que lui avait communiquées Tex et elle sentit sa gêne envers cette femme se dissiper légèrement. Elle était triste à l'idée que Diane doive vivre avec lui. Personne ne méritait d'être abusée.

— Ça semble vraiment intéressant. Je n'ai jamais vu quelqu'un taper aussi vite de toute ma vie.

— Ah oui ? En fait, je tape en sténo. C'est ensuite traduit et diffusé aux gens qui ont l'application.

Diane semblait vraiment impressionnée.

— C'est vraiment cool. Je suis certaine que les sourds sont vraiment reconnaissants.

— C'est bien d'être capable d'aider les autres,

répondit Melody, regardant sa montre et ignorant la remarque très peu politiquement correcte de Diane. Bon, écoute, il faut que j'y aille. Mon copain va venir me chercher bientôt.

— Oui, je l'ai vu dans le coin. Il est chaud.

Diane ne sembla pas remarquer que ce changement soudain de conversation avait mis Melody mal à l'aise.

— Écoute, je ne veux pas être impolie, mais tu n'es pas avec Lee ? Ça me gêne un peu que tu parles de Tex comme ça.

— Oh, pardon. Ce n'était pas mon intention. Quoi qu'il en soit, je voulais que tu saches que je t'admire. Sérieusement. Tu fais des choses géniales pour les gens et tu parais avoir une vie super.

— Merci, Diane.

Melody releva la tête et fut reconnaissante de voir Tex assis dans son break à l'extérieur. Ils avaient récemment récupéré sa voiture au garage. On avait retiré la peinture et remplacé tous les pneus. Quand ils conduisaient la voiture de location, cela lui avait manqué de s'asseoir à côté de Tex et de placer Baby entre eux lorsqu'ils l'autorisaient à les accompagner.

Melody se redressa et prit son ordinateur et son livre.

— Il est là. On se voit une autre fois ?

— On pourrait se retrouver pour déjeuner ou quelque chose comme ça, un de ces jours ?

Diane paraissait avoir envie d'être amie avec elle,

c'était évident. Melody savait que Lee se comportait vraiment parfois comme un connard. Elle aussi s'était sentie seule avant.

— Certainement. Je t'appellerai et on organisera ça.

Diane lui rendit un large sourire.

— C'est cool ! Alors à la prochaine fois !

Melody lui adressa un signe de la main en se dirigeant vers la sortie. Diane le lui rendit puis se tourna afin de se diriger vers la section romance de la bibliothèque.

Melody sourit en se dirigeant vers la voiture. Baby occupait sa place habituelle à l'avant. Quand elle fut assez proche, Tex descendit pour lui ouvrir la portière, comme de coutume. Melody avait essayé de lui dire de ne pas s'embêter, qu'elle était capable d'ouvrir sa propre porte et de monter dans la voiture toute seule, mais il l'ignorait en souriant. Pile au moment où Melody rejoignait Tex, ils entendirent qu'une voix toute proche criait son nom.

Tex et Melody se tournèrent à l'unisson et virent que Robert Pletcher les rejoignait à grands pas.

— Qu'est-ce que tu as foutu, Melody ?

Celle-ci fit un pas en arrière et se cogna contre le côté du véhicule. Elle entendit Baby grogner dans l'habitacle.

— Attention, Robert, le prévint Tex, tendant un bras et poussant légèrement Mel derrière lui.

— Qui êtes-vous et comment connaissez-vous mon nom ?

— On s'est rencontrés. Quand Mel est revenue en ville.

— Ah, oui, je m'en souviens. C'est toi ce connard possessif qui ne pouvait pas retirer tes mains d'elle en plein centre-ville. Je ne sais pas ce qu'elle te trouve. Tu n'es qu'un trou du cul infirme qui fait semblant d'être amoureux d'elle. Elle n'est pas un si bon coup que ça ; je suis sûr que tu t'en es déjà rendu compte.

Les mots avaient à peine eu le temps de sortir de sa bouche que Tex l'avait fait tomber à terre, un genou sur sa gorge et lui coinçant les bras contre le corps.

— On se calme, mon pote.

Robert se débattit sous la poigne de Tex, mais il était évident qu'il n'irait nulle part jusqu'à ce que Tex le lâche.

— C'est quoi ton problème, mon pote ?

— Mon problème ?

Robert leva les yeux vers Melody qui n'avait pas bougé de l'endroit où elle s'était collée contre le côté du véhicule.

— Melody, qu'est-ce que je t'ai fait, putain ? Tu penses que c'est drôle de détruire mon mariage ?

Il n'avait qu'un filet de voix à cause du genou qui pressait sur sa gorge, mais c'était évident que cela ne lui coupait pas entièrement la respiration puisqu'il parvenait à parler.

— Je ne sais pas de quoi tu parles, Robert. En plus,

ça faisait une éternité que je ne t'avais pas vu quand je suis revenue en ville.

— Ne me raconte pas de conneries. J'ai vu le mot que tu as envoyé à Sheri. Tu lui as tout raconté sur Brooke. Brooke ne signifiait rien. C'était juste un moyen de me détendre. Sheri a eu trois enfants et elle n'a toujours pas perdu le poids. Le sexe n'est plus vraiment bon. J'avais besoin de plus. Ce n'était rien de plus avec Brooke. Mais maintenant, elle veut divorcer et c'est entièrement de ta faute !

— Tu en as assez dit, connard.

Tex augmenta la pression sur la gorge de Robert pour le faire taire.

— D'abord, Melody ne t'a écrit aucun mot. Elle a bien trop de classe pour ça. Elle est passée à autre chose et n'en a rien à foutre de toi ou de l'endroit où tu fourres ta queue. Ensuite, tromper ta femme est vraiment une saloperie. Si le sexe n'est pas bon, c'est à toi de t'occuper de ta femme et la faire se sentir sexy et désirée. Qui d'autre était au courant pour ta liaison ? C'est évident que quelqu'un d'autre était au courant et en a informé ta femme.

— C'est Melody qui a signé ce mot, trouduc, couina Robert.

Derrière lui, Tex entendit Melody pousser un petit cri de surprise. Bon sang !

— Et moi, je te dis qu'elle ne l'a pas écrit. Tu es expert en écritures ? Tu ne t'es pas dit que quelqu'un avait simplement pu signer de son nom ? Mais ce n'est pas là le problème, de toute façon ; tu tournes autour du pot. Le problème est que tu as trompé ta femme et qu'elle aurait bien fini par l'apprendre. Je pense plutôt que tu n'as que ce que tu mérites.

Melody vit Tex se pencher pour murmurer quelque chose à l'oreille de Robert. Elle n'entendit pas ce qu'il lui avait dit, mais elle vit Robert s'immobiliser sous le corps de Tex. Celui-ci se redressa avec plus de grâce que bien des gens avec deux jambes auraient probablement montrée et, ne craignant manifestement pas que Robert fasse un geste pour se venger, il lui tourna le dos. Robert demeura allongé par terre, immobile, ne faisant pas le moindre mouvement pour suivre Melody ou Tex.

— Viens, Mel, rentrons.

Tex ouvrit la porte de la voiture et fit signe à Mel de grimper. Elle lui obéit et Baby gémit à côté d'elle.

Tex monta à sa suite et démarra le moteur. Robert s'était enfin relevé et s'éloignait du break sans jeter un regard en arrière.

— Qu'est-ce que tu lui as dit ?

Tex songea à lui mentir ou à refuser carrément de lui répondre, mais elle avait besoin de connaître la personne qu'il était vraiment.

— Je l'ai simplement informé qu'en tant qu'ancien soldat d'élite, je connais vingt façons de tuer une personne sans laisser la moindre trace. Je connais des gens qui me doivent des faveurs et qui n'hésiteront pas une seconde à se débarrasser de son corps afin que personne ne le retrouve plus jamais.

— Tu n'as pas dit ça ?

La voix de Melody était basse et choquée.

— Si.

Tex lui coula un regard et regarda rapidement à nouveau droit devant lui.

— Je ne vais pas m'en excuser, Mel. Il s'est comporté comme un connard. Et je voulais qu'il sache qu'il ne pouvait pas t'accuser comme ça et s'en tirer à si bon compte. Tu ne le comprends peut-être pas, mais j'espère bien que tu commences à le faire, parce que je ne vais pas tolérer ce genre de conneries. *Personne* ne t'insulte sans en subir les conséquences. Maintenant, il sait que tu es intouchable.

— Et si c'est lui le détraqué ?

— Alors il saura que je donnerai ma vie pour te protéger. Mais honnêtement, je ne pense pas que ce soit lui. Sans quoi, il n'aurait pas fait ce cinéma stupide en public. Il aurait attendu et aurait envoyé une autre lettre ou quelque chose de ce genre. Mais s'il est bien ton harceleur, j'espère devant Dieu qu'il a compris et qu'il arrête. Mais, Mel, je ne pense pas que ce soit lui, parce que c'est évident que la personne qui t'en veut a envoyé ce mot à sa femme et l'a signé de ton nom.

Quand Melody ne répondit rien après son annonce, il la regarda. Elle semblait dévastée.

— Alors maintenant, il essaye de faire que tout le

monde me déteste. Est-ce que ça va se terminer un jour ?

Tex jeta un autre regard à Mel tout en sortant de la place de parking, puis il se dirigea vers son appartement.

— Oui, ça va se terminer. J'en ai marre de toute cette merde.

Tex détestait voir Mel trembler. Elle serrait ses mains sur ses genoux. Baby gémit et posa la tête sur les genoux de Melody comme si elle comprenait le stress que subissait sa maîtresse. Retirant une main du volant, il la posa sur l'arrière de la tête de Mel.

— Je ne comprends simplement pas comment quelqu'un peut me détester autant et vouloir me faire du mal à moi, à mes amis et à tous ceux que j'aime. Pourquoi, Tex ? Qu'est-ce que j'ai fait ?

— Tu n'as rien fait, Mel. C'est *lui*. C'est *lui* qui est perturbé. Je vais trouver qui c'est. J'en ai assez de perdre mon temps.

Melody ne leva pas la tête. Elle arrivait à bout.

— Je devrais peut-être simplement m'en aller.

La main de Tex se crispa sur le volant et il força celle posée à l'arrière de la tête de Melody à ne pas se contracter, mais il resta silencieux. Ce n'était ni le moment ni l'heure d'avoir cette conversation, mais il faudrait bien qu'ils l'aient... très vite.

15

Une fois à la maison, Melody se mit en pilotage automatique. Ce qui avait été une bonne journée, durant laquelle elle s'était sentie libre pour la première fois depuis des mois, venait de se transformer en un autre cauchemar qui était sa vie. Elle n'était pas très proche de Robert, mais ils s'étaient quittés en bons termes et elle n'avait jamais eu de problèmes avec lui.

Le harceleur s'assurait qu'elle ne veuille plus jamais quitter son appartement. Elle avait été très sérieuse quand elle avait suggéré à Tex de repartir. Elle ne pouvait pas continuer de la sorte. Et elle ne savait pas ce que Tex en pensait vraiment, car il n'avait pas répondu à sa suggestion et n'avait pas ouvert la bouche depuis qu'ils étaient arrivés à la maison.

Il s'était occupé de Baby et lui avait même préparé un dîner rapide. Le ton de leur conversation était resté léger et pour être honnête, cela la faisait flipper. Elle avait terriblement peur qu'il décide qu'elle ne valait pas tous ces tracas. Elle avait honte de l'admettre, mais c'est ce qu'elle se serait dit si les rôles étaient inversés.

— Prépare-toi à te coucher, Mel. Je te rejoins dans un moment.

Melody ne protesta pas. Elle descendit d'un pas traînant le couloir qui menait à leur chambre et pour la première fois depuis très longtemps, elle enfila un tee-shirt et un short pour dormir. Jusque-là, elle n'avait pas pris la peine de mettre quoi que ce soit au lit parce que Tex lui retirait toujours ce qu'elle portait à la seconde où il venait à elle.

Un peu plus tard, Melody regarda Tex entrer dans la pièce, Baby sur ses talons. Il entra dans la salle de bain et Baby sauta sur le lit. Melody sourit alors que sa chienne tourna environ vingt fois sur elle-même, donnant des coups de patte sur les couvertures jusqu'à ce qu'elles soient parfaites dans son esprit de chien.

Il était évident que Tex n'avait pas l'intention de lui faire l'amour puisqu'il avait laissé Baby entrer. Même après toutes les expériences sexuelles qu'ils avaient connues partout dans l'appartement, cela le mettait toujours mal à l'aise de le faire alors que Baby était allongée sur le lit avec eux.

Tex sortit de la salle de bain vêtu d'un caleçon et il s'assit sur le côté du lit. Il se pencha et retira sa prothèse d'un geste expert. Il ouvrit les couvertures et se glissa dessous.

— Tex... ta jambe.

— Oublie ma jambe pour ce soir. Elle peut très bien supporter de sauter un massage. Viens ici, j'ai envie de te parler, mais je veux le faire quand tu es dans mes bras.

— On peut se parler d'ici.

— Absolument pas.

Tex se déplaça et prit Mel dans ses bras. Elle se débattit un moment avant de pousser un soupir et de se fondre contre lui. Tex plaça une de ses mains à l'arrière de sa tête tandis qu'il enroulait l'autre autour de sa taille et la tenait contre lui.

Il la serra contre lui pendant quelques minutes, détestant le fait qu'ils ne soient pas collés peau à peau, mais comprenant pourquoi elle se sentait vulnérable ce soir et la raison pour laquelle elle avait enfilé ce tee-shirt comme une armure.

— Il y a sept mois, quand je t'ai contactée, je ne savais pas que tu allais changer ma vie. Mais c'est ce que tu as fait, Mel. Tu as changé ma vie. Je ne vivais qu'à moitié avant de te rencontrer. Tu m'as forcé hors de mon petit monde dans lequel je m'apitoyais sur mon sort, assis à la maison devant mes ordinateurs, et tu m'as forcé à faire attention à ce qui se déroulait autour de moi.

« Si tu veux partir d'ici et aller te cacher quelque part, pas de problème. Mais j'irai avec toi. J'ai les compétences et les connexions pour qu'on puisse se dissimuler pour toujours. On peut rester en fuite, sans jamais nous poser au même endroit trop longtemps, en sécurité. Mais si on fait ça, tu ne pourras pas rester en contact avec Amy et les enfants. Ça nous mettrait tous en danger. Et c'est pareil pour tes parents. Ils finiront par mourir avant toi, mais tu ne pourras pas revenir pour leur enterrement. Ce serait trop dangereux.

Tex la laissa mariner ses paroles.

— C'est de la manipulation, Tex.

Il sourit contre sa tête. Il savait qu'elle était intelligente et aurait compris ce qu'il était en train de faire.

— Je sais, mais je suis également honnête.

Après une autre pause, Tex poursuivit :

— Ou bien tu peux me laisser faire à ma façon. J'ai attendu que ce connard passe à l'action, mais c'est terminé. J'en ai assez d'attendre ce connard. J'ai d'autres tours dans mon sac. Je peux mettre un terme à tout ça. Mais je suis sérieux. Si tu veux partir, on partira.

— Juste comme ça ?

— Juste comme ça.

— Tu sais que je n'ai pas réellement envie de partir.

— Je sais.

— Une partie de moi veut s'enfuir, s'enfuir tellement loin que je n'aurai plus à subir tout ça. Je ne sais pas comment quelqu'un peut être devenu tellement obsédé par moi au point de vouloir rendre ma vie complètement misérable. Mais je veux avoir une vie avec toi, Tex. Je veux que tous les matins au réveil, tu m'embrasses et me dises que tout va s'arranger. J'ai envie de secourir d'autres chiens et de leur donner à tous une vie meilleure. Je veux voir Cindy et Becky grandir et devenir des femmes extraordinaires. Je veux pouvoir boire un verre avec Amy sans m'inquiéter qu'un fou drogue ma boisson ou essaye de nous faire du mal pour une offense imaginaire. Et j'ai envie de toi de tous les pores de ma peau, Tex. J'ai envie que tu t'enfonces si profondément en moi que je ne parvienne plus à songer à autre chose qu'à toi, que je ne sente plus rien d'autre que toi. Que je ne puisse plus me souvenir d'autres mains sur moi que les tiennes.

— Je peux te donner tout cela, Mel. Merde. Je te *prie* de me laisser te l'offrir.

— Je suis à toi, Tex. J'irai où tu voudras que j'aille. Je ferai ce que tu voudras que je fasse.

Tex roula jusqu'à ce que Mel se retrouve sous lui.

— Je veux que tu sois en sécurité et je vais m'assurer que c'est le cas. Mais une chose est certaine.

— Laquelle ?

— Amy et toi ne pourrez jamais entrer dans un bar sans avoir à vous inquiéter que quelqu'un drogue votre boisson. Deux femmes magnifiques, ivres et très sexy ? Non, ça n'arrivera pas. Mais je peux te promettre une chose : je te laisserai boire avec ton amie... tant que je suis là pour veiller sur vous.

— Marché conclu.

Melody sourit à Tex.

— Tu me remontes toujours le moral.

— C'est bien. Enlève ton tee-shirt.

— Mais, Baby...

— Je pense qu'on l'a déjà corrompue, Mel. Je ne laisserai jamais Baby m'empêcher de te faire l'amour. Il faudra simplement qu'elle s'y habitue.

— Alors tu es branché voyeurisme canin, après tout ?

— Apparemment, enlève ton tee-shirt.

Melody ondula sous lui et parvint à faire passer son tee-shirt au-dessus de sa tête. Tex était venu se coucher seulement vêtu de son caleçon, alors il était déjà torse nu.

— J'aime ton corps. Tu es douce aux bons endroits.

Il prit son sein droit dans sa paume.

— Et tu es dure à d'autres.

Son pouce caressa son mamelon, le frottant jusqu'à ce qu'il se redresse comme pour implorer sa caresse.

— Je t'aime, Mel. Si l'occasion devait se présenter, je donnerais ma vie pour toi.

— Non, ne dis pas ça ! s'exclama Melody, horrifiée.

— C'est la vérité.

— Je t'en supplie, non. Je sais que tu as l'habitude de protéger les gens et que tu es prêt à donner ta vie pour ton pays et tout ça, mais je ne pourrais plus vivre si tu te faisais tuer pour me sauver la vie. Tu comprends ?

Melody agrippa la tête de Tex entre ses mains pour le forcer à comprendre.

— Tu crois peut-être que te sacrifier est un acte ultime d'amour, mais ce n'est pas le cas. Je ne veux pas vivre si tu ne peux pas vivre aussi. Comment te sentirais-tu si je te disais que je serais prête à mourir pour toi ?

Tex se pencha, délogeant ses mains de son visage et l'embrassant fort.

— Je ne vais pas mourir, et toi non plus. On va faire un pacte tous les deux qu'aucun de nous ne fera un geste stupide si on se retrouve dans le pétrin. Fais-moi confiance, je saurais quand et comment agir sans nous faire tuer, toi ou moi. D'accord ?

— D'accord.

— Maintenant, rallonge-toi. Je vais prendre mon temps ce soir. Je sais que tu as commencé à prendre la pilule quand nous sommes arrivés ici. Ce soir, j'aimerais vraiment pouvoir jouir en toi sans ce putain de préservatif entre nous, mais tu sais que j'en mettrai un pour le reste de ma vie si c'est la seule façon d'être en toi.

— J'ai envie de toi, juste toi, en moi. Je ne savais pas comment aborder le sujet.

— Considère que c'est abordé, discuté et convenu.

Melody lui sourit et trembla d'anticipation.

— J'ai hâte de te sentir en moi.

— Et j'ai hâte de sentir nos deux nectars recouvrir ma bite. Tu vas être toute chaude et trempée une fois que j'aurais joui en toi ; tu seras remplie jusqu'à ras bord.

— Euh, c'est un peu dégueu, Tex.

— Non, c'est beau. J'ai l'intention de peindre nos

deux corps avec nos essences. Tu vas aimer autant que moi. Je te le jure.

— J'aime tout ce que tu me fais, Tex.

— Je t'aime, Mel.

— Je t'aime aussi.

— Maintenant, mets les mains au-dessus de ta tête et ne les retire pas. Il est temps pour moi de jouer.

Melody sourit et fit ce qu'il lui demandait. Elle sentit Baby remuer, mais bientôt, elle ne pensa plus qu'à Tex. Ses mains, sa bouche, son corps. Et il avait raison. Une fois qu'ils eurent fait l'amour, et qu'il eut joui en elle, c'*était* beau. Leurs essences combinées qu'il massa dans leurs deux corps étaient terriblement sexy. Elle n'oublierait jamais cette nuit-là. Elle ne s'était jamais sentie aussi proche de quelqu'un avant, et ce serait pour toujours gravé dans son esprit.

16

Melody serrait fort la laisse de Baby alors qu'elle lui faisait faire le tour de l'immeuble. Le harcèlement empirait. Ce matin-là en regagnant sa voiture, Tex avait trouvé un chien en peluche suspendu à son parechoc avec un nœud coulant autour du cou. Même les policiers étaient alarmés par le mot qui y avait été attaché.

Juste un gentil petit mot pour te dire que Baby va mourir bientôt et toi aussi.

C'était une horrible lettre dont les intentions étaient parfaitement claires. Avant, les mots n'impliquaient que vaguement que quelqu'un en avait après elle, mais ils s'étaient transformés en menaces.

Melody soupira, se remémorant le chat mort posé

sur le véhicule de Tex le matin précédent. Le détraqué était rapidement monté d'un cran. Tex avait eu raison : sa présence était manifestement trop pour lui.

Mais il y avait aussi eu d'autres événements. L'électricité dans l'appartement de Melody avait été coupée. Quand elle les avait appelés, on lui avait dit qu'elle n'avait pas payé sa facture. Elle avait dû passer une heure au téléphone avec différents conseillers clientèle et enfin un superviseur afin de rectifier le tir. Apparemment, ses paiements automatiques avaient cessé de leur parvenir. Melody avait réussi à leur fournir son numéro de carte de crédit pour tous les paiements manquants et la question avait été réglée, mais Tex et elle savaient tous deux que ce fou était également derrière cette action.

Deux jours auparavant, Tex avait convaincu Amy de quitter la ville pendant une semaine pour partir en vacances. Elle et George avaient emmené les filles à Virginia Beach. Tex leur avait organisé le voyage. Amy avait appelé Melody complètement en panique parce qu'elle avait reçu une boîte contenant des roses, ce matin-là, mais quand elle avait ouvert le carton, il n'y avait que les tiges. Puis son mari avait dit que son patron, Sam, avait reçu un appel l'accusant de harcèlement sexuel au travail. La goutte d'eau qui avait fait déborder le vase était lorsque Becky et Cindy étaient revenues de l'école avec chacune un paquet qui leur avait été envoyé à l'école. Le principal avait examiné les paquets avant de les donner aux enfants, et il n'y avait rien vu qui l'avait horrifié. Mais après avoir jeté un œil au mot qui accompagnait le carton de jouets et de bonbons, Amy avait appelé Melody et Tex.

Les lettres dans les cartons des enfants étaient identiques et elles disaient simplement :

Les enfants sont tellement innocents. C'est si triste quand il leur arrive quelque chose de tragique. J'espère que vous n'aurez jamais à en faire l'expérience.

Après avoir appelé la police pour rapporter tous les incidents, Tex avait sorti son ordinateur portable et en un tournemain, Amy et sa famille avaient à leur disposition un voyage tout compris à la plage, payé par Tex. C'était visible qu'Amy était bouleversée, parce qu'après avoir protesté contre cette dépense sans conviction, elle avait accepté de partir.

Melody détestait cette situation. Elle n'avait plus simplement peur. Elle était vraiment en rogne. Personne n'avait le droit de lui faire cela. Ce serait différent si elle avait été quelqu'un d'horrible et s'était comportée comme une connasse avec tout le monde, mais elle ignorait complètement pourquoi quelqu'un pensait qu'elle méritait une chose pareille et voulait la voir souffrir... ou bien mourir. Cela n'avait aucun sens. Tex l'avait interrogée tous les soirs, lui demandant pourquoi quelqu'un en avait après elle, et Melody ne savait sincèrement pas pourquoi.

Elle avait raconté à Tex toutes les choses qu'elle avait faites dans sa vie dans l'espoir de trouver un indice qui leur permettrait de comprendre, mais Melody savait que rien de ce qu'elle avait dit n'avait mené à la moindre piste. Elle n'avait à présent absolument aucun secret pour Tex. C'était assurément une bonne façon d'accélérer une relation.

Tex était au courant des deux sucettes qu'elle avait chipées à la station-service du coin quand elle avait sept ans. Il savait pour les trois cigarettes qu'elle avait fumées lors d'une fête de lycée et comment elle avait vomi pendant deux heures une fois qu'elle était rentrée à la maison. Il connaissait tous les costumes d'Halloween qu'elle avait portés au cours des dix dernières années, il connaissait le nom de ses contacts au travail, et même des détails plus intimes concernant les hommes avec lesquels elle était sortie.

Mais en réalité, jusqu'à ce que Tex lui fasse l'amour, elle ne savait pas ce qu'il lui avait manqué. Parfois, il l'allongeait et elle lui permettait de faire ce qu'il voulait d'elle, parfois, il lui faisait faire tout le travail, tant sur lui que sur elle. Il adulait son corps et était parvenu à lui faire accepter qu'elle fût belle. Elle ne s'était jamais trouvée moche, mais Tex lui avait fait voir qu'elle était belle, qu'importait la taille de ses vêtements. Il avait passé des heures à la convaincre. Elle n'avait plus de problèmes à l'idée de traverser la maison nue, de dormir à poil ou même de bondir sur la moindre occasion de se doucher avec Tex. Basiquement, Tex avait éveillé son côté sensuel et chaque fois qu'ils faisaient l'amour, il parvenait à la faire tomber encore plus amoureuse de lui.

Alors voilà qu'elle promenait Baby et se demandait ce qui allait se passer ensuite. Qu'allait faire ce détraqué la prochaine fois ? Bondir de derrière un buisson avec un pistolet ? Lui tirer dessus avec une carabine à longue portée ? Ou alors un accident de voiture ? Et s'il détruisait ses freins ? Un million de possibilités lui traversaient l'esprit, et aucune n'était plaisante. Tex l'avait autorisée à sortir promener Baby toute seule si elle lui promettait qu'elle rentrerait immédiatement et qu'elle resterait toujours là où il pourrait la voir par la fenêtre de leur appartement. D'ailleurs, Melody savait que Tex la regardait de la cuisine. Quand elle était sortie, il était au téléphone avec quelqu'un appelé « Ghost » et essayait de faire jouer ses contacts pour tenter de mettre un terme à l'enfer qu'ils traversaient.

Melody était tellement perdue dans ses pensées et dans la routine de promener sa chienne qu'elle n'avait pas réalisé que Baby tiraillait pour atteindre quelque chose dans l'herbe. Elle avait essayé d'entraîner Baby à ne rien toucher quand elle la promenait, mais comme c'était une chienne de chasse, c'était pratiquement impossible.

Elle tira sur la laisse de Baby juste avant qu'elle ne puisse attraper ce qui se trouvait dans la pelouse.

— Oublie ça, Baby. Je te nourris suffisamment, tu n'as pas besoin de manger des choses que tu trouves dans le jardin.

Elle raccourcit la laisse en l'enroulant autour de sa main et s'avança un peu pour essayer de voir ce qui excitait tant l'animal.

Elle y jeta un seul regard et recula rapidement. Elle était horrifiée et n'en crut pas ses yeux. Faisant volte-face, elle retourna à l'étage en courant. Baby lui courut après, pensant qu'elles jouaient.

— Tex ! Tex !

Melody déboula dans l'appartement en le cherchant du regard.

Tex vint la rejoindre à la porte, ayant manifeste-ment observé par la fenêtre sa retraite rapide du coin de promenade des chiens.

— Quoi ? Que se passe-t-il ? Tu vas bien ?

Il l'examinait des pieds à la tête pour voir si elle était blessée.

— Dehors... Baby...

— Ralentis, Mel.

Tex la prit par les épaules et la serra dans ses bras. Il garda les yeux braqués sur son visage, mais il fit courir ses mains le long de son dos, essayant de la rassurer.

— Dis-moi ce qui s'est passé.

— Je promenais Baby et je ne faisais pas attention...

elle... elle a essayé d'attraper quelque chose dans la pelouse. Je l'ai éloignée juste à temps... Je suis presque certaine... Tex... ça ressemblait à un steak. Un putain de steak. Ça ne peut *pas* être une coïncidence ! Les steaks n'apparaissent pas comme ça. Pas dans une zone où l'on promène les chiens.

La mâchoire de Tex se serra avec un claquement.

— Bon, on va rappeler la police. Tu restes ici avec Baby. On a besoin de l'emmener chez le vétérinaire ? Tu es certaine qu'elle n'a rien mangé ?

Melody soupira. Elle était tellement reconnaissante que Tex soit là pour s'en occuper pour elle, et qu'il s'inquiète également pour sa chienne.

— Oui, je l'ai tirée dès que j'ai remarqué qu'elle reniflait dans cette direction. Je crois qu'elle va bien. Mais s'il y en a d'autres ?

— Je descends jeter un œil. Pour m'assurer que les autres chiens ne mangent rien.

Ils se regardèrent, se remémorant la menace de la matinée. Le steak était probablement empoisonné et destiné à Baby.

— Mon Dieu, souffla Melody d'une voix torturée.

Tex ne savait pas quoi dire pour qu'elle se sente mieux. Quand il avait vu le chien en peluche attaché au parechoc de sa voiture, il avait été furieux. Cela durait depuis bien trop longtemps. Mel ne dormait pas bien. Elle avait fait un cauchemar la nuit précédente et il n'avait pu que la tenir contre lui et la laisser pleurer après l'avoir secouée pour la réveiller.

— Je reviens tout de suite, lui dit-il tendrement.

Melody se contenta de hocher la tête. Elle sentit Tex lui embrasser le sommet du crâne et elle se déplaça vers le canapé quand il referma et verrouilla la porte d'entrée derrière lui. Baby grimpa sur les genoux de Melody et posa la tête sur son épaule. Elles restèrent ainsi jusqu'à ce que Tex revienne dans l'appartement une heure plus tard.

Tex jeta un seul regard à la femme qu'il aimait assise si immobile et triste sur le canapé et vint immédiatement la rejoindre. S'asseyant à côté d'elle, il l'enveloppa dans ses bras, elle et Baby, et ils restèrent assis là tous les trois, se communiquant autant d'amour et de compassion que possible.

17

Deux jours plus tard, Melody était assise à table, tapant ce qui était dit à un déjeuner pour une entreprise du Wyoming. C'était une cérémonie de récompense et ils avaient mandaté sa société de sous-titrage pour leurs trois employés malentendants. Melody avait appris depuis longtemps à ne pas trop chercher le sens des mots qu'elle entendait, mais seulement le mot en lui-même. Cela lui permettait de travailler plus vite et c'était assurément moins ennuyeux de cette façon-là.

Elle refusait de laisser son harceleur interférer dans son travail. C'était la seule chose normale qu'elle avait dans sa vie pour le moment, et pendant quelques heures par jour, cela l'aidait à oublier sa peur et sa colère.

Tex l'avait embrassée sur le sommet du crâne et lui avait dit qu'il allait promener Baby et qu'il serait vite rentré. Une fois que les policiers étaient arrivés et avaient confirmé que le steak trouvé sur la pelouse avait bien été empoisonné, Tex n'avait plus voulu laisser Melody promener Baby seule. Il emmenait la chienne dans d'autres endroits du quartier et prenait garde à raccourcir sa laisse, juste au cas où quelqu'un aurait laissé traîner autre chose.

Comme de coutume, Tex avait enfermé Melody dans l'appartement, lui recommandant de faire attention et de ne laisser entrer personne, même quelqu'un qu'elle connaissait. Melody avait simplement hoché la tête, lui assurant qu'elle ferait ce qu'il lui disait.

Vingt minutes plus tard, elle pianotait rapidement sur son clavier et sourit en entendant la clé de Tex dans la serrure. Elle était contente que la cérémonie qu'elle était en train de retranscrire soit presque terminée. Tex lui avait promis un instant détente sur le comptoir de la cuisine quand il serait rentré de sa promenade avec Baby. Ils n'y avaient pas encore fait l'amour ; ils n'avaient pas cessé de se laisser distraire et même s'ils en avaient déjà parlé et en avaient plaisanté, cela n'était pas encore arrivé.

Melody se tourna pour adresser un sourire rapide à Tex alors qu'il entrait dans l'appartement. Ses doigts s'embrouillèrent sur son clavier alors qu'elle enregistrait lentement ce qu'elle était en train de voir. Tex pénétra le premier dans l'appartement, suivi de Diane. Celle-ci pressait un pistolet contre son corps et tenait la laisse de Baby. Elle l'avait enroulée à plusieurs reprises autour de sa main jusqu'à ce que les pattes avant de la chienne ne touchent plus terre et qu'elle tousse contre la pression qu'exerçait son collier sur sa gorge.

Tex grinçait des dents et il était furax. Melody avait cru le voir en colère avant, mais ce n'était rien comparé à ce qu'elle voyait à présent. Elle avait devant elle Tex le tueur, le soldat d'élite. Loin de la terrifier, cela la calmait. Il saurait quoi faire. Le fait qu'il n'ait pas désarmé Diane en disait des tonnes sur la menace qu'il pensait qu'elle représentait.

Même si Melody n'aimait pas ce qu'elle voyait, une partie d'elle était soulagée que tout cela se termine enfin. D'une façon ou d'une autre, il fallait que ce harcèlement se termine. Ici. Aujourd'hui.

Les doigts de Melody continuèrent de pianoter machinalement jusqu'à ce que Diane lui aboie :

— Arrête de taper, connasse !

Melody retira immédiatement ses mains du clavier. Elle les leva pour retirer ses écouteurs. Elle entendait l'orateur continuer de parler et elle savait que les gens qui lisaient les sous-titres seraient perdus quand les mots qui sortaient de leurs applications ne correspondraient pas à la cérémonie ou bien s'arrêteraient à mi-phrase, mais il était évident que Diane était terriblement sérieuse.

— Va t'asseoir.

Diane désigna de la tête le sofa en cuir, ne retirant pas son pistolet de Tex. Puis elle se tourna vers lui.

— Ne cherche pas à faire le malin, soldat. Va t'asseoir à table.

Les pensées de Melody s'emballèrent. Diana les séparait, s'assurant que Tex ne soit pas près d'elle. Baby gémit et Melody la regarda. Elle se tenait sur ses pattes arrière, essayant de soulager la pression sur son cou, mais Diane lui rendait la respiration difficile.

— Je t'en prie, ma chienne... Diane, lâche-la.

— Ta gueule, Melody. Je vais faire ce que je veux. Ça fait des mois que je te dis ce qui va arriver, mais tu es quand même surprise. C'est mignon. C'est dommage que tu n'aies simplement pas laissé ta précieuse *Baby* manger la viande pour qu'on évite ça. Mais tu ne l'as pas fait, alors on en est là.

Melody inspira profondément. Ils avaient cru que son harceleur était un homme. Jusque-là, ils avaient cherché un homme. Melody ne savait pas si Tex avait songé qu'il pourrait s'agir d'une femme, à part pour Amy, mais c'était trop tard pour s'y arrêter à présent.

— Pourquoi, Diane ? Pourquoi ? Je ne te connais même pas tant que ça. Pourquoi as-tu voulu me faire ça ? Je croyais qu'on était amies.

Diane l'ignora et braqua à nouveau son pistolet en direction de Tex.

— Retire cette fausse jambe, connard.

Tex ne bougea pas et Diane lui adressa un sourire mauvais.

— Oui, je sais tout de toi, *John*.

Le vrai nom de Tex semblait obscène sortant des

lèvres de Diane. Elle avait manifestement effectué ses propres recherches. Melody ne savait pas comment elle avait découvert la moindre information sur Tex. Cela la terrifiait plus qu'autre chose.

— Retire cette putain de jambe ou bien je tuerai la chienne tout de suite.

Elle tira sur la laisse qu'elle tenait à la main et Melody grimaça quand Baby poussa un cri de douleur.

Les yeux de Tex ne quittèrent pas ceux de Diane, mais Melody voyait que tous les muscles de son corps étaient tendus. Il se pencha et leva sa jambe mutilée jusqu'à ce qu'il puisse atteindre sa prothèse.

— Lâchez la chienne.

Même sa voix était basse et tendue, incroyablement contrôlée.

Il attendit que Diane relâche la laisse et qu'ils puissent entendre à nouveau la respiration sifflante de Baby pour retirer sa prothèse.

Melody ne savait absolument pas quoi faire. Elle était complètement dépassée. Elle se souvient que par le passé, une éternité auparavant, elle avait dit à Tex que même sans sa jambe, il était tout aussi mortel que n'importe quel autre soldat d'élite. Elle espérait vraiment qu'il le croie à présent. Leurs trois vies en dépendaient... dépendaient de lui.

Une fois sa jambe retirée, Diane lui ordonna :

— Fais-la glisser jusqu'à moi.

Tex la poussa et elle glissa en cliquetant jusqu'à Diane, s'arrêtant à environ un mètre devant elle.

Déplaçant le pistolet afin qu'il soit à présent braqué sur Melody, elle se dirigea vers la prothèse de Tex et l'envoya valser d'un coup de pied très loin de lui, s'assurant qu'il ne puisse pas se jeter en avant et l'attraper.

— Maintenant, va te rasseoir.

Tex lui obéit. Melody savait que tant que Diane garderait l'arme braquée sur elle et tiendrait fort la laisse de Baby, Tex rongerait son frein.

Diane se dirigea vers le canapé et se pencha, gardant toujours le pistolet braqué sur Melody.

— Redresse-toi.

Melody lui obéit et vit Diane se pencher et fourrer la laisse de Baby sous un des pieds du canapé, ce qui emprisonna la chienne au bout d'une laisse très courte. Melody n'aima pas la façon maladroite dont Baby devait garder sa tête, mais au moins, elle avait les quatre pattes au sol et elle pouvait respirer. Diana se recula et fit signe à Melody de venir se rasseoir.

Celle-ci essaya à nouveau de parler à Diane

— Pourquoi fais-tu ça ? Je t'en prie, explique-moi.

Diane leva les yeux au ciel.

— Oh, bien sûr, *maintenant*, tu veux me parler. Ce n'était pas le cas avant, n'est-ce pas ? Toi et Amy, les meilleures amies du monde, les reines de l'école. Vous vous parliez dans votre petit code hashtag. Vous pensiez que vous étiez vraiment drôles. Eh bien, pas du tout.

— C'est à cause du lycée ?

Melody ne parvenait pas à y croire. Elle força sa voix à rester calme.

— C'était il y a des années !

— Je m'en fiche ! cria Diane qui perdait visiblement les pédales. Je t'admirais. Je voulais être ton amie et tu m'as mis un vent devant toute l'école ! Tu m'as fait passer pour une idiote !

Essayant de la calmer, Melody dit à voix basse :

— Je suis désolée, Diane. Sincèrement, je suis vraiment désolée.

— De quoi, Melody ? Tu ne sais pas, n'est-ce pas ? C'est juste des paroles en l'air. Tu ne les penses pas. Sans quoi, dis-moi pour quoi.

Repensant à la conversation qu'elle avait eue avec Tex concernant le temps que Diane avait passé dans un hôpital psychiatrique, Melody regretta de ne pas lui avoir demandé de creuser cette piste. Elle était manifestement instable et ce qui l'avait fait craquer la rongeait probablement depuis longtemps. Mais plus important encore, Diane avait décidé de la harceler après avoir fait une sorte de dépression nerveuse. C'était la seule explication logique que pouvait trouver Melody pour expliquer pourquoi Diane se trouvait dans son appartement, prête à la tuer pour un affront imaginaire lorsqu'elles étaient au lycée.

Melody essaya frénétiquement de se creuser les méninges pour trouver ce qui avait pu faire réagir Diane. Elle n'en avait honnêtement aucune idée.

— Diane, écoute. Je sais qu'Amy et moi étions un

peu folles au lycée. On aurait dû être plus gentilles avec les autres, je le sais, mais si je t'ai fait quelque chose, j'étais jeune. Je ne savais pas.

La voix de Diane avait perdu son ton aigu, mais sa nouvelle cadence plate et monotone était encore plus effrayante.

— Je vous ai vues toi et Amy plaisanter à la cafétéria un jour. Tu étais gentille avec moi. Une fois, j'avais laissé tomber mes livres dans le couloir et tu m'as aidée à les ramasser. J'ai pensé que tu étais différente des autres. J'ai cru qu'on était amies. Je vous ai entendues parler, toi et Amy, avec votre code particulier. Je suis allée vers vous et ai essayé de me joindre à vous. Je t'ai dit « hashtag, tu es jolie aujourd'hui », et tu sais ce que tu m'as répondu ?

Diana marqua un temps d'arrêt puis partit d'un rire amer.

— Tu ne le sais pas, n'est-ce pas ? « Hashtag, Amy, tu as entendu ? Hashtag alerte élève de seconde chiante ». Et tout le monde autour de toi était mort de rire. Après ce jour-là, personne n'a voulu me parler. Pendant deux ans et demi, tout le monde s'est souvenu de ce que la reine Melody avait dit. Tu m'as pourri l'existence.

« Alors j'ai décidé de détruire la tienne aussi. Ça m'a pris du temps, mais j'ai réussi. Je t'ai suivie pendant des années, Melody. Je t'ai étudiée. J'ai dû attendre que tu reviennes de l'université, mais alors, j'ai fait de mon mieux pour tout apprendre de toi. C'est moi qui ai écrit cette lettre à Robert. Maintenant, il te déteste, comme il se doit. J'ai harcelé Amy. J'ai vu que j'avais ma chance quand tu as rompu avec Lee. Je l'ai eu. J'ai gagné. C'est *moi* qu'il aime, pas toi. Tu devrais l'entendre dire que tu étais un mauvais coup.

Melody se força à respirer normalement. Diane était folle. Elle prenait tout ce qui s'était passé de mal au lycée et dans sa vie et le lui reprochait. Cela n'avait aucun sens. Sachant que rien de ce qu'elle racontait n'était la vérité, Melody essaya d'apaiser Diane.

— Je n'ai jamais couché avec lui.

— Tu mens !

La voix de Diane était redevenue forte et perçante.

— Il m'a tout raconté. Il a dit que tu ne pouvais pas prendre sa bite dans sa gorge comme moi ! Et que tu n'aimais pas le prendre dans le cul, mais je fais ça pour lui. *Moi* ! Je fais tout ce que tu refusais de faire et c'est *moi* qu'il aime à présent. Je pensais que tu étais tellement intelligente. Je ne sais pas pourquoi j'étais aussi jalouse de toi. Bon sang ! Ça a été si facile de te faire cavaler. Je n'ai eu qu'à menacer ta précieuse petite *chienne*.

Diane donna un coup de pied à Baby, et la chienne gémit quand le pied de Diane entra en contact avec sa patte arrière.

— Je t'en supplie, Diane, pas Baby. Je t'en prie. Elle n'a rien fait.

Melody sentait les larmes rouler sur ses joues, mais elle ne pouvait rien faire pour les arrêter. Regarder

Baby se débattre pour échapper à la cruauté que lui imposait Diane était déchirant. Melody avait secouru Baby d'un refuge et d'une vie où elle avait probablement été abusée, comme Diane le faisait à présent. Elle ne pourrait pas supporter de s'en sortir vivante si Baby redevenait peureuse comme avant.

— Ferme-la, siffla Diane. Merde. Tu es toujours aussi stupide. Ça a été tellement facile de retrouver ta trace. Tu as pensé que c'était intelligent de te dissimuler en Floride, puis de t'enfuir en Californie ? Tu penses que je n'aurais pas compris que tu aurais demandé à Amy de t'aider ? À la seconde où elle est venue à la banque avec cette procuration, j'ai su. Je l'ai tenue à l'œil. Après qu'elle retirait l'argent de ton compte, elle le postait, dans sa propre boîte postale. Elle est toute aussi « hashtag stupide » que toi.

Melody grimaça, mais Diane poursuivit.

— Ça a vraiment été facile de te déstabiliser. J'ai posé un congé maladie et j'ai pris un vol pour traverser le pays et te déposer ce mot. Je savais exactement où tu étais. Tu ne te cachais même plus. Tu es vraiment conne.

— Et maintenant ? leur parvint la voix de Tex de l'autre côté de la pièce, parvenant à attirer à nouveau l'attention de Diane sur lui.

Celle-ci tourna brusquement la tête pour le regarder.

— Maintenant ? Maintenant, elle va voir ce que ça fait d'être humiliée. Elle va regretter de m'avoir rejetée ce jour-là. Et quand j'en aurai terminé avec elle, je ferai la même chose à Amy. Elle est tout aussi coupable que Melody.

— Amy est partie. Tu ne pourras pas lui faire de mal.

— Peu m'importe, soldat. J'ai trouvé Melody, je peux retrouver Amy. Mais tu sais quoi ? Je crois que je vais d'abord commencer par toi.

— Non ! Diane !

Melody se redressa du canapé et Diane braqua immédiatement le pistolet dans sa direction.

— Assieds-toi, Mel, lui dit Tex d'une voix sévère. Diane...

— Oh, le petit ami s'inquiète ? l'interrompit Diane d'une voix chantante. Non, Melody, ne t'assieds pas. Va dans ta chambre et trouve quelque chose pour attacher ton copain. Je te donne vingt secondes. Si tu ne trouves rien, je lui tirerai dans l'autre jambe.

— Quoi ?

— Un. Deux.

Melody fit volte-face et descendit en courant le couloir qui menait à sa chambre. Putain. Diane était complètement timbrée et elle ne savait pas quoi faire. Elle regarda frénétiquement autour d'elle alors qu'elle entendait Diane compter depuis l'autre pièce. Elle ouvrit rapidement son tiroir à sous-vêtements et en tira quelques collants.

— Onze. Douze.

Puis elle ouvrit violemment le tiroir près du lit et en

tira des cordes pour bondage qu'elle avait récemment achetées. Elle avait eu l'intention de les donner à Tex pour qu'il joue avec elle, mais c'était trop tard à présent.

— Quinze. Seize.

— J'arrive ! Ne lui tire pas dessus !

Melody revint dans le salon en titubant et elle sentit une goutte de sueur rouler le long de son visage.

— Je suis là !

— Attache-le. Et si tu ne serres pas assez, j'éventre ta chienne et tu pourras la regarder se vider de son sang devant tes yeux.

Melody regarda Diana et vit qu'elle était allée dans la cuisine pour prendre un de ses couteaux à viande. Elle tenait un couteau dans une main et le pistolet de l'autre. Melody savait que Diane n'hésiterait pas à tuer Baby. Elle osa couler un regard à sa chienne. Baby braquait un regard intense sur Diane et grondait doucement. Au moins, elle n'avait pas peur d'elle, mais Melody n'avait pas le temps de songer à Baby, alors elle se dirigea rapidement vers Tex et s'agenouilla à côté de lui.

— Je suis vraiment désolée, murmura-t-elle d'un ton désespéré, laissant tomber à terre ce qu'elle avait récupéré dans sa chambre.

Tex ne répondit rien, mais il garda les yeux braqués sur Diane. Melody prit les collants et lui ligota les poignets derrière la chaise. Il resta tendu et immobile alors qu'elle manœuvrait ses membres. Puis avec la corde, elle lui attacha les mains aux barreaux de la chaise. Elle lui entoura la taille de la corde et la fit descendre le long de sa jambe avant de ligoter sa cheville valide au pied de la chaise. Elle avait envie de ne pas trop serrer, mais elle ne voulait pas mettre la vie de Baby en jeu.

— Maintenant, écarte-toi de lui et retourne t'asseoir sur le canapé, connasse.

Melody fit ce que Diane lui demandait avec une boule dans le ventre. Elle ne savait pas comment ils allaient s'en sortir. À présent que Tex était attaché, elle ne savait pas quoi faire. C'était lui qui était censé les sauver. Il l'avait promis.

Diane partit d'un rire déjanté qui fit se hérisser les poils de la nuque de Melody. Elle voyait qu'elle avait complètement perdu les pédales et ne savait pas ce qu'elle allait pouvoir faire pour les tirer tous de là en un seul morceau.

Mais elle souhaitait conserver l'attention de Diane sur elle. Tex était bien trop vulnérable pour le moment.

— Alors quoi ? Tu vas me tirer dessus ? Comment ça va m'humilier ? Tu vas me tuer, Diane ? Tu penses que tu pourras t'en sortir ? Si tu me tues, tu devras tuer Tex. Et à la seconde où tu presseras sur la détente, quelqu'un appellera la police. Je suis désolée. Je suis vraiment désolée pour ce que je j'ai fait quand j'étais ado. Je t'en prie.

— Oh, je ne suis pas forcée d'utiliser le pistolet...

pas encore. En plus, oui, quelqu'un peut bien appeler la police, mais le temps qu'ils débarquent, je serai partie depuis longtemps.

Diane se dirigea vers Tex. Elle avait la présence d'esprit de garder le pistolet braqué sur Melody durant tout ce temps.

— Je ne sais pas ce qu'elle voit en toi. Tu es pathétique. Regarde-toi. Tu n'as qu'une jambe. C'est dégoûtant. Je suis sûre qu'en plus, elle est couverte de cicatrices. Tu dois avoir une grosse bite, mais je suis certaine qu'elle ne parvient pas à te satisfaire. Elle est super frigide. Robert m'a tout raconté.

Diane approcha le couteau de cuisine qu'elle tenait à la main du visage de Tex.

— Diane...

Elle incisa alors la joue de Tex, laissant une fine ligne rouge et sanglante dans son sillage.

— Prononce un seul mot et je le taillade.

Elle avait énoncé ceci d'un ton nonchalant, comme elle aurait pu parler de la pluie et du beau temps.

Melody ravala la bile qui remonta dans sa gorge. Elle ne pouvait pas rester assise à ne rien faire et laisser cette folle faire du mal à Tex. Mais elle ne savait absolument pas quoi faire.

— Tu te souviens quand on t'a coupé l'électricité ? Oui, c'était moi. C'est tellement facile de te faire tourner en bourrique. Sérieusement... Tu avais fait des virements automatiques depuis ton compte en banque.

En deux clics, voilà... tes paiements automatiques se sont arrêtés.

— C'est toi qui as fait ça ?

— Ah, ah, ah ! la gronda Diane en faisant courir le couteau le long du bras de Tex.

Encore une fois, du sang sortit de l'incision. Cette fois, Melody entendit Tex prendre une inspiration sifflante, sans quoi il ne bougea pas et garda les yeux braqués sur Diane durant tout ce temps.

Melody se pencha et se cacha le visage dans les mains. Elle ne pouvait pas regarder. C'était impossible.

— Une nouvelle règle.

Mel entendit les paroles de Diane, mais elle ne leva pas la tête.

— Si tu détournes le regard pendant plus de cinq secondes, je le taillade.

Melody releva rapidement la tête.

— Trop tard, connasse, cinq secondes se sont écoulées.

Diana plaqua alors le couteau à présent ensanglanté contre le cou de Tex. Elle le pressa et éclata de rire en l'abaissant.

Melody retint un cri. Elle vit que chaque coupure était plus profonde et plus longue. Au moins, elle n'avait pas tailladé la gorge de Tex horizontalement, mais lui faire une coupure verticale était tout aussi dévastateur. Le sang suinta de son cou et fut absorbé par le col de son tee-shirt qui ne mit que quelques secondes à devenir obscènement rouge.

— C'est trop tard pour tes excuses minables, Melody. Je ne veux pas entendre tes putains de bobards.

Diane s'éloigna de Tex, s'étant visiblement lassée de jouer avec lui. Melody osa lui couler un regard et vit qu'il gardait toute son attention braquée sur Diane. C'était comme s'il ne sentait même pas les entailles du couteau dans sa peau.

— Je ne veux pas entendre tes putains d'excuses, mais je *veux* t'entendre supplier. *Supplie*-moi d'épargner la vie de ton pathétique copain estropié. *Supplie*-moi de sauver la vie de ta chienne.

Melody ne perdit pas de temps ; si Diane voulait qu'elle la supplie, elle la supplierait. Ce n'était pas une question de fierté, simplement sortir de cette situation en vie.

— Je t'en prie, Diane. Ne fais pas ça. Je ferai ce que tu veux. Je t'en prie. Je t'en supplie. Ne lui fais plus de mal. Laisse Baby partir. Elle est innocente dans toute cette histoire.

— J'ai changé d'avis.

Melody avait mal au crâne. Elle savait que Diane ne faisait que jouer avec elle. C'était peut-être Tex qu'elle tailladait, mais c'était *elle* qu'elle torturait, et ils le savaient tous les trois.

— Tu as le choix. Tu veux qu'il s'en sorte vivant ? Il n'est même pas capable de se tenir debout... Il va plutôt sauter à cloche-pied !

Diane éclata de rire comme une folle. Melody

garda la bouche fermée, attendant d'entendre le choix terrible qu'elle voulait qu'elle fasse.

— Choisis. Toi ou lui.

— Quoi ? Je ne comprends pas.

Diane fit un pas vers Melody et leva le pistolet, le braquant vers sa tête. Elle fit un autre pas en avant, puis un autre et un autre encore jusqu'à ce qu'elle se retrouve à côté d'elle et plaque le canon du revolver sur son front, là où Tex aimait l'embrasser.

— À toi de choisir. Quoi que tu décides, ça te détruira l'existence. Alors choisis. Je te tue toi ? Ou bien lui ?

Melody regarda Diane d'un air horrifié. Était-elle sérieuse ? Bien entendu qu'elle l'était. Elle avait un pistolet braqué sur son front et Melody pouvait voir la méchanceté dans ses yeux. Il n'y avait aucune compassion... aucune, rien qui ne montre à Melody que l'un d'entre eux puisse se sortir vivant de l'appartement. Diana allait tous les tuer, quel que soit le jeu qu'elle jouait à présent.

— Moi, c'est moi qu'elle choisit.

C'étaient les premiers mots que Tex avait prononcés depuis que Melody l'avait attaché.

Diane leva le pistolet qu'elle avait gardé braqué sur la tête de Melody et le braqua vers Tex. Avant que Melody ne puisse dire quoi que ce soit, Diane avait appuyé sur la détente. Le son était obscènement fort et Baby jappa avant de reprendre son grognement bas.

L'odeur de la poudre se répandit dans l'air autour d'eux.

— Non !

Melody bondit du canapé, mais elle retomba rapidement quand Diane passa le couteau de cuisine ensanglanté contre son bras, y laissant une longue entaille. Melody garda les yeux braqués sur la table de la cuisine et fut soulagée de voir que Tex était toujours assis, le dos droit. Diane l'avait manqué. Dieu merci. Elle espérait aussi que le bruit d'un coup de feu pousserait un voisin à appeler la police, comme elle l'avait dit à Diane plus tôt.

— Ta gueule, estropié. Ce n'est pas ton choix. C'est à elle de décider.

Melody referma sa main gauche sur son bras droit ensanglanté et regarda le trou dans le mur derrière Tex. Le prochain coup de feu risquait de lui arracher celui qu'elle aimait. Tout ce qu'il était, tout le bien qu'il avait fait dans le monde, tous les gens qui dépendaient de lui pour l'aider... tout ceci serait détruit par une femme dérangée qui entretenait une rancune complètement folle.

— Allons, Melody, je crois que tu as un choix à faire. Tu préfères que je lui explose le crâne... et tu pourras vivre ? Ou bien je te tire une balle dans la tête, et c'est lui qui vivra. Choisis ?

— Diane, tu voulais que je te supplie, et je suis en train de le faire. Je t'en prie, ne fais pas ça.

— C'est trop tard. Choisis !

— Ne réponds pas, Mel ! dit Tex d'une voix bizarre.

Melody n'aurait pas su dire si c'était à cause de la fureur ou d'une émotion plus profonde. Elle regarda dans sa direction. Seigneur Dieu ! On aurait dit qu'il était couvert de sang. Il lui dégoulinait le long du visage et du cou et il y avait même du sang qui coulait à terre, suintant de l'entaille qu'il avait au bras. Melody ne voulait pas qu'ils meurent, l'un comme l'autre, mais elle ne voyait aucune solution à ce qui allait arriver. Tex était attaché à la chaise – c'était *elle* qui l'avait ligoté là – et Diane avait une arme braquée sur sa tête. Melody savait que Diane voudrait probablement tuer Tex après lui avoir tiré dessus, mais son sacrifice donnerait peut-être le temps à Tex de faire quelque chose, et il serait en mesure de s'échapper.

— Je t'aime.

Melody souffla ces mots à Tex et vit son visage se contorsionner de fureur. Pas contre elle, mais contre la situation. Sous la fureur, Melody discerna un soupçon de désespoir. Si c'étaient réellement ses derniers moments sur cette terre, elle voulait mourir en regardant Tex. Tex. L'homme qui avait traversé le pays pour la retrouver. L'homme qui lui avait promis qu'il serait toujours là pour elle. L'homme qui, elle le savait, aurait donné sa vie pour elle sans réfléchir. Melody arracha son regard de lui, décidant soudain qu'elle ne voulait pas regarder Tex quand une balle lui traverserait le cerveau. C'était mieux qu'il ne voie pas la vie quitter son corps.

— Moi. Tue-moi, mais laisse Tex tranquille.

Diane jeta la tête en arrière et lança un rire discordant. Quand elle se reprit, elle regarda Melody droit dans les yeux et dit d'une voix complètement normale :

— Je ne vais pas me gêner.

Melody serra fort les paupières, baissa la tête et attendit. Elle espérait que cela ne ferait pas mal. En fin de compte, elle n'était pas aussi courageuse qu'elle l'avait espéré concernant sa propre mortalité.

Plusieurs choses parurent se produire à la fois. Melody entendit le couteau que tenait Diane tomber à terre en cliquetant. Baby émit un son que Melody ne l'avait encore jamais entendu faire et Diane poussa un cri.

Soudain, elle fut projetée sur le côté. Melody ouvrit les yeux, mais fut incapable de voir quoi que ce soit, car elle s'était retrouvée sous Tex. Il avait bondi de la chaise sur laquelle il avait été attaché et l'avait taclée pour la faire tomber du canapé. Manifestement, il avait été capable de se libérer des liens qu'elle avait utilisés sur lui.

Melody entendit un coup de feu et Tex se redressa d'elle avant qu'elle ne puisse reprendre ses marques. Un cri puissant et un bruit sourd résonnèrent à travers l'appartement. Le hurlement des sirènes de police qui se rapprochaient brisa le silence soudain. C'était un bruit étrangement monotone et toujours bien trop éloigné.

— Mel, j'ai besoin que tu te lèves et te rendes vers

la porte. Laisse entrer la police. Ne regarde pas par ici. Tu m'entends ? Ne regarde *pas* par ici, lui ordonna Tex d'une voix autoritaire et basse, ne ressemblant en rien à l'homme aimant qu'elle avait appris à connaître au cours des dernières semaines.

— Comment t'es-tu libéré de tes liens ?

— Je suis un soldat d'élite, Mel. Ce n'était pas difficile. On m'a entraîné à adopter une certaine position pendant qu'on m'attache afin de minimiser l'effet des liens. Je devine que c'est toi qui as appelé la police ? Je ne crois pas qu'ils aient pu venir aussi vite si quelqu'un les avait appelés après ce premier coup de feu.

Melody se rassit par terre et appuya le dos contre l'avant du canapé, ne regardant pas Tex. Elle avait vraiment du mal à remplir ses poumons d'air. Elle respirait bien trop rapidement et avait l'impression que son cœur allait lui sortir de la poitrine.

— Oui. J'ai tapé un bref message aux gens présents à la cérémonie pour laquelle je bossais. Je ne savais pas si ça allait marcher ou pas.

— Tu es vraiment géniale, Mel. Ça a marché, manifestement. Tu vas bien ? Tu n'as pas été touchée ? Ton bras saigne-t-il beaucoup ?

Tex la questionnait d'une voix rapide et stoïque.

Melody scanna mentalement son corps. Son bras lui faisait mal, mais elle ne pensait pas avoir d'autres trous dans le corps, alors elle était presque certaine de ne pas avoir reçu de balle.

— Je ne pense pas. Bien entendu, j'ai tellement d'adrénaline dans le corps pour l'instant que je ne peux pas en être certaine, mais je ne vois pas du sang ailleurs que sur mon bras, alors je crois que je vais bien. Oh, mon Dieu ! Et toi ? Il faut qu'on te mette un bandage.

— Je vais bien. Va-t'en. Fais ce que je t'ai dit. Va à la porte et ne regarde pas en arrière. Laisse entrer la police.

— Tex, tu n'es pas bien. Elle t'a tailladé.

Puis Melody se souvient soudainement.

— Attends. Que s'est-il passé ? Où est Baby ? souffla-t-elle.

— Mel, non, la prévint Tex d'une voix sévère.

Mais c'était trop tard. Melody avait tourné la tête vers l'endroit où Diane se tenait près du canapé, de l'autre côté de l'endroit où Tex l'avait projetée quand il l'avait fait basculer du canapé pour la projeter à terre, et elle prit une grande inspiration. Tex était allongé sur Diane, inconsciente, lui tenant les deux mains dans les siennes, la gardant captive au cas où elle aurait repris connaissance avant l'arrivée de la police. Melody ne savait absolument pas ce que Tex avait fait pour la mettre hors d'état de nuire, mais il était évident qu'il n'allait pas lui donner l'occasion de les menacer à l'avenir.

Melody regarda à côté de lui et elle ne parvint pas à en croire ses yeux. Baby était allongée à côté de Tex, saignant de la bouche et de la patte arrière. Ses yeux étaient ouverts, mais elle regardait droit devant elle sans ciller.

— Oh, mon Dieu ! Non. Baby.

Melody se redressa maladroitement et rampa à quatre pattes pour aller s'agenouiller près de sa chienne. Elle leva des yeux remplis de larmes vers Tex.

— Que s'est-il passé ?

— Baby nous a sauvé la vie. Elle a déchiré sa laisse d'un coup de dent et a attaqué Diane. Juste au moment où elle s'apprêtait à presser sur la détente et à te coller une balle dans la tête, Baby a fait un bond et l'a mordue à la cuisse. Diane s'est tournée et lui a tiré dessus pour essayer de lui faire lâcher prise. Entre temps, je m'étais libéré des nœuds que tu avais faits. Diane n'avait pas remarqué parce qu'elle était trop occupée à te torturer, et la distraction de Baby m'a donné suffisamment de temps pour t'écarter avant de me jeter sur Diane pour la désarmer. Je suis désolé, Mel.

— Non ! Tex. Elle n'a pas pu tuer Baby. Elle essayait simplement de nous protéger.

Melody essuya les larmes qui coulaient sur son visage d'une main tout en posant la tête près de la truffe de Baby.

— Oh, Seigneur ! Baby, je t'en prie. Ne meurs pas. Non ! Je ne voulais pas que ça t'arrive.

Elle plaça une main sur la patte de la chienne qui saignait lentement, puis elle leva les yeux vers Tex.

— Regarde ce sang dans sa bouche. Elle a bien chopé Diane, n'est-ce pas ?

Les mots sortirent entre des sanglots et des hoquets, mais Tex les comprit quand même.

— Oui, Mel, elle l'a bien chopée. Elle t'a sauvée. Elle t'aimait tellement. Je l'ai compris la première fois que je l'ai rencontrée. Quand Amy m'a dit que tu avais une chienne, j'ai su qu'il fallait que je te la ramène. Quelque part, je savais que tu aurais besoin d'elle et qu'elle serait importante dans toute cette histoire.

Melody sanglota plus fort et plaça les deux mains sur le trou qui émaillait la cuisse de Baby. La chienne ne remua même pas alors que Melody appuyait pour tenter d'enrayer l'hémorragie. Elle ne savait pas si ses tentatives étaient futiles ou non, mais elle devait faire quelque chose. Elle ne pouvait pas rester assise à ne rien faire et laisser sa chienne adorée se vider de son sang.

Elle ne voyait pas ce qu'elle faisait à travers les larmes qui lui roulaient le long du visage, mais elle continua de parler alors qu'elle regardait le liquide rouge qui s'infiltrait entre ses doigts pendant qu'elle tentait de bloquer la quantité effrayante de sang que perdait sa chienne.

— Baby n'a jamais aimé Diane. Je ne m'y étais jamais attardée. J'ai juste pensé qu'elle était toujours peureuse comme dans le refuge où je l'ai trouvée. Mais il y a une fois où je me souviens clairement qu'on a rencontré Diane dans la rue. Elle est venue vers moi et

Baby a grondé. J'ai simplement reculé et éclaté de rire. J'ai essayé de dire à Diane que c'était simplement parce que Baby venait d'un refuge et elle a fait semblant de rire. J'aurais dû écouter. J'aurais dû m'en souvenir et t'en parler, Tex. Je suis vraiment désolée, Baby. J'aurais dû t'écouter.

Tex fut incapable d'en supporter davantage. Il redressa le torse et retira sa ceinture. Il s'en servit pour ligoter fermement les mains de Diane et s'assurer que le pistolet qu'il avait éloigné d'un coup de pied se trouve toujours à l'autre bout de la pièce. Sachant que Mel avait besoin de lui et que Diane n'était actuelle- ment plus en état de nuire, il se déplaça maladroite- ment jusqu'à elle, grimaçant lorsque ce mouvement réveilla des douleurs fantômes le long de sa jambe. Il les ignora et vint se positionner près de Baby et de Mel.

Plaçant les mains sur ses épaules, il essaya de la prendre dans ses bras.

— Non ! Tex, non. Baby n'est pas morte. Elle ne peut pas être morte. Appelle un véto, fais quelque chose. S'il te plaît. Il faut essayer. Je ne peux pas la laisser partir.

— Mel.

— Seigneur, Tex, je t'en prie. Je ne peux pas la perdre. Pas comme ça. Je l'aime, j'ai besoin d'elle.

Tex fut incapable de tolérer l'angoisse dans la voix de Mel. Il sortit son téléphone et passa son doigt sur l'écran, y laissant une traînée ensanglantée qu'il ignora. Il composa un numéro et parla rapidement.

— Oui, j'ai besoin de votre aide. On va bien. C'est terminé, mais j'ai besoin d'un vétérinaire, le meilleur que tu puisses trouver. Baby s'est fait tirer dessus. Oui, par la putain de harceleuse. Mal. D'accord. Je te remercie.

Tex remit le téléphone dans sa poche et dit à Melody :

— Wolf s'en occupe.

Il la vit hocher nerveusement la tête, mais Tex n'était pas certain qu'elle l'ait entendu.

— Continue d'appuyer sur sa patte, mais parle-lui, Mel. Comme tu le fais. Elle t'entendra. Dis-lui de s'accrocher.

Le cœur de Tex se brisa alors qu'il regardait la femme qu'il aimait parler à Baby entre deux sanglots.

— Baby ? Tu es la chienne la plus courageuse que j'ai jamais rencontrée. Je ne sais pas ce que tu as traversé avant que je te rencontre, mais tu dois t'accrocher. Tu l'as fait. Tu nous as protégés, moi et Tex. Tu nous as sauvé la vie. Je sais que tu me rendais probablement la pareille pour t'avoir sauvée, mais j'ai quand même besoin de toi. Il y a d'autres personnes mauvaises dans ce monde et on a besoin de toi.

« Je jure que tu pourras dormir sur notre lit toutes les nuits. On ne t'enfermera plus dehors. C'est évident que ça ne te fait rien si on fait l'amour quand tu es là, alors si ça ne te fait rien, à moi non plus. J'aime quand tu froisses les couvertures encore et encore jusqu'à ce qu'elles se retrouvent dans la position mystérieuse dont tu as décidé. Je promets que tu pourras venir avec nous partout où on ira. Mais je t'en prie, ne me laisse pas. Je t'aime tellement, Baby. Je ne savais pas à quel point. Je t'en supplie, ne meurs pas. Pas comme ça. J'ai besoin de toi.

Melody baissa les yeux vers le sang qui coulait toujours lentement à travers ses doigts et tombait sur le sol. Baby n'avait pas fermé les yeux, mais elle ne clignait pas des paupières non plus. C'était la chose la plus horrible que Melody avait jamais vue. Ses larmes redoublèrent et elle se tourna vers Tex. Elle voyait qu'il était tout aussi affecté qu'elle par le spectacle de Baby allongée à terre, inanimée.

— Qu'est-ce que je vais faire sans elle ?

Un coup sonore provint alors de la porte.

— Police. Ouvrez la porte.

Tex se leva sans un mot et regagna la porte à cloche-pied. Melody le regarda, remarquant en passant que même s'il sautait sur une jambe, il restait droit et assurant. Tout l'entraînement qu'il avait fait sans sa prothèse avait porté ses fruits. Il traversait la pièce en sautillant avec autant d'assurance que s'il marchait.

Tex leva les mains quand la police se précipita dans la pièce, leurs armes à la main. Melody se retourna vers sa chienne adorée, ne se préoccupant pas de ce que feraient les policiers. Elle n'allait pas retirer ses mains du trou dans la cuisse de sa chienne tant que le vétérinaire ne serait pas là. Elle n'aurait su dire si Baby respirait ou pas ; ses mains tremblaient trop et les larmes brouillaient sa vision. Ignorant le vacarme derrière elle, elle se pencha à nouveau vers sa chienne. Elle continuerait de lui parler jusqu'à l'arrivée du vétérinaire. Tex avait dit que Wolf allait en appeler un. Elle lui faisait confiance.

— Tiens bon, Baby. Les secours arrivent. Ne meurs pas. Je t'aime.

18

Melody s'assit dans le cercle des bras de Tex et regarda autour d'elle, époustouflée. Son petit appartement était plein de monde. Elle ne savait pas le pourquoi du comment, mais tous les amis de Tex étaient là, ainsi que quatre de leurs femmes. Caroline n'avait pas pu venir parce qu'elle était en plein milieu d'un gros projet de recherche et Alabama avait un partiel à l'université qu'elle ne pouvait pas manquer. Les deux femmes s'étaient sincèrement excusées de leur absence.

Melody sécha ses larmes. Elle avait l'impression qu'elle pleurait depuis toujours, mais elle ne semblait pas parvenir à s'arrêter. Elle avait connu trop de coups durs et à présent, elle en était arrivée à pleurer à la moindre provocation.

— Je ne comprends toujours pas ce que vous faites tous ici, dit-elle, sa voix se brisant à nouveau.

— On est là parce que tu avais besoin de nous, Melody, lui dit Wolf.

Il était appuyé contre le mur comme s'il supervisait le groupe.

— J'ai simplement eu besoin de passer un coup de fil et le commandant Hurt nous a aidés à prendre un vol militaire jusqu'ici. Tex vit peut-être à l'autre bout du pays, mais il a toujours été là pour nous. C'est le moins qu'on pouvait faire pour lui d'être là quand vous aviez besoin de nous.

— Merci d'avoir demandé au Dr Gaiser de venir s'occuper de Baby. On apprécie tout ce qu'il a essayé de faire pour elle.

— Tu n'as pas à me remercier, Melody. Je suis juste désolé qu'il n'ait pas réussi à sauver sa jambe.

— C'est bon, Wolf. Baby est vivante. C'est tout ce qui compte. Et tu sais quoi ? J'ai vu des tas de chiens qui se débrouillent parfaitement bien sur trois pattes.

Tex fit courir ses doigts dans les cheveux de Melody.

— En plus, on est assortis, maintenant, Baby et moi.

Tout le monde éclata de rire. Melody ferma les paupières. Elle était épuisée. Après avoir été soignée aux urgences pour la coupure qu'elle avait au bras, et une fois que Tex avait été recousu aussi – il avait eu besoin de points de suture, mais avait refusé d'être admis à l'hôpital –, elle avait passé la journée qui venait de s'écouler chez le vétérinaire d'urgence avec Baby.

Le Dr Gaiser avait été capable de sauver la vie de Baby, mais la balle avait transpercé l'artère fémorale et il n'avait pas pu sauver sa jambe. La première fois que Baby avait repris connaissance et lui avait léché les doigts, Melody avait été complètement bouleversée. Le docteur avait fini par la mettre dehors, lui disant de rentrer chez elle pour aller dormir. Baby rentrerait vite à la maison et Melody et Tex allaient devoir prendre garde à ne pas la laisser mâchouiller ses points de suture et à l'aider à s'ajuster à sa nouvelle réalité.

— Alors, cette femme, Diane, t'en voulait depuis que vous étiez au lycée ensemble ? demanda Summer d'un ton incrédule.

— Apparemment, mais je n'en savais rien. Et ce n'était pas seulement ça. Elle avait une sorte de trouble mental. Les spécialistes qui s'étaient occupés d'elle par le passé avaient recommandé qu'elle prenne des médicaments pour le reste de sa vie, mais au bout de quelques années, elle a pensé qu'il vaudrait mieux pour elle d'arrêter de les prendre. C'est là que tout a vraiment commencé. Elle m'a croisée, a vu que je menais une existence heureuse et soudain, je suis devenue la cause de tout ce qui lui est arrivé de mal dans sa vie. Et puis... vous connaissez la suite.

Amy, qui était revenue de ses vacances en Virginie à la hâte après avoir appris ce qu'il s'était passé et était elle aussi venue à l'appartement, ajouta :

— Sérieusement, cette folle s'est servie de moi pour découvrir où se trouvait Mel. Je n'arrive pas à croire que ce soit elle. Je me souviens à peine d'elle au lycée, mais apparemment, elle se souvenait de nous.

Melody cligna des paupières et essaya de garder les yeux ouverts. Elle savait que c'était impoli, mais elle était épuisée. Elle avait l'impression d'être stressée depuis une éternité et à présent qu'elle n'avait plus cette harceleuse sur le dos et qu'elle savait que Baby allait s'en sortir, elle se sentait léthargique et savait qu'elle allait craquer. Encore pire, les mots de Diane résonnaient à travers son esprit. « Tu choisis, toi ou lui ». C'était une décision horrible à prendre. Melody savait que Tex n'était pas content de son choix et qu'il avait envie de lui en parler, mais elle était vraiment trop fatiguée.

Elle entendait vaguement des voix autour d'elle et passa les bras autour de Tex quand il la souleva pour l'emporter quelque part. Peu lui importait où, tant qu'elle n'avait pas à ouvrir les yeux ou parler à qui que ce soit. Elle sentit qu'on l'allongeait et elle serra le cou de Tex encore plus fort.

— Ne pars pas.

— Je reviens tout de suite, Mel.

— Hum...

Tex sortit de la chambre et entra dans le salon.

— Merci à tous d'être venus. Je vous suis plus reconnaissant que vous l'imaginez.

Ils hochèrent tous la tête, mais semblaient préoccupés. Ils avaient tous vu que Melody était épuisée, et comme elle semblait fragile émotionnellement.

— Comment va-t-elle... vraiment ? demanda Dude.

Tex inspira profondément.

— Elle va bien. Elle est résistante. Je me suis un peu inquiété quand on ne savait pas si Baby allait s'en sortir, mais elle s'est reprise.

— Diane va-t-elle plaider le coup de folie ? demanda Mozart.

— Probablement, mais je n'en sais rien et peu m'importe. Mel témoignera si elle y est contrainte, mais on va attendre de voir ce qui va arriver. Je sais qu'elle a seulement envie de poursuivre sa vie... *notre* vie.

— Tex, on a envie que vous déménagiez en Californie. On veut que vous soyez près de nous.

Tex secoua la tête en regardant Cheyenne.

— J'apprécie vraiment que vous vouliez qu'on soit près de vous, mais non. On va rester ici. C'est sa ville natale. Ses amis sont là, sa famille est là. Elle aime cet endroit. Je déménagerai ici en Pennsylvanie dès que Mel sera prête.

— Elle est déjà prête, Tex, lui dit Amy avec certitude.

Tex lui sourit.

— Tu vas nous amener Becky et Cindy demain ?

— Oui, dis-moi simplement quand elle sera prête. Elle vient de passer plusieurs journées difficiles. Je ne veux pas la précipiter.

— Puisqu'on en parle, on va vous laisser tranquille, dit Abe à Tex en venant lui serrer la main. Si vous avez besoin de quoi que ce soit, informe-nous. On partira probablement demain matin. Vous n'avez pas besoin qu'on soit tous là.

— Merci, Abe. Ça compte beaucoup pour moi que vous ayez fait le voyage jusqu'ici.

— Un SEAL n'abandonne jamais un autre SEAL, dit Wolf avec un sourire, se rappelant l'impact qu'avaient eu ces paroles sur lui et son équipe lorsqu'il s'était mis avec Caroline.

Tex sourit en entendant la devise des Forces Spéciales. Il n'était peut-être plus en service actif, mais ces paroles étaient toujours aussi vraies. Il posa sa main sur l'épaule de Wolf.

— Merci.

Les hommes quittèrent lentement l'appartement avec leurs femmes et Tex les regarda partir. Il avait de la chance d'avoir des amis aussi proches.

La dernière à partir fut Amy. Tex savait qu'elle l'avait fait exprès et il attendit qu'elle dise ce qu'elle avait à dire.

— Mel est ma meilleure amie. Toutes les deux, nous n'avons pas de sœur, et on s'est rapprochées à l'école primaire. On a traversé beaucoup de choses et on a toujours été là l'une pour l'autre. Quand je me suis mariée, j'ai su qu'on entrait dans une nouvelle phase de notre vie. Je me suis dit qu'on allait prendre de la distance, mais Mel s'est assurée que ça n'arrive jamais. Elle m'a convaincu de sortir quand j'étais fatiguée et m'a forcée à venir passer du temps avec elle. Je l'aime comme si elle était réellement ma sœur.

Elle inspira et s'éclaircit la gorge avant de continuer.

— Quand elle est venue me trouver pour me dire que quelqu'un la harcelait, ça m'a brisé le cœur. Je ne savais pas quoi faire pour elle. La réalité était que je ne pouvais pas faire quoi que ce soit. Quand elle m'a appelée et m'a dit qu'elle n'allait pas revenir à cause de ce harceleur, j'ai pleuré pendant deux jours d'affilée. Elle avait mal et peur, et je ne pouvais pas l'aider. Je te remercie, Tex. Merci d'avoir vu quelque chose d'intéressant dans son pseudo sur internet. Merci d'avoir fait l'effort de partir à sa recherche quand elle a effacé son compte. Je la connais. Elle aurait continué à fuir si elle avait pensé que j'étais en danger, et ma famille et moi ne l'aurions plus jamais revue. Tu m'as rendu ma sœur et je ne sais pas si je pourrai te remercier un jour.

— Je ne l'ai pas fait pour ça, Amy.

— Je sais, mais tu recevras quand même des remerciements en bonne et due forme un jour. Mes enfants considèrent Melody comme leur tante. Ça signifie que tu es à présent leur oncle. Tu fais soudain partie de ma famille déjantée. J'espère que tu pourras le supporter.

— Pas de problème, sourit Tex qui appréciait l'idée d'être un oncle.

— C'est bien. Maintenant, dis-moi quelles sont tes intentions envers mon amie.

Tex ricana.

— Je l'aime. Si ça ne tenait qu'à moi, on prendrait un avion pour Las Vegas dès demain pour aller nous marier, mais j'ai le sentiment que vous avez probablement planifié son mariage dans les moindres détails.

Amy lui répondit seulement d'un sourire.

— Puis-je faire une simple requête ? lui demanda-t-il alors d'un ton sérieux.

— Évidemment, mais je ne sais pas si je pourrai la satisfaire. Après tout, on a tout planifié de son mariage, jusqu'à la couleur des serviettes, répondit Amy du tac au tac.

— Je veux que Baby se tienne à l'autel près de nous.

— D'accord.

Ils se sourirent et Amy finit par lui dire :

— D'accord, trêve de gnangnan. Je suis content que vous vous en soyez sortis. Je ne sais pas encore ce qui s'est passé avec Diane, mais Mel finira bien par me le dire, parce que je vois bien que ça l'a plus affectée que ses blessures physiques. Alors, fais-moi un câlin, puis va retrouver ma meilleure amie. Mais je te préviens, j'ai envie de faire une sortie entre filles bientôt alors, prépare-toi.

— Pas de problème.

Tex prit le poignet d'Amy et l'attira contre lui pour la serrer fort.

— Merci d'être une aussi bonne amie, Amy.

Il sentit qu'elle hochait la tête contre lui avant de s'écarter.

Tex ne la quitta pas du regard jusqu'à ce qu'elle grimpe dans sa voiture et sorte du parking, puis il referma la porte et alla rejoindre Mel, ne se préoccupant pas du désordre dans le reste de l'appartement. Ils auraient le temps de s'en occuper plus tard. Pour le moment, il avait besoin de tenir Mel dans ses bras et de se réjouir qu'ils soient toujours en vie.

19

Melody se blottit dans les bras de Tex et soupira. Elle aimait se réveiller auprès de lui. Elle se remémora vaguement la soirée de la veille et fut embarrassée de s'être endormie avant que tous ses amis ne s'en aillent. Elle ouvrit les paupières et vit que Tex la regardait.

— Tu es toujours là.

— Je ne voulais pas te quitter ce matin.

Melody sourit. Elle s'était habituée à ce qu'il se lève avant elle, la réveille d'un baiser, puis aille s'occuper de Baby et s'entraîner. Melody était fidèle à sa parole et s'était toujours rendormie directement après son départ.

— Je ne l'ai pas rêvé, n'est-ce pas ? Baby va s'en sortir ?

— Oui, Mel. Elle va s'en sortir. On ira la voir aujourd'hui et on verra si le Dr Gaiser pense qu'on peut la ramener à la maison.

— Super ! J'ai hâte de la ramener ici. Elle me manque.

— Moi aussi. Mel, il faut qu'on parle de ce qui s'est passé.

Quand Melody détourna la tête de lui, il posa un index sous son menton et la força à le regarder.

— Je t'aime, mais tu as fait le mauvais choix.

Melody comprit immédiatement de quoi il voulait parler.

— Non, je...

— Si. Je te l'ai déjà dit et je vais le répéter : je donnerais ma vie pour toi. Tu signifies tout pour moi. J'ai su toute ma vie que je pourrais mourir lors d'une mission. J'y étais préparé. La Marine nous a entraînés à supporter la torture. Mel, *tu* es la mission la plus importante de ma vie. Je jure devant Dieu que je ne pourrai pas vivre sans toi. Si elle t'avait tiré dessus et que tu étais morte, je n'aurais pas été capable de continuer sans toi.

— Tex...

— Non. C'est toi qui es la chose la plus importante. Tu passes toujours en premier. Quelle que soit la situation. La première partout, la première pour manger, la première pour jouir, la première pour tout.

La voix de Tex se brisa et il s'éclaircit la gorge, ravalant les larmes qui menaçaient de couler. Il était un soldat d'élite dur à cuire, et les soldats d'élite ne pleuraient pas.

— Quand tu as dit que tu m'aimais et que tu t'es

tournée pour dire à cette folle que tu te désignais toi, mon cœur s'est littéralement arrêté de battre. Je ne peux pas vivre sans toi, Mel. Je ne peux pas.

— Tu ne comprends pas, Tex ? demanda Melody avec sincèrement, espérant vraiment qu'il l'entende. J'ai ressenti tout ce que tu viens de dire dans mon cœur pendant que j'essayais de déterminer ce que je devais faire. Je ne peux pas vivre sans *toi*. Je n'aurais pas pu vivre avec moi si je lui avais dit de te tuer. Je ne pouvais pas. C'était une situation impossible, une situation vraiment impossible. Je t'en prie, ne m'en veux pas. S'il te plaît...

Tex prit Mel dans ses bras alors qu'elle reniflait. Il posa sa joue sur ses cheveux et serra les dents, ne se souvenant pas d'une occasion où il avait ressenti autant d'émotions de toute sa vie. Bon sang, ils avaient vraiment failli se perdre ! Baby était vraiment leur héroïne. Tex s'était préparé à attaquer Diane, mais il n'y serait peut-être pas arrivé avant qu'elle ne tire un coup de feu. Diane s'était tenue si près de Melody qu'il était probable qu'elle l'ait tuée avant qu'il n'ait réussi à l'atteindre pour la désarmer.

Tex sentit Melody se reculer et essayer de se contrôler. Il recula et essuya les larmes qui coulaient sur son visage alors qu'elle levait une main pour la lui enrouler autour de la nuque. Tex ne pensa alors plus à Diane et au fait qu'ils avaient été bien près de mourir. Mel était vivante et dans ses bras. C'était tout ce qui comptait.

— C'était gentil de la part de tes amis de faire le trajet jusqu'ici.

— Ce sont aussi tes amis, Mel.

— C'est vrai. Je ne m'y suis pas encore habituée. Ça a simplement été Amy et moi pendant si longtemps... et après, quand j'étais en fuite, j'étais toute seule.

Tex roula jusqu'à ce qu'elle se retrouve sous lui.

— Je vais te le dire tout de suite, Mel. Tu fais à présent partie d'une grande famille folle qui inclue six membres des Forces Spéciales et leurs femmes. Attends... désolé, c'est sept membres... J'ai entendu dire que le commandant Hurt a récemment entamé une relation sérieuse avec la femme que l'équipe était allée secourir au Mexique.

Voyant son regard confus, Tex changea de sujet.

— Je suis certain que les filles te raconteront toute l'histoire plus tard. Et puis je crois que tu seras aussi adoptée par les autres équipes des Forces Spéciales et de Delta Force que j'aide aussi. Ils te feront tous vite tourner en bourrique, je n'en doute pas.

Il la regarda sourire. Puis il inspira profondément et dit quelque chose qui lui trottait dans la tête depuis plus longtemps que Melody n'aurait pu le réaliser.

— J'ai quelque chose à te demander.

— Quoi ?

— Veux-tu bien m'épouser ?

— Quoi ?

— Veux-tu bien m'épouser ?

— Oh, mon Dieu, j'avais bien entendu... J'ai pensé

que tu allais me demander quelque chose comme : qu'est-ce que tu veux au petit-déjeuner ?

Tex se contenta de sourire et baissa les yeux vers la femme qu'il aimait.

— Oui, John Keegan, j'accepte de t'épouser.

— Putain, merci !

Melody pouffa.

— Je ne suis pas certaine que c'est la réaction appropriée.

— Ça te dérange ?

— Non.

— Je vais essayer aujourd'hui de faire déménager mes affaires ici. J'espère que tu n'es pas trop attachée à cet appartement. On aura besoin d'un endroit plus grand avec un jardin, pour qu'on puisse laisser sortir Baby sans avoir à la tenir en laisse.

— Euh, Tex...

— Et tu devras t'assurer de contacter ta patronne pour vérifier qu'elle n'est pas contrariée de ce qui s'est passé.

— Tex, attends. Tu déménages ici ?

— Oui, Mel. Tu as accepté de m'épouser. Bien sûr que je déménage ici.

— Il n'y a pas de « bien sûr » qui tienne, Tex. Nous pouvons travailler tous les deux à distance, on peut aller où on veut.

— On pourrait vivre n'importe où, mais c'est ta maison ici. Je ne pourrais jamais t'arracher à Amy, à tes parents et à cet endroit. Tu t'es enfuie trop longtemps.

Je suis parfaitement content de monter ici pour vivre avec toi.

— Je t'aime, Tex.

— Je t'aime aussi.

— Non, je *t'aime*.

Tex ricana.

— Si je me souviens bien, on n'a pas encore eu l'occasion d'étrenner le comptoir. Ce serait dommage de déménager d'ici sans vivre notre petit fantasme.

— Je crois que j'ai faim. Tu veux bien me retrouver dans la cuisine ?

Tex se pencha et embrassa Mel profondément.

— On est faits l'un pour l'autre, Mel. Avec toi, je ne me suis jamais senti aussi viril. Merci. Merci de m'aimer et de me laisser t'aimer en retour.

— Je t'en prie. Maintenant, viens, j'ai faim.

La lueur dans ses yeux était si charnelle que Tex sentit le sang pulser dans son érection.

Il fut incapable de résister. Il se pencha et l'embrassa, ne retenant rien. Melody lui rendit son énergie. Elle plongea sa langue dans sa bouche et contra ses incursions avec les siennes. La main de Tex remonta le long de son ventre et sous son haut jusqu'à ce qu'elle atteigne son mamelon. Alors qu'il pressait le mamelon qui dardait, elle retira sa bouche de la sienne et hoqueta, jeta la tête en arrière.

— Tex.

— C'est ça, Mel, c'est ça.

Tex sentit ses jambes trembler contre lui. Il s'interrompit le temps de lui retirer son haut jusqu'à ce qu'elle soit torse nu. Il ne se lasserait jamais d'elle.

— Tu es belle. Et tu es à moi.

Il baissa la tête jusqu'à ce qu'il tienne un mamelon dans sa bouche. Puis il se servit de sa main pour malaxer l'autre sein et taquiner la pointe de son sein jusqu'à ce qu'elle durcisse.

Tex sentait Melody se contorsionner et s'arcbouter sous lui. Serrant un mamelon entre ses dents et la regardant dans les yeux, il tira dessus. Quand elle hoqueta, il la lâcha et la regarda lever une main vers son visage.

— J'ai besoin de toi, Tex. Tout de suite. Prends-moi.

— On a rendez-vous avec le comptoir de la cuisine. Vas-y. Quand j'entrerai, je veux te voir sur le comptoir, nue, les jambes écartées, à m'attendre. Tu mangeras bientôt, mais je pense que c'est à mon tour de passer en premier.

Melody sourit en grimpant hors du lit et en se dirigeant vers la porte. Elle descendit le couloir vers la cuisine. Après avoir retiré son shorty, elle songea à sa vie. Elle avait tout ce qu'elle avait jamais désiré. Des amis, une famille, et à présent un homme qui se tenait non seulement à ses côtés, mais aussi devant elle quand elle en avait besoin et derrière elle quand il en avait envie. Il était parfait. Elle avait hâte de devenir Melody Keegan.

Elle envoya un remerciement silencieux à Diane. C'était tordu, mais sans ses illusions, Melody n'aurait jamais rencontré Tex. Tout arrivait pour une raison, et parfois, il fallait attendre un peu pour découvrir ce que c'était.

Alors que Melody sautait sur le comptoir et s'appuyait sur ses mains, attendant son fiancé, elle sourit. Elle aimait sa vie.

ÉPILOGUE

— Viens, Baby ! Viens ici, ma belle !

Melody appela sa chienne et la regarda courir vers elle en souriant. Elle n'avait que trois pattes, mais elle ne laissait jamais ce détail la ralentir. Dès que le Dr Gaiser l'avait posée sur ses pattes à l'hôpital vétérinaire, elle avait bondi comme si elle l'avait fait toute sa vie. Bien entendu, Melody avait pleuré de joie.

La seule différence que Mel voyait chez sa chienne était qu'elle ne laissait plus sa maîtresse seule. Elle suivait Melody partout dans la maison, peu importe où elle allait. Si elle se levait, Baby la suivait.

— Tu es prête à y aller, Mel ?

Melody leva la tête vers Tex. Ils étaient allés au parc pour donner à Baby un peu d'exercice. Le véto avait dit que c'était important qu'elle ne reste pas assise toute la journée et qu'elle devait exercer ses pattes et s'assurer d'utiliser davantage de muscles, puisqu'ils compensaient la perte de sa patte arrière.

Les discussions sur Skype avaient commencé la semaine après l'incident. Toutes les filles se réunissaient en Californie et l'appelaient pour discuter. Très vite, cela s'était transformé en un joyeux chaos, car les hommes aussi voulaient participer. Un soir, l'appel avait duré trois heures. Tout le monde avait ri et avait raconté des histoires durant toute la soirée.

Après quoi, alors que Melody était au lit avec Tex, essayant de récupérer après une longue séance de sexe qui impliquait les cordes de bondage qu'elle avait enfin réussi à convaincre Tex d'utiliser sur elle, elle avait parlé de l'amitié proche qu'ils partageaient tous.

— Être dans l'armée permet aux hommes d'avoir un lien spécial. Le combat ne fait que renforcer ce lien. Faire partie des Forces Spéciales signifie que cette connexion est indissoluble. Ces hommes ont traversé l'enfer, et leurs femmes aussi. Leurs expériences leur ont appris qu'ils ont un groupe de gens qui les soutiendront toujours, quoi qu'il arrive. Et, Mel, tu en fais partie aussi. Je sais que tu n'habites pas là-bas près d'eux, mais c'est ce qu'ils ressentent.

— Je sais, Tex. Je le sens. Je ne l'avais pas compris quand on avait discuté en ligne quelques mois en arrière. Je t'avais dit que tes amis tiraient profit de toi parce qu'ils ne venaient pas te rendre visite. Mais je comprends mieux, maintenant. Ce n'était pas le cas. Votre lien est tout aussi puissant à des milliers de kilomètres que si tu étais là avec eux. Tu fais partie de cette équipe. Tu le sais. Ils le savent. Les femmes le savent.

— Oui.

— Je t'aime.

— Je t'aime aussi.

— J'ai une question à te poser, et tu as le droit de dire non.

— Qu'est-ce que c'est, Mel ?

— Tu penses que tes amis pourront prendre l'avion jusqu'à Vegas ce mois-ci ?

— Pourquoi ?

— J'ai envie qu'on se marie tout de suite.

Tex s'appuya sur le coude, regardant Melody allongée sur le lit et posant une main sur sa joue.

— Pourquoi ?

— J'ai tellement envie d'être connectée à toi. C'est simplement que... j'en ai besoin. Je n'ai pas envie d'attendre.

— Mais... ton mariage de rêve ? Amy et toi l'avez planifié pendant toute votre vie.

— À la vérité, Tex, quand Diane braquait ce pistolet sur moi et s'apprêtait à tirer, je pensais seulement comme je regrettais de ne pas être à toi... officiellement. Honnêtement, peu m'importe d'avoir une robe blanche et toutes ces conneries. Tout ce que je veux est de t'appartenir et que tu m'appartiennes. J'ai déjà parlé à Amy. On peut toujours tenir une réception. On fera ça ici avec tous mes amis et ma famille, mais je veux que la cérémonie soit avec *ta* famille. J'ai envie d'emmener Baby et de trouver une chapelle à Las Vegas qui acceptera qu'elle soit là. Je veux que tout le monde vienne nous voir et soit présent à nos côtés. Amy et George aussi seront là avec les filles. Mes parents ont dit qu'ils prendraient l'avion pour assister à la cérémonie. J'ai l'impression que c'est la chose à faire.

Tex inclina la tête et embrassa Melody sur le front.

— Bon Dieu, je t'aime tellement ! Quand je pense qu'on aurait pu ne jamais se rencontrer...

— Je sais.

— Je vais appeler Wolf dans la matinée et voir s'ils peuvent poser un congé. On fera le trajet en voiture avec Baby, mais on prendra le temps de jouer aux touristes sur la route, sans nous dépêcher. On aura le meilleur mariage de Vegas possible. Mais sache une chose : tu m'appartiens et je t'appartiens, peu importe le lieu ou bien l'endroit où l'on se mariera.

— Tu ne crois pas si bien dire.

Tex sourit. Elle était tellement mignonne.

— Je me sens particulièrement réveillé, maintenant, Mel.

Elle lui sourit.

— Oh ?

— Oui. Tourne-toi.

— Tu es autoritaire.

— Oui, tu l'as dit toi-même. On est un soldat d'élite pour la vie. Alors, tourne-toi.

Melody fit ce que Tex lui demandait, sachant que ce qu'il avait en tête lui garantirait des heures de plaisir. Il s'était toujours occupé d'elle. Il était complètement sérieux quand il lui avait dit qu'elle passait en premier pour tout.

De l'autre côté du pays, six soldats d'élite et leurs femmes se mettaient au lit pour la nuit. Tous les couples avaient connu l'enfer et en étaient ressortis vivants. Chaque homme avait choisi une femme et chaque femme avait choisi son homme. Certains auraient pu se demander comment diable leurs mariages et leurs relations étaient capables de survivre au stress et à l'incertitude qui découlait du fait d'être une machine de guerre d'élite. Mais si on leur avait posé la question, ils auraient tous répondu que c'était grâce à l'amour. Ils avaient vu ce qu'était la vie en solitaire et ils s'étaient promis, par des paroles ou des gestes, qu'ils resteraient ensemble pour toujours.

Et si les femmes se rassemblaient quand leurs hommes partaient en mission, pleuraient et se grisaient, personne n'en parlait à leurs soldats, et ceux-ci faisaient semblant que cela n'arrivait pas. Mais en fin de compte, leur amitié mutuelle faisait paraître leurs séparations plus courtes et leur amour plus fort.

Dans le bureau de Tex, deux ordinateurs restaient allumés 24 h/24. Sept points rouges clignotaient sur une carte. Six en Californie et un en Pennsylvanie. Sept soldats d'élite et leurs femmes dormaient sur leurs deux oreilles grâce à ces points rouges. Certains n'auraient pas compris, mais ces gens n'avaient pas vécu leurs histoires.

Ne ratez pas le prochain tome de la série Forces Très Spéciales : *Un Protecteur pour l'avenir.*

DU MÊME AUTEUR

Un mari pour Emily

Un héros pour Kassie

Un héros pour Bryn

Un héros pour Casey

Un héros pour Wendy

Un héros pour Mary

Un héros pour Macie

Un héros pour Sadie

Mercenaires Rebelles

Un Défenseur pour Allye

Un Défenseur pour Chloé

Un Défenseur pour Morgan

Un Défenseur pour Harlow

Un Défenseur pour Everly

Un Défenseur pour Zara

Un Défenseur pour Raven

Ace Sécurité

Au Secours de Grace

Au Secours d'Alexis

Au Secours de Bailey

Au Secours de Felicity

Au Secours de Sarah

* * *

En Anglai

Delta Force Heroes Series

Rescuing Rayne

Rescuing Emily

Rescuing Harley

Marrying Emily (novella)

Rescuing Kassie

Rescuing Bryn

Rescuing Casey

Rescuing Sadie (novella)

Rescuing Wendy

Rescuing Mary

Rescuing Macie (novella)

Delta Team Two Series

Shielding Gillian

Shielding Kinley

Shielding Aspen (Oct 2020)

Shielding Riley (Jan 2021)

Shielding Devyn (May 2021)

Shielding Ember (Sept 2021)

Shielding Sierra (TBA)

SEAL of Protection: Legacy Series

Securing Caite

Securing Brenae (novella)

Securing Sidney

Securing Piper

Securing Zoey

Securing Avery

Securing Kalee (Sept 2020)

Securing Jane (Feb 2021)

SEAL Team Hawaii Series

Finding Elodie (Apr 2021)

Finding Lexie (Aug 2021)

Finding Kenna (Oct 2021)

Finding Monica (TBA)

Finding Carly (TBA)

Finding Ashlyn (TBA)

Finding Jodelle (TBA)

Ace Security Series

Claiming Grace

Claiming Alexis

Claiming Bailey

Claiming Felicity

Claiming Sarah

Mountain Mercenaries Series

Defending Allye

Defending Chloe

Defending Morgan

Defending Harlow

Defending Everly

Defending Zara

Defending Raven

Silverstone Series

Trusting Skylar (Dec 2020)

Trusting Taylor (Mar 2021)

Trusting Molly (July 2021)

Trusting Cassidy (Dec 2021)

SEAL of Protection Series

Protecting Caroline

Protecting Alabama

Protecting Fiona

Marrying Caroline (novella)

Protecting Summer

Protecting Cheyenne

Protecting Jessyka

Protecting Julie (novella)

Protecting Melody

Protecting the Future

Protecting Kiera (novella)

Protecting Alabama's Kids (novella)

Protecting Dakota

Badge of Honor: Texas Heroes Series

Justice for Mackenzie

Justice for Mickie

Justice for Corrie

Justice for Laine (novella)

Shelter for Elizabeth

Justice for Boone

Shelter for Adeline

Shelter for Sophie

Justice for Erin

Justice for Milena

Shelter for Blythe

Justice for Hope

Shelter for Quinn

Shelter for Koren

Shelter for Penelope

À PROPOS DE L'AUTEUR

Susan Stoker est une auteure de best-sellers aux classements du New York Times, de USA Today et du Wall Street Journal. Elle a notamment écrit les séries Badge of Honor: Texas Heroes, SEAL of Protection et Delta Force Heroes. Mariée à un sous-officier de l'armée américaine à la retraite, Susan a vécu dans tous les États-Unis, du Missouri jusqu'en Californie en passant par le Colorado, et elle habite actuellement sous le vaste ciel du Tennessee. Fervente adepte des fins heureuses, Susan aime écrire des romans où les sentiments laissent place au grand amour.

http://www.StokerAces.com

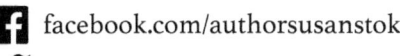 facebook.com/authorsusanstoker

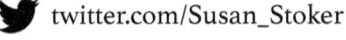 twitter.com/Susan_Stoker

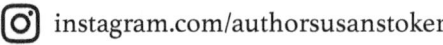 instagram.com/authorsusanstoker

 goodreads.com/SusanStoker